常山古代诗词集

# 常山清代诗词集

中共常山县委宣传部 编

浙江摄影出版社

全国百佳图书出版单位

《常山古代诗词集》编委会

主　编：姜　敏
副主编：徐　焕　王有军　王新帅
编　委：徐功富　吴欣颖　陈戎倩
　　　　江怡楠

责任编辑：盛　洁
装帧设计：浙信文化
责任校对：朱晓波
责任印制：汪立峰

图书在版编目（CIP）数据

常山清代诗词集 / 中共常山县委宣传部编. -- 杭州：
浙江摄影出版社，2022.11
　（常山古代诗词集）
　ISBN 978-7-5514-4235-0

　Ⅰ.①常… Ⅱ.①中… Ⅲ.①古典诗歌－诗集－中国
－清代 Ⅳ.①I222.749

中国版本图书馆CIP数据核字（2022）第206892号


CHANGSHAN QINGDAI SHICI JI
常山清代诗词集
（常山古代诗词集）
中共常山县委宣传部　编

全国百佳图书出版单位
浙江摄影出版社出版发行
　　地址：杭州市体育场路 347 号
　　邮编：310006
　　网址：www.photo.zjcb.com
制版：杭州浙信文化传播有限公司
印刷：浙江海虹彩色印务有限公司
开本：889mm×1194mm　1/32
印张：18
2022 年 11 月第 1 版　　2022 年 11 月第 1 次印刷
ISBN 978-7-5514-4235-0
定价：78.00 元

# 凡　例

1. 本书收录清代与常山有关的诗词作品。凡被收录者，或作者为常山籍，或作于常山，或内容描写常山，或为与常山人士的唱和之作，等等。底本由中共常山县委宣传部提供，底本中部分字迹污损、湮灭等无可考证之处，均以□占位。

2. 本书为普及性读本，故不作额外点校、注释。文中注释皆为底本原作者自注或本书编委按语。

3. 本书一般通用简化后的规范汉字。

# 序

　　诗词是中华文化的精髓，也是中华文化的重要标志。一个地方历代流传的诗词数量，往往能反映一个地方的文化底蕴。当地留存的诗词作品多，一来说明当地名士文人多，二来或因山川秀美或因人文荟萃而吸引各地诗人慕名前来游历留下的众多诗词作品，也反过来推动了当地文化的发展。可以说诗因地生、地因诗名。

　　浙江自古就是文化之邦，人文荟萃。一个有力的证据就是浙江"无论从诗歌发展历史的纵向看，还是从诗歌内容的深度、广度看，或从诗歌艺术的丰富多彩看，在中国诗坛上都是令人刮目相看的，甚至可以说是独一无二的"（徐志平《浙江古代诗歌史》）。从这一角度探究为什么自谢灵运始历代诗人能在吴山越水间为浙江留下四条诗词之路，能获得更多维度的解释。

　　当我们把视线投向已建县1800多年的常山，亦是如此。常山素有"八省通衢，两浙首站"之称，特别是宋室南渡建都临安（今杭州）后，常山因拥有常山港和草萍官驿，成为两浙连接南方诸省的交通枢纽，其在南宋的地位迅速提升。加之山川秀丽，引来历代文人雅士或游历常山或结识常山名士，在此流连忘返。贤达吟唱，名士寓居，常山的诗词文化也因此繁荣。

　　仅就宋代而言，北宋博学多才"善歌词"的王介（1015—1076）与王安石（1021—1086）、苏轼（1037—1101）、苏辙

（1039—1112）、曾巩（1019—1083）、赵抃（1008—1084）等人交往甚密，燕集酬答，留下不少唱和诗篇。南宋"中兴贤相"赵鼎（1085—1147）几度寓居常山，常常与范冲（1067—1141）、魏矼（1097—1151）等一批当地同好唱诗赋词，实为雅韵。南宋著名诗人曾几（1084—1166）的一首千古名篇《三衢道中》使人百诵不厌，常山是其经常路过与偕友出游的地方。爱国诗人陆游（1125—1210）晚年在招贤渡写下《晚过招贤渡》，诉说其面对支离破碎的南宋江山时内心的苦闷。"南宋诗坛四大家"之一杨万里（1127—1206）一生多次经过常山，留下了许多写常山的诗文，其中编入《诚斋集》的就有30多篇。豪放派词人辛弃疾(1140—1207)也为常山留下了一首《浣溪沙·常山道中即事》，描绘了一幅乡间恬静富足的温馨画面。"金川本是宋诗河，百里逶迤余韵多。且喜千年流不断，东风又起玉澜波。"历史上诗人们留在常山的数千首美丽诗篇，自古至今闪耀着绚丽的文化之光。

丰富多彩的历代诗词，积淀着常山厚重的人文底蕴，这是常山珍贵而丰厚的文化宝藏。

近年来，常山县委、县政府积极响应省委、省政府关于打造钱塘江诗路文化带的号召，依托常山丰厚的历史底蕴和独特的文化优势，充分呈现传统诗词文化的现代价值，为当地文化建设注入新的养分。在充分调研的基础上，根据自身的历史文化特色，常山县委、县政府于2018年做出了打造常山江"宋诗之河"文化品牌的重大决策，建设常山江"宋诗文化长廊"，新修建文昌阁、文峰塔等文化地标，建设"定阳里·宋诗城"、"中国宋园·三衢石林"、宋韵芳村未来乡村、赵鼎考古文化公园等重点工程项目，开发宋诗文化体验项目，将古寺、古村、古道、古居等场所串联成线，推动文旅深度融合。重视诗词文化的群众性普及工作，充分发挥诗词社团组织的作用，多次组织开展省级诗词采风、研讨等活动，成功创建"浙江省诗词之乡"。此外，常山还将宋诗元素融入城市建设和乡村振兴，加快宋诗文化产业开发，推动诗词文化的创造性转化、创新性发展。

值得称道的是，常山在钱塘江诗路建设中，较早地把具有常山鲜明特色的宋诗作为重点挖掘和运用的文化标识，创造性地以打造"宋诗之河"为突破口，大力推动整体诗路文化建设，成为浙江诗路建设的突出亮点，也正好与 2021 年浙江省委在文化工作会议上提出的实施"宋韵文化传世工程"、打造以宋韵文化为代表的浙江历史文化"金名片"的部署高度合拍，诗路文化与宋韵文化的建设在常山得到完美结合。常山被誉为"浙江省诗词之乡"，常山江被誉为"宋诗之河"，可谓实至名归。

传统诗词在当代仍然焕发着无穷的魅力和强大的生命力，在建设中国特色社会主义文化事业中具有独特的时代价值。因此，无论是开展诗路文化带建设，还是推动、弘扬宋韵文化，收集、整理、研究当地历代诗词都是一项必须要开展的基础工作。常山这几年已经精心汇编了《常山宋诗一百首选注》《常山宋诗三百首》《常山古诗词选》等诗词集。2021 年，常山县政府又组织力量通过院校文献库、出版社资料库以及民间收藏等多种渠道，收集整理散见于《四库全书》、历代诗集、古人笔记、各地方志、本地族谱中的涉及常山的诗词作品约四千首，形成了《常山古代诗词集》。

《常山古代诗词集》以年代为序，共分 4 册，分别为《常山唐宋诗词集》《常山元明诗词集》《常山清代诗词集》《常山家谱诗词集》，蔚为大观，具有很高的文学价值和史料价值。历代文人以诗词的形式记录了千百年来他们在三衢大地上有关自然、人生的探索，对社会、时局的思考和议论，展示了常山各个时代的印记和地域文化的特色。诗词集所收作品律绝、古风并存，风格高古、浅近兼有，可以说这是一部纵贯 1000 多年的常山诗词文化史，功在当代，利及后世。《常山古代诗词集》的出版发行，为钱塘江诗路文化带增加了一道亮丽的常山色彩，为浙江宋韵文化"金名片"增加了一抹常山风韵。

对优秀传统文化的挖掘和传承，可以增加当地文化的广度和深度；对优秀传统文化的创新和发展，可以增加当地文化建设的生机和活力。我们完全可以相信，常山对常山古代诗词的深入研究和创新运用，必将对常山争创"中华诗词之县"，打造宋韵文化传承示范县，提升文化知名度，进而推动常山的文化与经济、社会协调发展，起到积极的作用。

是为序。

中华诗词学会常务理事　　　王　骏
浙江省诗词与楹联学会会长
2021 年 12 月 22 日

# 目　录

# 徐继畲

# 汪 昉

## 方浚颐

## 许瑶光

## 陈至言

## 王文龙

## 徐云鹏

## 汪文隆

## 徐　烈

## 汪日炯

## 王之纪

## 王金元

## 王秉智

## 王秉节

## 王开礼

## 王道谦

## 王道昌

## 王秉仁

## 王大受

## 王　槚

李元鼎（1595—1670）：字梅公，江西吉水人。明天启壬戌（1622）科进士，历官光禄寺少卿，入清后，授太仆寺少卿，累官至兵部左侍郎。

## 蝶恋花·和闻笛韵时从浙归

崖岸奇峰惊耸峭。山水依稀，不觉扁舟小。未曙声声帆挂走，愁闻草际啾啾鸟。　　常玉山头又过了。渐近家乡，幼小堪提抱。一抹遥青朝爽好，开蓬浦水真来到。

丁耀亢（1599—1669）：字西生，号野鹤，自称紫阳道人、木鸡道人，山东诸城人。清顺治四年（1647），充任镶白旗教习，诗名大噪，后选为容城教谕，迁福建惠安知县。明末清初小说家，著有《续金瓶梅》《天史》《增删补易》等。

## 题刘学士逋斋锦川石

石缝开巫峡，苔阶破绿纹。

十寻将过庐，半夜欲生云。

海折涛光错，江澄锦色分。

青藜堪并照，孤立竟何群。

熊文举（1600—1669）：字公远，号雪堂，江西南昌人。著有《雪堂先生文集》。

## 常玉山中读郑文恪阁老集感赋先生为王朝元老著作当与日月同光也

霜鬓如丝重五朝，飘然海鹤认风标。

曾容孺子张良履，不枉吾师宋玉招。

近恼西州投马箠，往□□阁在萧桥①。

清秋好简灵山调，依约云和下碧霄。

作者注：①许朗城先生为公门人，辛未释褐，曾领同门拜公于萧家桥寓，公集以《灵山藏》名篇。

李渔（1611—1680）：初名仙侣，后改名渔，字谪凡，号笠翁，浙江金华兰溪人。文学家、戏剧家、戏剧理论家、美学家，著有《闲情偶寄》《笠翁十种曲》等。

## 自常山抵开化道中即事六首

### 其一

山路崎岖展齿平，能高能下一兜轻。

多情忽觑云头雨，催得诗成却又晴。

## 其二

病后虽无济胜材，扶筇偏喜陟崔嵬。

寻诗莫避山溪险，好句多从险处来。

## 其三

山雨初收野色凝，菜花麦浪压芳塍。

征人为得行吟趣，闲却肩舆不肯乘。

## 其四

云雾山中虎豹眠，千年松子大于拳。

自从柯烂无人伐，万丈高杉欲上天。

## 其五

鸟道羊肠信不虚，路才容足更无余。

文人相对岩阿立，不叱王侯自下车。

## 其六

闻道山中食力民，一生衣禄仗柴薪。

原来不执樵翁斧，种就青山判与人。

## 自开化抵常山舟中即事六首

### 其一

解缆开帆信急湍，浪花飞作雨声寒。

金溪一滴篙头水，题到常山砚未干。

### 其二

百丈危峰翠渺茫，一痕界破是周行。
征人行道无云处，才可肩舆寸许长。

### 其三

过耳溪声过目山，溪山忙处我偏闲。
更宜树动岚风起，推出云中屋几间。

### 其四

昨从山路俯看舟，一叶微茫水上浮。
今日仰观山上客，星星飞鸟树梢头。

### 其五

枕臂悠悠梦复醒，无心不问过来程。
莞然起与鸥相狎，无数青山学笑声。

### 其六

两岸峰高日易曛，牛羊星散鸟成群。
独余樵叟不归去，偏在山腰砍暮云。

陆世仪（1611—1672）：字道威，号刚斋，晚号桴亭，别署眉史氏，江苏苏州太仓人。著有《桴亭先生诗文集》《思辨录辑要》《论学酬答》等。

## 自钱塘至常山溪行

清溪七百里，日日镜中行。

有水皆铺石，无山不入城。

千村红树色，一路画眉声。

安得严滩老，相携足此生。

## 常玉山道中

孔道当江浙，山村昔晏如。

何年遭丧似，今日剩丘墟。

破屋忧兵气，居民半虎余。

驿骚殊未已，哀此釜中鱼。

曹溶（1613—1685）：字秋岳，一字洁躬，亦作鉴躬，号倦圃，秀水（今属浙江嘉兴）人。明崇祯十年（1637）进士。入清，官至户部侍郎。明末清初著名文学家，著有《静惕堂集》。

## 次三衢（二首）

### 其一

廿年曾系艇，江景叹依然。

瀑势当窗湿，汀花背暑鲜。

橘林无恶岁，碓址出名泉。

欲待浮桥月，神伤戍鼓前。

### 其二

百里无樵舍，洲回得镇城。

船轻冲石鳟，滩响密秋晴。

晚磬悬灯宿，宓樽酌水明。

游仙应有宅，何路访楸枰。

孙光祀（1614—1698）：字溯玉，号怍庭，山东济南人。清顺治十二年（1655）进士，累官兵部右侍郎。著有《澹余轩集》。

## 题李郧老相公平寇卷

元凶抗天运，倡乱自滇中。

流毒蜀楚间，八闽恣枭雄。

名世张挞伐，激烈矢丹衷。

扼吭镇三衢，誓师感群忠。

强寇数万余，跳梁逾蚕丛。

小丑盈山泽，黎庶若飞蓬。

惟公纡长策，制胜拟非熊。

摆甲数十战，列军如长虹。

历久志益坚，逆谋五技穷。

奸贼比刈草，招携悉从风。

东南数千里，维系在其躬。

封疆静无尘，李郭业并隆。

奏凯报天子，旌旗映日红。

鼎耳陟崇阶，大典贶彤弓。

景钟标伟伐，千载表弘功。


## 祝李邺园相公

川岳启苞符，昌辰钟伊傅。

直道挽时趋，伟烈襄天祚。

曩者寇作难，独扼三衢路。

督师抗岩城，频年志弥固。

闽孽数十万，驱之如脱兔。

功成报天子，宸衷切眷顾。

不复谋左右，特简畀机务。

立身逾乔松，柔蔓不得附。

相业炳寰区，归来娱情素。

森森兰桂丛，济美羡垂裕。

时际中秋后，开筵庆初度。

元气纬六合，造物相呵护。

挥毫颂九如，临风思良晤。

---

许珌（1614—1672）：字天玉，一字星庭，号铁堂，别号天海山人，侯官（今属福建福州）人。著有《铁堂诗草》。

## 三衢道中

双桡孤系狎鹭鸥，二月舟行却似秋。

野竹青围临水寺，园花红映读书楼。

鸡鸣仙嶂微微见，虎渡官河细细流。

姑蔑神灵何处望，夕阳荒碣战功留。

---

龚鼎孳（1616—1673）：字孝升，号芝麓，安徽合肥人。明崇祯七年（1634）进士，授兵科给事中，入仕清廷，累官礼部尚书。著有《定山堂集》47卷。

## 常山道上（六首）

### 其一

滩高停急桨，山路逼郊垌。

纵眼宽携杖，回头怯泛萍。

橘林寒晚翠，松覃党遥青。
乱后经行少，儿童问使星。

## 其二

沧海方吹角，频年鞅鞈过。
地偏征敛尽，人去草莱多。
败屋丛栟桰，霜天长薜萝。
登临幽兴适，吾泪亦滂沱。

## 其三

石路萦清沼，亭皋带远林。
柳黄何夜雪，樟老一山阴。
澹荡如秋日，萧疏称此心。
探奇堪卒岁，愁岂鬓毛侵。

## 其四

了知心境习，数见景长鲜。
丹果明霜后，苍崖暗雪前。
经过地曲折，忽漫水延缘。
樵斧虚无里，青霞几洞天。

## 其五

险隘江闽接，巑岏岫岭长。
弓鸣猿易骇，林密虎真藏。
炊饭村烟白，支扉木叶香。
几时遂初赋，并日理游装。

## 其六

隔水喧渔艇，巾车落日催。

沙平寒烧出，峰压县楼开。

塔暝栖鸦过，城孤独鹤回。

故人青眼在，惊喜看山来。

尤侗（1618—1704）:字同人，一字展成，号悔庵，又号艮斋、西堂老人，明末清初江南长洲（今属江苏苏州）人。清顺治五年（1648），拔贡生，清康熙十八年（1679），召试博学鸿儒，授翰林院检讨，累官至侍读。其诗词古文均有声于时，据其自撰《悔庵年谱》，清顺治十四年（1657）七月，其游浙江常山，因阻兵未得归，作传奇《钧天乐》与诗数首。

## 途中叹所见

黄门戮死西朝市，妻子长流辽海东。

此地银铛啼夜月，当年箛鼓发秋风。

华亭鹤唳闻何晚，金谷花飞看未终。

万事塞翁忧失马，千秋高士想冥鸿。

## 打闸行

唧唧复喧喧，群呼打闸门。闸门百尺逆流涌，榜人遥望已色动。大船贾勇独当头，小船排比相接踵。持篙牵缆众工急，估客家奴争助力。前者鞠躬若角奔，后者背负仍屹立。忽然入口破浪开，两崖滚滚闻鸣雷。水吞石啮舟斗急，欲行还却几徘徊。旗杆乱飑金鼓震,鹢首昂然竞前进。逸如匹马骤脱缰,猛似三军齐陷阵。侧身一卸千丈强,掉头曳尾气洋洋。顷刻苍黄诚交急,此时轻快亦莫当。双篷高挂棹歌起,沆漭黄河秋色里。鱼龙踊跃大王风,烟光澹荡灵妃雨。船头鸡豕赛河神,长年泥饮清河春。却话闸口风波恶,岸上翻忧舟中人。老夫大笑此何畏,平地风波惊十倍。起歌小海木肠儿,搔首青天同一醉。

## 漕船行

五日过一闸,十日过一关。问君濡滞何为尔,积水以待漕船还。漕船峨峨排空来,影摇白虹声如雷。官船逡巡不敢进,各船急向两崖开。昔年会见漕船上,今年又遇漕船回。漕船回时犹自可,漕船上时鳖杀我。会河水浅青草生,日烧三伏红于火。闸门高闭溜潺潺,篙师系缆垂头坐。坐等漕船闸始开,舳舻亘塞中流柁。其船重大皆千钧,淮盐苏酒皆包裹。睥睨榷司不敢呵,鞭挞划工无处躲。使气便说有漕规,一呼群起无不为。茶梁木筏随汝取,米市鱼牙受汝亏。聚船亦羡漕船乐,不惟醉饱且施威。默思朝廷养此物,转饷本供军国乏。今费一石致一斗,国用日虚民日竭。运弁如狐军如虎,下仓讲兑气莽卤。踢斛淋尖颐指间,立破中人千百户。县官难与伍长争,欲争反愁漕使怒。即今吴中谷价贱,意欲折乾宁论估。索钱不留鸡犬存,缺米但云鼠雀蠹。腐烂漂没亦不忧,敲扑粮长仍赔补。呜呼,小民如此困催科。一岁租入有几何。耕田输赋岂敢少,奈供此曹鱼肉多。君不见,武侯治蜀屯田乎?木牛流马真良图。

李明嶅（1618—?）：字山颜，号蓼园，浙江嘉兴人。诸生，少时有才名，为吴伟业弟子，明崇祯末赴福建为古田县教谕。著有《乐志堂诗集》。

## 过三衢喜遇彭于民

柯山同一梦，何事复经过。

知我穷难送，怜君病亦多。

望碑谁堕泪，作赋未销戈。

江上垂秋色，曾期着钓蓑。

## 三衢喜晤彭于民

一见翻长叹，知君念未忘。

入城谈往事，得酒醉他乡。

求旧人将少，悲秋夜更凉。

淹留仍此地，端不负沧浪。

## 过三衢留别蒋孟翓徐介士鸣玉余式如叶柯玉晃采诸同人

三载南游泪未销，别离尊对瀫江潮。

万方乍息咸阳火，十友应分颍水瓢。

海上新书谁复购，山中旧隐不须招。

故人肯访梅溪老，家住寒塘第五桥。

# 三衢同社余式如徐虞卿鸣玉介士叶柯玉含美黾采饯别得徐文匠①赴龙溪信

草阁吹残旧雨风，惊传江左尚兵戎。

百年意气三杯里，万国车书两泪中。

北向关河轻说剑，南飞乌鹊避弯弓。

足园松菊人归未，尊酒何堪别孔融。

作者注：①文匠足园为余旧读书处。

---

张丹（1619—?）：原名纲孙，字祖望，号秦亭，又号竹隐君，钱塘（今属浙江杭州）人。"西泠十子"之一，性格淡静，不乐交游，嗜好山水，诗作悲凉深沉，著有《张秦亭诗集》。

## 草萍同姜真源

岭路八十里，肩舆历翠深。

春烟迷大谷，午饭歇长林。

竹鼠苍崖窜，松藤白日阴。

良朋时作伴，幽兴满山岑。

## 常山公馆感怀

去年蓟北返，今岁豫章行。

风雪三千里，江湖浩荡情。

野萤入山馆，木魅走春城。

弥念高堂没，终朝痛此生。

## 常山访沈广文冠东留饮

千山透路草莱锄，万木参云霜雪虚。

石上架桥人稳渡，水中立屋子安居。

樽罍隔竹闻高唱，枕簟依流坐自如。

勿讶斋厨苜蓿冷，诸生三鳝报庭除。

---

钱瑞徵（1620—1702）：字鹤庵，一字野鹤，号髯翁，浙江嘉兴海盐人。清康熙二年（1663）举人，授西安教谕。好写松石，不事规仿，独抒性灵；工诗，著有《忘忧草》《南楼诗草》。

## 挽傅明府①

岩疆浩劫未全瘳，黑白当场半局收。

学道更谁称硕果，返魂无计哭荒丘。

为霖遂绝苍生望，赋鹏宁为太傅忧。

易箦洒然成解脱，空看布被是黔娄。

编者注：①载于《遗爱集》。

黄生（1622—1696）：字扶孟，号白山，安徽歙县人。在明为诸生，入清未仕。精于六书训诂之学，著有《一木堂集》。

## 忆龙山诗

龙山去常邑三十里，古来不通人迹。自迩年语浪上人为开山，遂成胜境。予慕其处，因赋是诗。

龙山信幽绝，古昔何冥冥？

浪公好事者，独往得异境。

幽涧喷雪色，削壁迟日影。

石矗虎豹怒，藤纠蛟龙梗。

一室嵌中峰，数里到绝顶。

凿翠苔级悬，接竹岩溜永。

耳目俱阒寂，纷杂不烦屏。

宴坐白云生，梵呗清夜迥。

寒梅与老桂，香气时浇洗。

空门可息心，胜地劳引领。

何当理轻策，一往探遐景。

言从支许游，妙义发深省。

尘网尚未捐，怀抱空囧囧。

## 寄答语浪上人

柴门雪冻不曾开，天外遥飞法雨来。

灵运欲参庐阜席，江淹难拟惠休才。

尘中蜗角争才歇，梦里龙山到几回？

长把君诗吟过日，相思还对一庭梅。

## 寄题龙山十二景

### 狮子弄雏①

勿云狮子儿，其性甚猛烈。

有时吼一声，百兽俱脑裂。

作者注：①有石肖此。

### 仙人示现①

樵牧古来绝，石林何幽幽。

仙人爱岑寂，时向此中游。

作者注：①石上有仙人足迹。

### 中峰屏峙

中峰开一嶂，似倚玉屏风。

胜地如相待，禅居一亩宫。

### 叠巘城围

青冥千万仞，回合如层城。

层城有时堕，青山只么青。

### 小山呈供

怪石持作供，世尊甚欢喜。

为问苏子瞻，何须用饼饵？

## 古洞藏春

老梅洞口横，古佛洞中坐。①
天女时散花，相看堕不堕。

作者注：①中有天然石佛。

## 月到上方

明月到中天，猿鸟俱已息。
人境两不夺，孤明何历历。

## 泉鸣幽涧

幽涧泉淙琤，入耳声不杂。
惟有斋时磬，穿林自相答。

## 千岩积雪

白玉为楼阁，佛土何庄严。
山僧吟正好，枯笔冻无尖。

## 列岫出云

朝从山中起，暮从山中归。
老衲向云笑，争如我息机。

## 金粟飘香

老桂秋发花，满山香氛氲。
世人不到此，有鼻何曾闻。

## 霜林染绛

诸相本非相，花叶色并空。
解作如是观，秋霜为春风。

## 寄答定阳詹子（三首）

### 其一

山中无客至，雪下有诗传。
自愧衰年叟，虚名到汝边。
霜清黄海月，烟羃定阳天。
何日论文乐，披襟斗酒前。

### 其二

壮年诗酒兴，红袖拂花笺。
名士同高会，佳人上画船。
流光如电沫，胜事已云烟。
此日灰心处，蒲团学老禅。

### 其三

旧业已却废，移家借一枝。
幽偏尘事少，萧散野情宜。
地白月先得，园香花及兹。
何当勤远客，高咏到茅茨。

## 寄怀文章仙子时同令弟叶千客定阳

前秋悲永别，今友忆分携。

灵爽如常在，诗篇不住题。

碧山何渺渺，芳草又萋萋。

应念巢居子<sup>①</sup>，蓬蒿与屋齐。

作者注：①予所居名鹤巢。

## 送章叶二子定阳赴试

老去交游迹渐稀，惟闻二妙款柴扉。

谁言浦口双流水，又送征帆一片飞。

严濑过时苍霭合，柯山到日绿阴肥。

殷勤好骋追风足，花下长鞭待一挥。

## 寄贺章含得子二首

### 其一

远寄新诗到定阳，报君生子喜非常。

摩挲老眼犹防错，仔细占熊作弄獐。

### 其二

莫道芝兰甫发香，转头儿女欲成行。

期君婚嫁他年毕，五岳三山共裹粮。

## 送叶千之定阳嘱以乃兄章含遗稿见寄①

追随已半年，此别更凄然。

为送龙山②客，翻思鹤背仙。

伤离出谷鸟，放溜下滩船。

到日收遗草，因风幸一传。

作者注：①章子死后，降乩自言已证仙品。
②龙山在定阳

## 合订二子诗感赋三首

弟琳玉韵、吴悦敬一皆才而夭。弟尝为吴童子师，得呕血病而死。吴后死定阳寇变。因取其遗稿合订之。

### 其一

逝水哀湍去不回，波澜独见老成才。

不堪长抱人琴痛，诗句真从呕血来。

### 其二

揽秀餐英自妙年，寻梅问石兴翩翩。

如何玉树先秋草，误付青萍葬下泉。

### 其三

才长命短竟相同，桃李翻惊化断蓬。

留与词人发悲叹，遗编共把哭秋风。

程可则（1624—1673）：字周量，又字湟溱，号石曜，南海（今属广东佛山）人。清顺治壬辰（1652）会试，举礼部第一，以磨勘首义不得参与殿试，于是致力于诗文、经史，累官广西桂林知府。著有《海日堂集》《遥集楼诗草》《萍花草》。

## 送杨允升令常山

三衢姑蔑地，水郭带山扉。

玉洞有龙起，金溪闻鹤飞。

六贤遗迹在，百里讼人稀。

听收多休暇，扶筇入翠微。

徐倬（1624—1713）：字方虎，号苹村，德清新塘（今属浙江湖州）人。清康熙十二年（1673）进士及第。著有《寓园小草》《燕台小草》《梧下杂钞》《苹蓼闲集》等，合名《苹村类稿》。

## 自睦州之常山道中（三首）

### 其一

壁倚中流峭，舟因过濑迟。

水沉苍玉冷，石削紫霞垂。

曲岸啼莎羽，连峰叫画眉。

夏云同晚岫，向晚共争奇。

## 其二

旧剩黄花戍，新栽绿橘林。

浣衣溪女出，驱犊牧童吟。

荻岸花如笑，箩墙月有阴。

莺啼与蝉嘈，到耳尽清音。

## 其三

山容同客瘦，水气逼人清。

帆向烟鬟落，舟从石齿行。

黄粱水碓米，紫苋土瓮羹。

枕外投篙急，铿然冰雪声。

## 常山舍舟从陆之玉山

舟居苦执热，篷围若盆盎。

老骨势捐拳，病眼视矇莽。

忽起驾轻舆，脩然开神爽，

细路缘山椒，沙石平于掌。

道旁罗群峰，高卑形俯仰。

白云起岩阿，从风自来往。

松翠滴寒涛，鸟啼送清响。

尤爱嘉树林，红黄间青苍。

蒙笼盖一山，虎豹伏深莽。

叩关试一窥，却立魂惝恍。

定知无人处，芝草琅玕长。

虽然车马途，而有烟霞想。

天竺两峰间，悠然思畴曩。

魏宪（1626—？）：字惟度，福建福清人。诸生。清顺治间诗人，著有《枕江堂集》。

## 雨宿草坪庵

不断空山色，居然卧草莱。

春光摇法席，花雨乱经台。

香气侵帘湿，钟声度水来。

下方元夕景，犹有暮笳催。

叶燮（1627—1703）：字星期，号已畦，浙江嘉兴人。晚年定居江苏吴江之横山，世称"横山先生"。清康熙九年（1670 年）进士。清初诗论家，主要著作为诗论专著《原诗》，还著有《已畦集》等。

## 常山道中

行迈已川疲，仆夫趣登陆。

连山断越疆，分流趋岷渎。

气已苏冱寒，树渐凝柔绿。

深林远斧斤，干宵动成族。

我行饥为驱，览胜饱亦足。

眺没群飞鸿，心折千回轴。

远堞出陂陀，疲犊饮岿谷。

何当订云山，就此樵与牧。

---

王忭（1628—1702）：江苏苏州太仓人，明末清初著名画家王时敏第五子。戏曲家，著有杂剧《玉阶怨》《戴花刘》，传奇《鹫峰缘》等。

## 宿常山店

单囊投旅店，暮色远苍苍。

今夕犹东越，明朝即豫章。

乱山滩声急，残月雁声长。

不寐闻悲角，终宵念故乡。

---

钱曾（1629—1701）：字遵王，号也是翁、贯花道人，江苏苏州常熟人，钱谦益族曾孙。明末贡生，入清不仕。著有《怀园小集》《交芦言怨集》《莺花集》《夙兴草堂集》《判春集》《奚囊集》《今吾集》等诗集。

## 常山至玉山居民凋敝于兵燹之余过此凄然感慨

地经离乱后，井邑尽凋芜。

虎迹荒城迥<sup>①</sup>，驴言小店孤。

惊心淹过客，趼足倦征夫。

嗟我劳劳久，翻来听鹧鸪<sup>②</sup>。

作者注：①玉山邑无居人，唯有虎迹。
②满山皆鹧鸪声。

梁佩兰（1629—1705）：字芝五，号药亭、柴翁、二楞居士，晚号郁洲，广东佛山南海人。清康熙二十七年（1688）进士，授翰林院庶吉士。著有《六莹堂集》等。

# 常山道中（三首）<sup>①</sup>

## 其一

城头星欲落，城外柝声稀。

早已行人饭，真同驿骑归。

树禽初跳叶，山屋未开扉。

隐隐千峰下，泉声一道微。

## 其二

山气鸿蒙似，云光草树开。

逐群樵斧去，报晓寺钟来。

鹿迹留干叶，霜痕渍古苔。

此间宜一憩，登眺有高台。

## 其三

蒋莲多谷口，白石半林坳。

古木成虬甲，人家护鸟巢。

绵连生垄坂，迢递接江郊。

日午招山店，寒瓜满素庖。

编者注：①载于《六莹堂集》（二集）卷五。

朱彝尊（1629—1709）：字锡鬯，号竹垞，晚号小长芦钓鱼师，别号金风亭长，秀水（今属浙江嘉兴）人。清代著名词人、学者、藏书家，"浙西词派"创始人，著有《曝书亭集》《日下旧闻》等。

## 常山山行

常山至玉山，相去百里许，山行十人九商贾。肩舆步担走不休，四月温风汗如雨。　　劝客何不安坐湖口船，船容万斛稳昼眠？答云此间苦亦乐，且免关吏横索钱。

陆葇（1630—1699）：字次友，号雅坪等，浙江嘉兴平湖人。清康熙六年（1667）进士，清康熙十八年（1679）授翰林院编修，历官至内阁学士兼礼部侍郎。著有《雅坪诗集》等。

## 玉山至常山（二首）

### 其一

山城频战后，秋气早苍凉。

乱阜全堆绿，新畬半刈黄。

海椒还北贩，山药向南装。

中道肩相易，人情信恋乡。

### 其二

百里虽分域，虚关不戒严。

羊头车载米，驴背篓驮盐。

篾峡迁丁籍，何村复堵黔。

江东秋大稔，今夕酒杯添。

## 草萍道中

驿骑骎骎入楚天，岫云犹与越峰连。

凋残村舍新沽酒，历乱山溪旧灌田。

鸟语向人藏密叶，山花缘路覆明泉。

年来已许销兵燧，何事征夫未息肩。

## 登常山城楼观涨

列缺耀中宵，屏翳倾巨壑。

洪波溢金川，奔流绕东郭。

日出霁烟浮，绕山苍霭薄。

惜哉春江水，清流忽焉浊。

渔网集城隈，鸡声远篱落。

此地多鱼龙，旱魃庶无虐。

## 常山大雨

湿尽征衣未尽程，林间愁叫画眉声。

崎岖最是常山路，纵有轻蹄不可行。

--------

蒋伊（1631—1687）：字渭公，号莘田，江苏苏州常熟人。清康熙十二年（1673）进士及第，官至河南提学副使。性孝友，负才略，工诗文，善绘事，著有《莘田诗文集》等。

## 雨中发常山

雷走苍崖雨，风轻白夹衣。

泉奔添涨急，树密碍云飞。

征鸿千峰绝，吟僧一笠归。

山川经乱后，烟雾尚重围。

# 别李邨园制府晓发衢州晚泊焦堰（二首）

## 其一

旌门握手话心期，十载相思旋别离。

鬓白沙间明月夜，眼青山上未云时。

为春香稻溪流急，欲觅鲈鱼钓下迟。

野渡推篷吟好句，箧中存有浣花诗。

## 其二

一尺清湍舴艋移，看云攲枕也相宜。

泉飞石齿漱寒玉，日映峰头添黛眉。

鹤语空山松十里，花香两岸橘千枝。

风来轻袂不知暑，夜半月明空所思。

## 泛小艇入常山溪

高山清渚碧争妍，断续深村正午烟。

旗外柳迎沽酒客，矶边苔泥钓鱼船。

头因篷短难伸蠖，声畏林高莫噪蝉。

却悔十年尘土梦，不如溪上枕流眠。

## 常山道中（三首）

### 其一

垂杨低映两三家，曲曲溪流似若耶。

何处香风迷蛱蝶，乱山深处种荷花。

## 其二

雨过天风拂袖凉，宦情诗思两苍茫。

缘故征调初休息，山下时闻白稻香。

## 其三

松风谡谡落征袍，涧底孤云溅翠涛。

一径篮舆看不厌，红尘何似碧山高。

# 薄暮舟行将至三衢（二首）

## 其一

布帆西去暮霞横，面面青山似送迎。

斜浦白鸥惊棹起，夕阳黄犊带云耕。

水知留客千滩急<sup>①</sup>，月为题诗一枕清。

舟子计程知不远，烂柯山下听泉声。

作者注：①滩势甚险，舟不得前。

## 其二

落日荒祠枕渡头，数峰如画望中收。

囊云恐碍支松屋，贮月愁迟上濑舟。

箭落远明沙际火，帆飞斜指水西楼。

行行且向桃榔树，梦绕江南杜若洲。

# 三衢道中（三首）

## 其一

梦断春明仙掌边，滩声日夜听潺湲。

行来乌桕千村路，已过芙蕖六月天。

渔艇漫浮新涨水，农家犹有未耕田。

长沙几点忧时泪，流到珠江倍惘然。

## 其二

远树参差半夕曛，波光隐隐露鸥群。

山田有犊眠青草，水碓无人响白云。

谢朓诗成帆北去，安仁赋就雁中分①。

推篷邀得清宵月，江上风添锦绣纹。

## 其三

垂杨几树一蝉鸣，浅水风来片片明。

欹枕细鳞随意钓，隔船好句苦吟生②。

秋来橘柚三千里，路入烟波四十程③。

已过双柑携酒处，前山好听鹧鸪声。

作者注：①中途有鼓盆之戚。
②与同行诸公分船唱和。
③舟行已四十日。

# 舟行书所见

曲岸青青草正肥，碧山留我故依依。

花飘浅渚鱼儿出，树覆空檐燕子归。

独骑沙边飞画羽，双鬟帘外曝春衣。

泥人最是清溪石，几上新添锦一围。[①]

作者注：儿子拾五色石贮盆中，斑斓可爱

秦松龄（1637—1714）：字汉石，一字次椒，号留仙，一号对岩，晚号苍岘山人，江苏无锡人。清顺治十二年（1655）进士，官左春坊左谕德。著有《苍岘山人集》。

## 自常山抵玉山（二首）

### 其一

山郭散朝霞，前村又几家。

长桥行客路，修竹长官衙。

地瘠无香稻，塍低半野花。

江南今夜梦，谁复忆繁华。

### 其二

设险重关在，当年亦战场。

青山过古道，黄犊傍斜阳。

边塞今停戍，朝廷正省荒。

还期司牧者，加意集流亡。

## 将抵三衢

水阔三衢近，舟人静不喧。

帆移孤塔白，雨过半溪浑。

树暗当清昼，山明非故园。

仙踪如可即，吾意亦飞翻。

---

邵长蘅（1637—1704）：一名衡，字子湘，号青门山人，武进（今属江苏常州）人。诸生，因子除名，后入太学，罢归乡里，以布衣终。早年诗学唐人，后改学宋人，前后诗风迥异；文宗唐宋，继承唐顺之、归有光为文传统，与侯方域、魏禧齐名，著有《青门全集》。

## 常山晓发

夜雨洗青嶂，巾车映晓暾。

松杉滴疏响，鹅鸭散空村。

岚翠扑衣湿，泉声争涧喧。

欲寻丞相冢①，牧犊上荒原。

作者注：①相传山有赵丞相墓。

张埙（1640—1695）：字商言，号瘦铜，吴县（今属江苏苏州）人。清乾隆三十四年（1769）进士，官内阁中书。善考订金石及书画题跋，工诗，以清峭胜，著有《竹叶庵集》。

# 钱塘达常山杂诗十二首

## 其一

衣锦江山入画图，风云铁弩射潮枯。
一从龙气归天目，陌上花开半有无。

## 其二

罗隐江东书记才，幕中长揖未嫌猜。
如何杀一吴仁璧，粗学当年黄祖来。

## 其三

布衣也得动星辰，一路溪山入富春。
江上鲈鱼谁钓去，先生原是汉朝人。

## 其四

方罫能分石壁开，中腰多是白云堆。
画眉踏上山松树，坠落岩头樵斧来。

## 其五

仙人采药此间闻，欲买峰头一片云。
白石细添江水鬻，茶炉收拾待桐君。

## 其六

为爱看山趁晚晴,碧天如乳露长庚。

一声风笛秋江上,几个鹭鸶卧月明。

## 其七

连村修竹傍陂陀,竹外清风障女萝。

不避溪喧开水碓,稻花香里草亭多。

## 其八

山船女儿多养猪,梳毛亦用玳瑁梳。

来朝阿父卖猪去,翠眉不画悲何如。

## 其九

地清人识长官清,几个山楼即县城。

日暮空滩芳草绿,一炉秋水鬻江声。

## 其十

夕阳明灭草堂偏,屋上青山屋下田。

浴过溪牛沙路静,一枝橘树靠秋烟。

## 其十一

烟波谁作弄珠游,采采芙蓉未晚秋。

新妇岩前频指点,落霞红衬美人舟。

# 其十二

波不藏鳞石见根，江蓠一尺翠能吞。

天风浩浩吹荒濑，两岸前朝篙齿痕。

---

金烺（1641—1702）：字子闇，号雪岫，山阴（今属浙江绍兴）人。清康熙四十年（1701），以贡生授儒林郎，官湖州府学训导。著有《绮霞词》。

# 苏武慢·三衢怀古

天接吴云，山连闽树，一枕东南屏翰。碧玉门边，青霞洞口，空剩侵阶苔藓。水冷溪云，林凋枫叶，望处都成哀怨。看行来，兔葵燕麦，肩舆人倦。　　想旧日，树拥旌旗，山排战垒，叠鼓鸣笳声断。穷海馋螭，荒郊饿虎，弃甲受降城畔。军灶沙场，只今回首，犹觉阵云低卷。还留得、残照西风，数行征雁。

---

廖燕（1644—1705）：初名燕生，字人也，号梦醒，改号柴舟，曲江（今属广东韶关）人。清初具有异端色彩的思想家、文学家，作品收辑为《二十七松堂集》。

# 过山

客去春归两不情，野花零落怅啼莺。

草萍驿里吴云断，怀玉山头楚树平。

裘琏（1644—1729）：字殷玉，一字蔗村，号废莪子，人称"横山先生"，浙江宁波慈溪横山人。清康熙五十四年（1715）终成进士，授翰林院庶吉士。有文才，为戏剧家，著有杂剧《昆明池》《集翠裘》等，另有《复古堂集》《横山文集》《横山诗集》等。

## 过常山

雨后野花香，游骢自定阳。

渐于风景熟，不觉驿途长。

岭树流衣翠，山泉杂土黄。

白云迷故国，回首一沾裳。

## 过常山寄黄广文

三年仅远别，千里得逢迎。

苴蓿人嫌冷，琴尊意独清。

山云时入郭，溪树近侵城。

不以风尘贱，时留下榻情。

## 过草萍驿追挽桐侯姜先生

### 其一

老去轻行役，秋风抱病还。

可怜草萍驿，化作杜鹃山。

旌湿江云外，魂归夕照间。

典型今已矣，驱马泪潸潸。

## 其二

九十高堂健，三都令子才。

伤哉阮瑀逝，谁见巨卿来。

草蝶飞前梦，林蝉咽旧哀。

至今山上石，东望不曾回。

## 过常玉山①

为访陶彭泽，春风又定阳。

山花红射豹，野水舞商羊。

一驿分吴楚，千峰剖玉常。

客心愁绝处，西去路还长。

编者注：①常山县属浙江衢州，玉山县属江西广信。

赵申乔（1644—1720）：字松伍，又字慎旃，号白云旧人，江南武进（今属江苏常州）人。清康熙九年（1670）进士，累官至户部尚书，谥号恭毅。

## 送孔象九①之官常山

新捧除书日月边，拊循百里正需贤。

家承北海饶经济，地接西江蔼诵弦。

竞巧蚕丝宁政拙，纷来案牍费精研。

锋车看骋骅骝足，前指康庄快着鞭。

作者注：①孔象九即孔毓玑。

沈受宏（1645—1722）：字台臣，号白溇，别署"馀不乡后人"，江苏苏州太仓人。岁贡生。少有才名，从吴伟业学诗法，兼长诗文，著有《白溇文集》等。

## 小除发常山

行尽江西过玉山，扁舟又下浙西湾。

忽经残腊年将尽，犹阻长途客未还。

东岸峰峦争巀嶭，连滩波浪接潺湲。

此时却忆吾乡景，竹爆桃符万户间。

顾文渊（1647—1697）：字文宁，号湘原，又号雪坡、号海粟居士，江苏苏州常熟人。工画山水，见王翚独步一时，自度不及，乃改画竹，久之，所学大就；工诗，格高调逸，著有《海粟集》《柳南随笔》。

## 高凉杂诗（二首）

### 其一

市井尘嚣集米盐，山城树暖北风恬。

残冬浅濑稀舟楫，愿直青钱一倍添[①]。

### 其二

归程千里尽消愁，满意风帆下濑舟[②]。

橘圃柏林忙应接，日斜城郭到衢州。

作者注：①进常山城买下濑船。

②发常山便风张帆顺流而下达衢州。

查慎行（1650—1727）：初名嗣琏，字夏重，号查田，后改名慎行，字悔余，号他山，晚年居于初白庵，故又称查初白，杭州府海宁袁花（今属浙江嘉兴）人。清康熙四十二年（1703）赐进士出身，授编修。诗人、文学家，著有《敬业堂诗集》《查初白诗评十二种》等。

## 前过常山玉山今过醴陵萍乡四县令同以一事去官偶纪之

朝廷惜民力，大事给邮符。

朱邸征求急，皇华道里纡。

上官曾有檄，小吏似无辜。

获罪由腰笏，冤哉何易于。

## 遇贵溪哭同年王辰帜①

同年余几个，小别死生分。

老去常为客，重来又哭君。

政条留邑乘，归榇阻秦云。

出拜多襁褓，儿啼讵忍闻。

作者注：①前过严州哭詹廉夫，今又丧我辰帜。

## 雨后发常山将抵玉山县途中复遇大雨（二首）

### 其一

出郭尚朝隮，初防雾雨迷。

云峰俄见日，沙路不成泥。

商旅行相杂，图书去每携。

草坪知渐近，一饭向江西。

## 其二

一溉功无及，三秋喘未苏①。

官征山县赋，户减石田租。

乐土今何处？衰年复此涂。

油衣非瓦屋，宁免载沾濡。

作者注：①时浙东久旱，暑犹未退。

## 发常山早雨晚晴二首

### 其一

七日江程上水难，肩舆差比布帆安。

朝来更觉山行好，小雨才过路便干。

### 其二

菜畦麦垄黄兼绿，李径桃蹊白间红。

着色春光谁画得，常山西畔玉山东。

## 篁步①

百折金川水，东流下石门。

碓床声不断，炭坞气长昏。

小屋棕榈岸，疏篱橘柚村。

荔枝方入贡，剩尔未移根。

作者注：①篁步即为航埠，去衢州二十里地，产柑橘。

## 常山山行①

常山小城如破驿，细路多嵌弹丸石。

一乘竹轿役两夫，杂沓前行随估客。

怜渠雇直止百钱，为我赤脚赪两肩。

我今亦复被物役，何暇悲人还自怜。

作者注：①与朱彝尊同行。

## 早发常山大雾

苦雾忽吞天，去城不数武。

如行襄城野，七圣迷处所。

初旭渐渐高，寒光翳复吐。

窅然坠醉梦，既觉乃停午。

前瞻怀玉峰，峰峰垂白缕。

西江行在望，未济恐多沮。

## 江行六言杂诗十八首（其十七）

长亭七十有四，川路萦纡倍艰。

安稳烟波六宿，卸帆已到常山。

## 江行六言杂诗十八首（其十八）

一笈曾陪朱老，浙西吟过江西。

谁怜磨牛陈迹，自笑飞鸿雪泥。

## 三衢道中口号四首

### 其一

水落滩尤窄，轻舟一苇容。

机心与机事，那免怨机舂。

### 其二

沙际集饥鹭，修翎冷自梳。

孟尝门下客，大半食无鱼。

### 其三

两岸丹黄色，千家橘柚林。

勿嗤奴价贱，颗颗铸成金。

### 其四

明日川程尽，聊为半日停。

多烦贤太守[1]，为我致舆丁。

作者注：[1]谓靳培之太守。

查嗣瑮（1652—1733）：字德尹，号查浦，杭州府海宁袁花（今属浙江嘉兴）人，查慎行之弟。清康熙三十九年（1700）进士，选翰林院庶吉士，授编修，升至侍讲。著有《查浦诗钞》。

## 寄祝同年张天农五十次匠门韵（二首）

### 其一

又听长生报束歌，苦因牵挽作蹉跎。

慈真似母人能几，齿或称兄我较多。

洛社欢娱期好在，广祁文酒兴如何。

平生跋扈飞扬意，谁羡龚黄拔萃科。

### 其二

峥嵘峰影照清疏，我到君行雁燕如①。

一马乡台经岁别，万山松竹百城书。

斋空不受新封果，厨冷犹悬旧饷鱼。

知有浙西期集会，遥飞一盏贺公余②。

作者注：①余向经常山，君以他出不遇。

②张元善使浙西为同年之会，见范石湖序。时同年官浙者尚数人。

王时宪（1655—1717）：字若千，号裸亭，江苏苏州太仓人。清康熙四十八年（1709）进士。平生著述，尤邃于诗，著有《性影集》八卷。

## 常山

当暑事行役，篮舆及晓凉。

半山松叶暗，五月稻花香。

平远烟岚秀，逶迤石径长。

屏风关渐近，翘首色苍苍。

汪斯潢（1660—1690）：字天池。秉姿聪慧，弱冠游泮，会修统谱，名震包山。

## 适包山修谱赠继贤宗君

云山深处吾同宗，柱国流芳继世隆。

簪笏传家追往哲，诗书教子慕前风。

包山云树千年一，听雨烟霞万古同。

瞬息看游龙潭去，奉恩表谱沾光荣。

史申义（1661—1712）：字叔时，一字蕉饮，江南江都（今江苏扬州）人。清康熙二十七年（1688）进士，改翰林院庶吉士。与同里顾图河同有诗名，称"维扬二妙"，著有《芜城集》《使滇集》《过江集》等。

## 草萍驿感旧

红亭驿路晚山中，日自西驰水自东。

一树棠梨墓门雪，伯劳寒食几春风。

赵执信（1662—1744）：字伸符，号秋谷，晚号饴山老人、知如老人，益都（今属山东淄博）人。清康熙十八年（1679）进士。诗人、诗论家、书法家，著有《饴山诗集》《饴山文集》《诗余》等。

## 泊常山明日将山行

北客南来掷马鞭，渐于水宿得安便。

忽逢楚越相参处，无数青山阻进船。

麋鹿定寻筇杖约，凫鹥犹傍柁楼眠。

此身牢落如秋色，不择江风与岭烟。

陈鹏年（1663—1723）：字北溟，又字沧州，湖南湘潭人。清康熙三十年（1691）进士，曾任西安知县、苏州知府、河道总督等。著有《道荣堂文集》《喝月词》《历仕政略》等。

# 丁丑元旦<sup>①</sup>和韵三首

## 其一

鸡鸣催看海门霞，峨冕金钟拱绛纱。

白兽俨陪鸩鹭侣，朱幡如集火城花。

九重纶绰怀三殿，万国冠裳正一家。

独有马曹仍落拓，素餐匏系浙东涯。

## 其二

喧瓯门鹊报晴霞，缭白晨光上碧纱。

江县人争传柏叶，山衙春已到梅花。

梦中亲串皆千里，客里宾朋共一家。

渐喜日长春事好，钓竿诗卷任天涯。

## 其三

萧然官舍傍青霞，短鬓真羞帽上纱。

暖日渐知疏雁羽，条风重为护萱花。

鹤琴户说贤人里，梧竹庭闲处士家。

好待东皋双蜡屐，定阳烟水正无涯。

注：①时随郡僚朝贺正旦。

# 庚辰长至将赴淮阴移寓叶氏园亭
# 仍用己卯年限韵感吟四首

## 其一

五年长至定阳西，暂借名园竹一溪。
苦忆晨昏违故里，依然儿女聚深闺。
樊笼谢却风波减，尘牍闲余笑语齐。
拟趁晴郊呼酒伴，早梅香里散霜蹄。

## 其二

官贫岁月尽呼庚，潦倒瓜期百虑生。
痛定尚余愁恍惚，身轻那忆怒峥嵘。
庚公幕下风尘色，醉尉门边呵殿声。
早晚钓竿随雪艇，淮阴祠畔酒同倾。

## 其三

不才自分宦情微，惊捧河防檄屡飞。
葵藿早知倾帝阙，草茅何意霁天威。
上公吐握逢连茹，楚客悲歌正短衣。
莫羡弹冠虚左席，青云壮志近来非。

## 其四

千门鸂鶒拟朝元，百越卿风岁鼓喧。
赞拜聊分乡月照，陆沉空系客星存。
沽残浊酒消长夜，借得邻花占小园。
今夕明年还剪纸，此邦应有未招魂。

## 常山

四年荡桨沧江头，今年今夕还放舟。

青山不改客长在，明月无声江自流。

渺渺五湖梦虾菜，萧萧两鬓惭沙鸥。

烟钟到船夜已半，一苇小泊芦花洲。

## 中秋定阳溪放舟作

夜露既白团炯村，圆月激射浮水门。

此时扁舟正东去，双桨直破金波痕。

素光在水尊在手，空明灏气相交浑。

忆昨琐闸困环堵，玉虚隔绝如九阍。

今夕何夕秋江溃，布衣鸥没苍炯根。

渔父杂沓老瓦盆，有酒不醉参旗奔。

皎皎霜雪洗胸臆，皓皓水玉互吐吞。

知我者谁素娥耳，虾蟆药兔何足论。

## 归舟

刚趁公余十日闲，一群鸥鹭水云间。

崎岖百越凭双桨，宛转三衢已万山。

叶露迎秋光历历，风滩流月夜潺潺。

频年傲吏无长物，又载空青镜里还。

# 戊寅除夕舟中作（三首）

## 其一

三年蓬鬓滞三衢，一苇荒江又一隅。
天地自应容啸傲，风波未必免崎岖。
公余被襆残冬得，画里山川片舫俱。
却喜梅开双荡桨，桐洲饱看万花腴。

## 其二

剪烛依然坐此宵，柏觞奠罢篆烟销。
萱闱计日扁舟隔，鹤垄多年子舍遥。
书剑雄心迟岁月，江湖归梦有渔樵。
乡心似共更筹急，已报钱塘暗上潮。

## 其三

新诗一卷酒千钟，日历编残砚垢封。
莫对华簪悲老大，虚惭圣世长疏慵。
风江怒鼓兼天浪，梵寺闲闻隔岸钟。
冠带暂弛无束缚，夜来高枕正从容。

# 寄寿张天农五十即和其次匠门见寄原韵三首
# 时令常山

## 其一

日下才名旧绝伦，多年出宰尚风尘。
龙门作客文章丽，单父弹琴惠泽均。

岁月正饶毋汉老，田园犹在莫言贫。

三衢山畔追锋急，圣世贤良自有真。

## 其二

碧玉溪边我放歌，只今情事转蹉跎。

江山风景逢人问，父老耕桑入梦多。

旧谱关心师召杜，新诗苦志见阴何。

文翁向学胶庠在，弟子犹能备四科。

## 其三

近来踪迹未全疏，坐对郎君玉不如。

珍重珠胎一片石<sup>①</sup>，殷勤驿骑数行书<sup>②</sup>。

及时春酒来青鸟，计日秋风上鲤鱼。

庭桂香浓棠棣茂，君家兄弟庆方余。

作者注：①余在吴门，曾蒙以端溪胞胎石子见寄，至今宝之。

②去年儿辈归楚，取道常山，蒙分俸见饷，兼惠奥夫，

儿子来书甚悉。

编者注：以上载于《沧州近诗》卷七。

詹贤（1663—1727）：清初戏曲家，字左臣，一字铁牛，号耐庄，江西崇仁人。清康熙二十四年（1685）拔贡，一度掌教白鹿洞书院。撰有《詹铁牛文集》《诗集》《诗续集》，杂剧《一线春》《画中缘》《同林鸟》《女钟期》，已佚。

## 舟过金川访同年李鳌采学博

秋意临江早，牺舟访绛帏。

绿芹风卷翠，锦蒬雨添肥。

问字金钟应，传经玉麈挥。

留将春色在，柳汁待沾衣。

## 常山道上晓发

一天犹露气，淡淡湿平沙。

村落扉仍掩，乡关路尚遐。

青山难觅径，白眼自成家。

打叠黄花笑，餐英漱齿牙。

陆奎勋（1663—1738）：字聚缑，号坡星，又号陆堂，浙江嘉兴平湖人。清康熙六十年（1721）进士。十二岁即能诗，四十一岁时专心经学，著有《陆堂诗文集》《陆堂诗学》《陆堂易学》《今文尚书说》《春秋义存录》《戴礼绪言》《鲁诗补亡》。

## 椒堰①舟行看雨

### 其一

秋雨飒然至，蒙蒙小米山。

船如天上坐，身在画中间。

### 其二

一杖肩一瓢，随心妙行止。

淅沥响驴车，我征越二纪②。

### 其三

昨宵月近人，今朝云拥树。

待剪读书灯，听话龙山雨。

作者注：①椒堰即为常山招贤。
　　　　②乙亥岁北归。

## 常山陆行

### 其一

晓风落苎叶，宿雨涨泂溪。

寄声石门山，泄云东转西①。

## 其二

担夫骤若蚁，旋磨无休时。

皮肩②息树荫，鸠形良可悲。

## 其三

举世填三坑③，衡命昧所限。

阅稼舁筝舆，我思樊清简④。

## 四

时清戍卒空，腰站草萍息。

犹闻五稔前，猛虎攫人食。

作者注：①石门山云过东即雨。

②担夫所戴。

③谓嗜欲名利枯寂也。

④樊司寇莹归老常山，暑月坐竹兜窥耕者。

## 雨发常山晚抵玉山过大雨步初白太史韵

### 其一

山行无百里，入望总低迷。

秋酿萧萧雨，鸟呼滑滑泥。

篚中元草续，车后赤藤携。

且住为佳耳，石门云向西。

## 其二

冲雨吾何怨，种田庆晚苏。

向来诗败兴，无过吏催租。

越境多丰象，从桥亦畏途。

江楼看山额，几点墨浪濡。

顾嗣立（1665—1722）：字侠君，号闾丘，长洲（今属江苏苏州）人。清康熙五十一年（1712）进士。喜藏书，尤耽吟咏，性豪于饮，有"酒帝"之称，著有《秀野草堂诗集》《闾丘集》。

## 自钱塘江口至常山舟中杂诗

积雨湿江云，林深白一片。

春风忽吹开，青峰递隐见。

晴旭散旅愁，鼓枻聊自遣。

昨宿西安城，今到常山县。

故人松桂林，葱茏眼中见①。

西北有浮云，别来几番变。

阮籍醉不醒，司马游已倦。

弭节暂淹留，孤踪愧深眷②。

作者注：①张常山天农有《读书松桂林图》。

②画笔所不能到者，以韵语补之，此化工也。起四语，
　　予尝于舟行晓望时一遇目。

## 过草萍驿自嘲

草萍驿到日方中，小力更翻西复东。
自分慢肤皆退避，凭他窃语坐熏风。

## 常山阻风

归途苦上滩，日行四十里。
淹留二旬余，始见常山水。
从此下钱塘，清风半帆耳。
朝来天色恶，白浪如山起。
沙濑势相激，喧聒鸣不已。
舟人力不前，劝我行且止。
半生饱逆境，顺处亦值此。
不如酤村醪，三杯径醉矣。

编者注：以上两首载于《秀野草堂诗集》卷十七。

## 张常山南田五十次匠门韵寄怀三首

### 其一

平子词章本绝伦，酒酣豪气落梁尘。
燕山去后音书隔，粤峤行时道里均①。
一第成名身转贱，五年作吏室常贫。
孤舟回想匆匆别，尔我从来情性真②。

## 其二

衙罢传君长短歌，且将百里补蹉跎。

中年已觉欢娱减，半醉那禁感愤多。

行旅载途遗不拾，利兵守要夜谁何③。

腾骧特达纷纷是，经济犹能数甲科。

## 其三

机枢无用守迂疏，莫管荣如与辱如④。

每对壶觞逢令子，辄将眠食问家书。

宽闲惟羡开笼鸟，局促终怜游鼎鱼。

五十升沉天已定，少游端不望赢余⑤。

作者注：①余庚寅游岭南道经常山。

②往返俱相遇舟中。

③《史记》："陈利兵而谁何。"索隐曰："谁何，呵夜行者谁也。何呵字同。"

④《汉书》："荣如辱如，有机有枢。"

⑤余年少南田一岁。

## 自富阳至常山得绝句二十首（选一）

三更无酒难成眠，九日非诗那破颜①。

乍得金华盈瓮碧，微吟浅酌到常山②。

作者注：①自江口入舟已九日矣。

②孟龙游以金华酒见饷。

## 赠张常山天农

七年不见张京兆，两到常山交臂过。
馆阁近来生趣少，簿书今日故人多。
橘林返照垂山驿，枫叶飞霜入水波。
松桂满前重握手，未知饮兴竟如何。

## 天农留饮县斋醉中即席唱和用乙未南归留别韵四首[①]

### 其一

南来双鲤音信沉，此日真过松桂林。
白发萧萧狂客态，青山点点故交心。
颜酡不觉忘深浅，骨傲终难枉尺寻。
记得月张园里别，江东渭北动微吟。

### 其二

合抱樟枫山半居，罢衙吏散室无余。
三杯酒后增怀旧，一夕灯前胜读书。
嶙崒未曾登紫盖，潺湲终拟听匡庐。
白鸥浩荡随波浪，折苇漂泊任所如。

### 其三

鸦舅斜阳剩一枝，枯肠吟兴在于斯。
呼门岂厌踉跄急，刻烛无嫌酩酊迟。
淡月微霜江上酒，乱山孤棹岭头诗。

饮师词伯凋零尽，落落英雄更数谁。

## 四

欧公漫说圣俞躬，旗鼓相当推两雄。

湖海相逢犹大敌，枌榆后会各衰翁。

孤舟日落看云起，倦枕人归值酒中。

莫为别离添黯结，拟将天地问壶公。②

作者注：①戊子岁天农需次京师，同匠门检讨同寓，终日唱和，

诗篇甚多。

②李义山诗："壶中若是有天地，又向壶中伤别离。"

## 常山席上闻雨戏吟一绝

筵前忽报雨如丝，此意何人识雨师。

七月至今无一点，今宵毕竟为催诗。

## 雨中行次草萍驿宿

昨听催诗雨，行看溅路泥。

沉山枫叶变，润野麦苗齐。

炉热衣从湿，瓢干酒未携①。

迢迢孤驿梦，寒夜滞江西。

作者注：①奥夫肩酒未至。

## 立秋前一日张进士天农招饮寄园限韵集字

当楹龙爪劲双枝，荡漾帘栊映日迟。

轻扇驱炎人未觉，幽斋秋到草先知。

骤看佳兴浮眉宇，谁惹新愁感鬓丝。

盘摘莲心堆嫩角，归鸦百匝唤林时。


## 寄园雨中夜饮再次匠门韵答张常山南田

风卷痴云似叶飞，浪浪檐溜冷侵衣。

人来京洛愁供病，官近家乡仕当归[1]。

曲蘖三升拼酩酊，田园十亩想芳菲。

秋凉灯火清于月，独照孤吟陈去非。

作者注：[1]南田是日初筮得常山。


## 题南田读书松桂林图即送之任常山

成名愁易老，读书恨不早。

人生无百年，那得豁怀抱。

画图乃何人，常山新令好。

惟君具夙慧，总角便了了[1]。

大字擘窠书，文成不起草。

壮岁取科第，千军笔独扫。

严徐满台阁，斯人独枯槁。

剧怜我酒狂，相见辄倾倒。

未甘附藤薜，强自等韩赵。

华灯照悲歌，箫声散木杪。

栖栖京华尘，淋漓湿昏晓。

天寒木叶干，狂飙失归鸟。

独持浙西檄，霜花溅征袄。

囊携松桂图，行行故乡道。

东南水旱仍，蒸黎半饿殍。

抚字务真心，催科宜下考。

簿书如山丘，晨兴辨寅卯。

纵列邮侯签，何暇恣搜讨。

惟君负长材，临事弗憧扰。

况对山水佳，日夕助文藻。

长风翠涛喧，千丈舞龙爪。

金粟香清幽，丛生枝相缭。

仕学两兼优，如君古来少。

还须尽酒人，举觞对穹昊。

嘭嘭衙鼓中，书声正缥缈。

作者注：①南田少有神童之号。


## 清明日肩舆行常山道中有感①

草薰山径欲生烟，盎盎春流入野田。

柳底蛙鸣声在树，峰头鸟没影连天。

飞花点点才三月，客鬓萧萧又一年。

每到清明偏作客，思家何地不潸然。

作者注：①余自丙戌年至今客中五度清明矣。

程瑞祊（1666—1719）：字姬田，号槐江，安徽休宁人。清康熙三十年（1691）贡生。博学经史，文有奇气，诗贯雄雅，然不求仕进，唯喜探奇掠胜，刻画写诗，著有《槐江诗抄》等。

## 常山

万叠晴岚里，深山一县存。

桑麻还处处，鸡犬自村村。

帆影朝迎市，溪声夜到门。

豫章烽火日，残破不须言。

## 砚瓦山

路入空林去，山深一径斜。

荒田余虎迹，断岭半樵家。

衣染枝头翠，香生洞口花。

朝朝谋采石，琢砚是生涯。

杜诏（1666—1736）：字紫纶，号云川，又称丰楼先生，江苏无锡人。清康熙四十四年（1705）南巡，献诗，特命供职内廷。清康熙五十一年（1712），赐进士，官庶吉士，逾年乞养归，与高僧结九龙三逸社。尝与杜庭珠合编《唐诗叩弹集》，另有《云川阁诗集》《浣花词》《蓉湖渔笛谱》等。

## 自龙游至常山途中作

姑篾无多地，牵舟数过滩。

碓声春急溜，帆势截奔湍。

客子登程易，篙工着力难。

鹧鸪听不得，有泪落江干。

沈近思（1671—1727）：字位山，号闇斋，又号庵斋，钱塘（今属浙江杭州）人。清康熙三十九年（1700）中进士，任临颍知县。著有《学易》《学诗》《读论语注》《偶见录》《小学》《咏励志杂录》《真味诗录》《天鉴堂诗文集》等。

## 过草萍

烈日肩舆过玉山，劳劳捧檄愧毛斑。

回思七载南宁返，细雨斜风到此间。

## 宿常山

舟行日日上沙溪，况复惊心风雨凄。

路到常山东浙尽，明朝客邸是江西。

## 客中书怀八首复用少陵韵（选一）

扁舟已是系斜晖[①]，晓上篮舆入翠微。

怀玉山头云气重[②]，晒珠滩畔浪花飞。

峰连东浙家犹近[③]，水下西江路转违。

唯有寸心时耿耿，形癯尚喜道还肥<sup>④</sup>。

作者注：①十一月十一日发钱江，十八日晚抵常山，次日肩舆
　　　　　到玉山。
　　　　②是日雨，晚复买舟往江西。
　　　　③玉山与常山峰连不断，故俗总称常玉山。
　　　　④时因病后故有形癯之叹。

吴铭道（1671—1738）：字复古，号古雪山民，安徽贵池人，吴应箕孙。布衣终老，游迹半天下，著有《古雪山民诗后》。

## 叶子敬以常山宰改博士招集学斋二首

### 其一

未温姑蔑席，山长领齐山。
户限诸生满，餐钱半俸艰。
人推束著作，吾敬陆云间。
莫负南亭水，修翎对白鹇。

### 其二

翠天笼晚色，薄雨未沾泥。
老觉诗如桧，清知酒到齐。
冷官花径浅，将母板舆低。
捧腹犹堪笑，便便类滑稽。

郑世元（1671—1728）：一作世沅，字亦亭、黛参，号耕余，浙江余姚人。清雍正元年（1723）举人。著有《耕馀居士诗集》。

## 常山县

江行六日风，水宿半篷月。

去家已千程，停橹尚三浙。

云栖挂虚崖，石白乱晴雪。

邑古人烟稠，夜深市嚣绝。

舟师袒衣倒，尸寝辛苦歇。

于越界斯土，西江始我辙。

首路方自兹，关梁正稠叠。

所苦惟病躯，辗转肌骨热。

粥糜强自进，中焦火难泄。

予季方前途，胡为浙辞接。

汪中鳞（1679—1755）：字起潜，号兰洲，行康十五邑，浙江衢州常山辉埠镇宋畈西坑人。邑廪生，善文辞，工诗赋，为儒学正宗。惠遍名士，名著州郡，捐田建祠，躬为重成。

## 酬姚云庐原韵

冠剑何当到草堂，元龙意气焕天章。

潜心道学董生茂，戒尚清虚阮氏狂。

百里前筹表异绩，万言对策吐忠肠。

二难并辔同升日，圣世廖扬明与良。

## 酬徐东里寄怀原韵

雷陈投契已多年，君负雄才迈玉川。
三畏存心凛往哲，四知兢业惕今贤。
品标海岳词官体，学继丝纶文太元。
愧我颓龄叨御李，恍依玉树临风前。

## 寄怀三首徐妹丈（其二）

南壁逶迤接翠微，仙亭里许硕人扉。
莳花锄月滋闲趣，瀹茗摊书悟化机。
应有青藜楼上照，不贪朱绂眼前辉。
惭予疲病发衰落，咫尺天云逐雁飞。

## 对雪次王宛虹原韵

压尽园林一夜风，欣看树树着花同。
鱼吹细浪时吞碧，鸟啄空香不辨红。
乍接朝光依鹤背，只余寒魄洗山中。
兀峰晴处摇光冷，眩泭双眸托化工。

## 酬邵屺云原韵

自忖嗟君并数奇，平津献策岂云迟。

十年教学王家重，两载裁衡兖国宜。
梓里尘氛堪蔽日，滇邦景物最先时。
游踪不让龙门远，未得相随冰雪姿。

## 章舍吊古

宋室贤良赫有声，而今旧宅委榛荆。
浑疑巨楫同槐植，空见浮图识雁名。
满巷乌衣烟雨没，一朝华阅劫灰轻。
从来兴废知多少，凭吊遗墟感慨生。

## 寄怀武林倪编修

地灵淑气萃于门，两世簪缨望特尊。
翰苑名高宣雅化，皇华驾速迫朝暾。
南畿早食醇风美，北阙先征德意惇。
自此绍闻应似鼓，大魁叶梦岂无根。

## 寄怀猷川徐周书

八面高峰压众低，羡君气义与山齐。
辋川妙手兼词藻，梅老清吟染壑溪。
岂藉烟霞布海内，间将篆隶见天倪。
灵心少展传神意，应使渔人路不迷。

## 和李江溏游灵峰寺原韵

寺古山幽挺老枫，扶筇缓步竹篱通。

秋泓澄洁禅心静，商籁萧疏色相空。

果落供茶超俗外，螿鸣奉酒入情中。

不教元亮攒眉去，三笑何妨别远公。

戴寅（1680—1733）：字统人，又字东溟，直隶沧州（今属河北沧州）人。清康熙四十七年（1708）举人，官江西定南知县。画仿宋、元，工填词，著有《黑貂裘传奇》《小戴诗草》等。

## 自常山肩舆至玉山书所见

### 其一

才穿一山腹，又转一山背。

一山树槎丫，一山云暧瑞。

忙杀米襄阳，四顾将谁拜。

### 其二

数里辞平川，悬舆渡高岭。

后人戴我尻，前人压我顶。

一掉势全空，寒潭落孤影。

编者注：载于《清画家诗史》。

程之鵕（1681—1741）：字羽宸，又字采山，安徽歙县人。清代贡生。有《练江诗钞》。

## 将抵常山

七百常山道，朝朝溯上流。

滩鸣连夜雨，雁叫满天秋。

橘柚人家隐，鸬鹚钓筏浮。

计程应可到，闲卜费钗头。

## 抵常山

大江山棹似浮槎<sup>①</sup>，帆趁盲风几日斜。

滩近三衢逾竹节，关通百粤接仙霞。

草萍驿古中分邑，橘树林红半认花。

书剑年来嗟落拓，天涯羁旅又征车。

编者注：①江山船名。

## 草萍驿

古驿旧知名，肩舆过不停。

寸心原是草，浪迹果如萍。

稻刈霜镰白，盐担箬笠青。

玉山行渐近，长作邑高屏。

## 黄冈夜泊

宵深缺月上，征棹系枫林。

孤雁一声唳，羁人方寸心。

吟边临浅水，梦外对遥岑。

卧复披衣坐，墩楼露气侵。

## 重过草萍驿

箬筥笼盐野贩齐，玉山道上满轮蹄。

无端感慨前朝事，驿壁闲寻女子题①。

作者注：①明有闺秀王文如《题壁诗》。

郑江（1682—1745）：字玑尺，号筠谷，钱塘（今属浙江杭州）人。清康熙五十七年（1718）进士，累官至翰林院侍讲、右春坊右赞善。著有《筠谷诗钞》《书带草堂诗文集》。

## 常山县

风帆沙际落，岚翠碧丛丛。

一县江声里，四山云气中。

迎人幽鸟语，随意野花红。

回首乡心远，沿流直向东。

高凤翰（1683—1749）：又名翰，字西园，号南村，又号南阜、云阜，别号因地、因时、因病等四十多个，晚年因病风痹，用左手作书画，又号尚左生，山东胶州人。官歙县县丞，绩溪知县，罢归。清代画家、书法家、篆刻家，"扬州八怪"之一，性豪迈不羁，精艺术，画山水花鸟俱工，工诗，尤嗜砚，藏砚千，皆自为铭词手镌之，著有《砚史》《南阜集》。

## 锦川石牡丹

茅堂萧瑟坐春寒，镂雪抟霞画牡丹。

玉笋更翻江底锦，平扶左臂上朱栏。

编者注：当为一首题画诗。

张文瑞（1685—?）：字云表，号六湖，萧山（今属浙江杭州）人。早籍太学有声，屡试不举，后随例谒选，授山东青州府同知。工诗，著有《六湖遗集》。

## 草萍驿（二首）

### 其一

江上群峰插晓寒，溪云漠漠水潺潺。

瓜皮石路初经雨，竹杠肩舆正过山。

樵子岩花同野意，鸟声人语共绵蛮。

今朝为证王维句，一照冰滩破旅颜。

## 其二

见说江西景最奇，此来真不负心期。

重峦叠嶂生云气，深箐丛林叫画眉。

野性从来山水癖，他乡遮莫路途歧。

相逢总是浮萍客，行脚头陀亦我师。

## 常山道中

黄篾船头黄叶风，轻帆快楫下江东。

青山满眼迎归路，不似罗浮瘴雾中。

范从律（1685—？）：字希声，号西屏，鄞县（今属浙江宁波）人。清雍正十一年（1733）进士，官山东商河知县。工书法，楷书官阁体，行书奔流粹逸，篆书工整遒劲，著有《茧屋诗草》《文存》。

## 闽行途中杂咏（选六）

### 其一

雨余幽涧涨黄流，水路将穷阻石尤。

寄语篙师须着力，常山未到客心愁。

### 其二

大路坦夷八十里，过山未算是山行。

危岩石磴仙霞峤①，天半巍峨始足惊。

## 其三

东方才白便登程，一路兜舆轧轧声。

倦客难将残梦续，双肩攲侧未曾平。

## 其四

郊寒岛瘦惟余甚，骨相清癯天赋来。

世尽举肥谁见赏，偏怜物色有舆台②。

## 其五

肩摩踵决实堪哀，脚子纷纷贱似灰。

亭午日斜犹腹果，打尖齐向草萍来③。

## 其六

行行未离浙江程，半日舟车叹屡更。

忽过西藩推首汛，陡然群起故乡情④。

作者注：①常玉两山路甚平坦，不若仙霞之陡绝。

②山行舁舆者以人之肥瘦为欣戚，而余瘦屠躯，舆夫
争先愿效奔走，亦一快也。

③山行一半有驿曰草萍，打尖者群集于此。

④离草萍数里，有额曰"西藩首汛"者，为浙江、江
西两省之分界。

## 初三日常山放舟顺流得风翼午已抵义桥

轻舟乘顺流，疾走如飞镞。

一程兼两程，更假帆风足。

午余半觉眠，百里移忽倏。

篷窗溯旧游，历历犹在目。

严濑与桐江，经过何太速。

快利不可当，谁复能追逐。

转忆西江行，迟迟增蹇躄。

水涨川无堤，波涛横翻覆。

上流劳陡健，建瓴同高屋。

寸进退尺余，辛苦舟师哭。

今兹扣舷歌，快似偿逋宿。

天公本无意，顺逆相倚伏。

乘除有定盘，底须争赢缩。

强造嗔喜心，浮生自碌碌。

世事举如斯，繄岂舟行独？

钱陈群（1686—1774）：字主敬，号香树，又号集斋、柘南居士，浙江嘉兴人，父纶光，早卒，母陈系知名女画家。清康熙六十年（1721）进士，官至刑部侍郎。著有《香树斋诗集》。

## 李苍崖参政以余将东归遣吏致酒迟于草坪邮亭对酒赋谢和移居二首韵

### 其一

移舟傍江行，似卜江干宅。

玉珧舟已维，灯火旅人夕。

平明上筍舆，轻程忘行役。

故人遣吏导，山馆为拂席。

符节史所敦，饮饯今犹昔。

一从交道衰，兹义谁与析。

## 其二

李侯吾夙好，气谊敦风诗。

一尊致千里，能不斟酌之。

一酌对君面，再酌寄相思。

相思各努力，况敢辜良时。

穆然会清风，披拂信在兹。

济川利舟楫，至哉不吾欺。

## 赠苍崖前辈二首次酉山编修韵

### 其一

棘院秋深晓撤封，仙舟忆别语从容。

知余卷斾归江国，遣吏携尊过玉峰①。

今日重联藜阁火，当年同听竹林钟。

早期樊口晴川畔，笠屐相逢挂短筇②。

### 其二

信天要自保吾真，明月应随万里身。

九派江流歌惠政，八砖花影挹芳尘。

阴铿诗法谁当赏，薛复交情定有神。

同在太平无事日，山林钟鼎属伊人。

作者注：①卯秋予自浙还朝。

②先生置宴饯于草坪。

罗天尺（1686—1766）:字履先，号石湖，顺德（今属广东佛山）人，罗孙耀之孙。清乾隆元年（1736）举人。著名诗人和文献学家，著有《瘿晕山房诗删》《五山志林》。

## 雨中过常山

十里一回歇，沿洄不觉长。

旧关狼虎遁，新霁雨云藏。

争路棚民健，呼童麦饭香。①

仆夫如爱我，难得此轻装

作者注：①常山流民多棚居，故云。

王文清（1688—1779）：字廷鉴，号九溪，宁乡（今属湖南长沙）人。清雍正二年（1724）进士，官至兵州府教授。曾任岳麓书院山长。其一生专治朴学，著述凡五十余种，千余卷，大部分毁于兵火。

## 衢州舟中

舟发常山下，潺湲日夜声。

橘林摇水绿，松岛入潭清。

溪转峰能走，风微浪不惊。

当江何物立，巨石一拳横。

## 富春山下

常山之下水潆洄，关峡重重不肯开。

城郭西从烟里出，江帆东自海边来。

朝辞斗北龙光远，天望衡阳雁阵催。

一到富春先一拜，竿头几尺有蓬莱。

沈廷芳（1692—1762）:字畹叔，号椒园，仁和（今属浙江杭州）人。清乾隆元年（1736）举博学鸿词，授编修，历官山东按察使。著有《隐拙斋集》《舆蒙杂著》《古文指绥》《鉴古录》等。

## 登塔山

常山塔山城中央，翠拥江畔飞岚光。

登崖雨后快携屐，小憩道院兼僧房。

孤塔切云峙文笔，合抱夏木罗千章。

坤垠如带束林麓，崒嶂四绕同岩墙。

高飞众鸟不敢下，下瞰城市何茫茫。

贸迁化居百种集，估客道路争梯航。

在昔兵燹愁俶扰①，如今黎庶安耕桑。

峰头周览坐磐石，松涛静奏谐笙簧。

旷然心境乐莫乐，归径犹带斜阳黄。

作者注：①谓明季暨耿藩时事。

## 由常山至玉山山行作

江水尽见陆，地围平衍山。

山程八十里，石径高低间。

后峰行欲竟，前峰转复弯。

插笏千百峰，奔马波漩澴。

田禾绣毯罽，丘麻错斓斒。

飞云惊拍拍，过雨沟潺潺。

人家草坪戍，城堞屏风关。

忽度江右境，故乡不可攀。

平野乍空阔，晴岚尚回环。

两邦此扼隘，万里争往还。

平生事行役，卅载困尘寰。

抚兹清旷境，豁我羁旅颜。

旋登中洽桥，长风起溪湾。

悠然见怀玉，夕照明烟鬟。

~~~~~~~~~~~~~~~~~~~~~~~~~~~~~~~~~~~~~~~~~~

严遂成（1694—?）：字崧占，一作崧瞻，号海珊，乌程（今属浙江湖州）人。清雍正二年（1724）进士，官山西临县知县。

## 常山旅夜

江馆云阴合，青灯耿夜阑。

橹声离岸小，山气压城寒。

树老鸦栖稳，泉枯鹿饮干。

草坪明日路，细雨湿征鞍。

蔡寅斗（1694—1762）：字方三，号九宾，江南江阴（今属江苏江阴）人。清乾隆十二年（1747）举人，仕至国子监助教。著有《九贤堂稿》。

# 龙山①十景

## 洗心幽亭

径转疑无径，穿林别有林。

数椽依峭石，半壁护层阴。

翠黛豁双目，白云空寸心。

红尘飞不到，槛外水鸣琴。

## 悬崖仙迹

鹤驾自何年，仙踪旷代传。

云根侵入髓，石液滴成泉。

药杵千秋渺，丹炉寸地悬。

从兹问黄石，只在翠微边。

## 桂林喷馥

仙种凭谁乞，凌空布两峰。

环围金错落，互映玉玲珑。

粟散千层涧，香飘十里风。

耸身轻折得，认是广寒宫。

## 竹坞藏烟

遥瞻山带绿，掩映尽修篁。
云向密中宿，烟从深处藏。
晴空浮霭霴，阴雨入苍茫。
傍晚尤缭绕，山僧举爨忙。

## 蟾洞留月

奇峰悬怪石，小洞最玲珑。
像比金蟾穴，辉分玉兔宫。
千寻芒射壁，一线影穿空。
待月龙山上，泠然欲御风。

## 龙潭吐波

怪相若龙蟠，凭虚漱急湍。
幽云栖叠石，飞雨滴层峦。
爪带苍枝露，鳞依翠藓攒。
我来恣叹赏，薄暮万峰寒。

## 华盖栖霞

浪说飞来鹫，玲珑此倍加。
宝幡空际结，色相幻中遮。
松鼠朝衔果，山猿暮献花。
珠帘千万缕，斜卷九天霞。

## 炉峰拱秀

茅屋依空顶，翛然远俗尘。

山从门外入，石向寺前蹲。

翠霭浮屏障，烟云绕座茵。

芒鞋非踏破，谁是问津人。

## 双岭流泉

瀑布劈青山，中流破石关。

泉缘穿岭远，浪为绕桥湾。

逸少传杯速，钟期抚操闲。

秋来香浸水，流出到人间。

## 千岩积雪

冬月境天开，飞花掩绿苔。

安排成玉宇，点缀到瑶台。

十里横铺絮，千山尽放梅。

谁与能作赋，应让惠连才。

编者注：①龙山，即严谷山，在辉埠镇内。

## 和孔明府龙山十景韵（十之一）

连坡折入带松筠，洞口茫茫扫世尘。

执燧穿空杳无际，却疑中有避秦人。

桑调元（1695—1771）：字伊佐，号弢甫，钱塘（今属浙江杭州）人。清雍正十一年（1733）召试，赐进士，官工部屯田司主事，曾主大梁、沅源、敷文书院讲席。著有《弢甫集》。

## 常山道中大雷雨歌

境非艰虞不成奇，墨云陡蔽东西陂。

盛怒雷声擘山岳，大笑电光明琉璃。

古寺破篷人争入，四海水立弥空集。

滂沱似载奔车轮，咫尺行人避不及。

猛溜冲决堤堑开，崖崩千丈流黄埃。

红毡裹背首尻濯，远道之人胡为来？

银竹森森窅莫测，老眼眵昏空复拭。

汹汹前潮后潮白，莽莽千山万山黑。

况复恶风吹倒山，飞屋失木砰轰间。

鸟巢迸落草萍驿，鹭堠崩塌屏风关。

奇哉，半空云破悬火珠，依然周遭雾涌螭虬趋。

西边日出东边雨，此间道路晴有无。

仆夫阻隔尚未至，世途岂尽如人意？

酷戏其奈天公何，却驱文辞入笔波涛多。

## 雨舟将抵常山

雨势连绵洒未休，墨云狼藉暗汀州。

大江白日鼋龟横，夹岸青春草日稠。

浊浪滩头浑作恶，清声篷背迥含愁。

明朝拟度常山去，竹轿端须幔碧油。

杭世骏（1696—1772）：字大宗，号董浦，别号智光居士、秦亭老民、春水老人、阿骏，室名道古堂，仁和（今属浙江杭州）人。清雍正二年（1724）举人，官至御史。经学家、史学家、文学家、藏书家，著有《道古堂集》《榕桂堂集》等。

## 徐生邀游奉恩寺看牡丹

山城淳朴少花事，鼠姑特数奉恩寺。

春风吹大玉盘盂，卖与游人日取醉。

江天牢落愁我心，大树摇响风凄阴。

石塘陊剥鹅子滑，拄杖悄对寒江吟。

徐生爱尔年最少，导入香台纵清眺。

宝栏琼砌尚依然，不得倾城嫣一笑。

僧房地冷希见春，一株突见苔梅新。

碧筠萧萧助摇曳，知我亦是无聊人。

城阙乌鸦晚相及，爱惜斜阳缓归屧。

山僧铛冷阙厨烟，独在荒原扫红叶。

## 游定阳石崆寺周觉沐鹿泉问庄亭赤雨楼诸胜即赠住持僧心成并寄白岳友人许钺诗

行逐樵歌度远峰，莎桥野寺称闲踪。

经楼际晓云仍入，岩溜无风水自舂。

石色冷于亭外竹，僧髯苍似涧边松。

超超名理标支许，千里何因杖屦从。

胡天游（1696—1758）：曾改姓方，一名骙，字稚威，号云持，山阴（今属浙江绍兴）人。骈文家、诗人，著有《石笥山房集》。

## 常山晓行

月没孤陴见，亭楼切云直。

东临广圻席，北骛连山剧。

沙暄渡水骓，埃净冲风鹬。

新林沃濯回，远墅阡绵积。

春花幸自瑈，春节徒相逼。

征夫岂不怀，莘莘去靡息。

李继圣（1696—？）：字希天，号振南，别号抱雄儿，常宁（今属湖南衡阳）人。清雍正二年（1724）举人。曾游历大半个中国，历任江西万年、广丰知县。著有《寻古斋文集》。

## 由常山至玉山（二首）

### 其一

万岭层层裹，还疑谷口封。

役夫成蚁阵，野寺发鲸钟。

云影淡归壑，涛声凉出松。

当垆多少妇，蓬首不为容。

## 其二

扼要分疆域，两城势独专。

货通闽越贾，水各北南天。

白鹭夕阳外，黄花秋草边。

肩舆过百里，谁问孝廉船①。

作者注：①时段孝廉偕行。

王文清（1696—1787）:字廷鉴，号九溪，宁乡（今属湖南长沙）人。清雍正二年（1724）进士，官岳州府教授。著有《周礼会要》《仪礼分节句读》《考古源流》《锄经余草》《乐律问对》《诗文略》等。

## 常玉山担夫二绝句

### 其一

何必渔樵计始安，一肩挑月送征鞍。

探囊买醉余钱少，刚与妻孥作晚餐。

### 其二

日日摩肩不救穷，朱门莫笑担头空。

几家泉货如山积，送尽寒霜晓月中。

沈大成（1700—1771）：字学子，号沃田，松江府华亭（今属上海松江）人。清康熙诸生。初以诗、古文辞赋名于江左，游幕粤、闽、浙、皖四十年，晚游扬州，益潜心经学，著有《学福斋集》等。

## 衢州

三折清流溯欲穷，轻舟犹在翠微中。

鼓喧野庙团春社①，波喵浮梁锁晚风。

乡梦不因千里隔，诗情幸赖一尊同。

南行那似衢州好，嫩橘明灯照地红。

作者注：①郡有周宣灵王庙报赛最盛。

## 自常山至玉山陆行得句

笋舆乍上觉身轻，动地东风弄晓晴。

山市戎戎初过雨，春禽一一自呼名。

依微云影随人远，取次梅花赚客行。

莫笑草坪频歇脚①，越山如黛正含情。

作者注：①草坪去玉山四十里，行旅皆饭于此。

林良铨（1700—?）：字衡公，号睡庐，广东梅州人。清代廉吏。岭南诗人，著有《林睡庐诗选》。

## 常山

风雨凄凉江上村，烟云惨淡闷江门。

我来恸哭黄昏后，彻夜啼残望帝魂。

## 雨中度岭

行行八十里，雨急复风斜。

泥滑舆夫怯，溪深客子嗟。

柴门云尽掩，谷口雾全遮。

旅馆知何处，长林噪暮鸦。

彭启丰（1701—1784）：字翰文，号芝庭，又号香山老人，江南长洲（今属江苏苏州）人。清雍正五年（1727）状元，官至兵部尚书。著有《芝庭诗稿》《芝庭文稿》等。

## 衢州使院杂题（四首）

### 其一

闽越吭喉一道通，岩城虎踞势争雄。

却看峻岭仙霞外，远汇支流瀫水东。

画省尚传开府旧，戟门不改建牙崇。

天文分野临牛女，久靖烽烟息战攻。

### 其二

姑蔑城头近越邦，危矶百尺水淙淙。

偏裨勇斗烟同尽，古墓英灵鼎可扛。

壁垒至今森部伍，江山千古拥旌幢。

却看险要天成胜，落日悲风势未降。

## 其三

南渡名臣剧可悲，两登上宰值危时。

冤魂炎海飘氛焰，孤椁常山屹古碑。

偃月尚堪诛桧佞，焚黄我欲吊湘累。

骑箕天上星辰在，青史斑斓涕泪垂。

## 其四

闽粤妖氛逞陆梁，策勋昭代纪文襄。

羽书捷布驰猿鸟，帷幄神谋赞庙堂。

手障一方擎砥柱，身遮两浙靖欃枪。

至今橐矢升平久，犹望霓旌下绣裳。

申甫（1706—1778）：字及甫，号笋山，江都（今属江苏扬州）人。清乾隆元年（1736）举博学鸿词，以诗名，清乾隆六年（1741）举人，历官至左副都御史。著有《笋山诗集》。

## 晓过常山

市井萧疏晓气寒，小舟撑过吊桥湾。

看来看去无多景，城外城中尽是山。

目极愈悲乡国远，耳生初听土音蛮。

篙师指点金溪路，更在千岩万壑间。

张凤孙（1706—1783）：字少仪，号息圃，松江府华亭（今属上海松江）人。曾知邵武府，擢云南粮储道，选四川永宁道，后官至刑部郎中。其诗秀杰清丽，又工骈文，著有《柏香书屋诗钞》《宝田诗钞》。

## 过常山县感赋①

山抱淳风古，江流祖德长。

人家余橘柚，村舍有笙簧。

忆在慈怀里，来嬉彩服旁。

低徊感陈迹，不觉涕沾裳。

作者注：①县为先祖旧治幼时随太恭人省觐来此。

曹锡珪（1707—？）：原名榛龄，字采蘩，号半泾女史，松江府（今属上海）人。其夫叶承在1731年至1734年间任常山知县。著有《拂珠楼偶钞》。

## 题彬草哀吟

奇才抑塞苦家贫，孝友相敦赋性纯。

愁绝连枝肠断句，开函字字见天真。

新诗历历状平生，鹤唳鹃啼不忍听。

如画春光人已矣，江山满目弟兄情。

## 庚戌闻除常山信因寄

分符宣敕下彤墀，白马翩翩墨绶垂。
五斗且供贫菽水，一官还拜旧门楣。
县花漫拟风流迹，镜水期听颂祷辞。
指日板舆看舞彩，金萱春满北堂枝。

## 舟中写怀

离别匆匆不自由，一江风水送行舟。
白云缥缈乡关杳，明月梨花何处楼。

## 定阳旅舍同外咏

客舍凄清心事违，连天雨雪苦霏霏。
素娥有镜重云隔，白凤无巢着地飞。
辛苦谁知双鬓改，饥寒自笑一官非。
明时自有循良吏，三径何如早拂衣。

## 送外之衢州

青山遍萧艾，芳树多鸣鸠。
沧波自来去，独羡忘机鸥。
安得双飞翼，与君同归休。

## 夜闻滩声

孤舟独夜声，空滩千古情。

奔腾勇士怒，清泠孤凤鸣。

忽随虚籁静，旋逐晓风清。

锦缆鸳鸯梦，征夫万里程。

水流无住着，悲观人自生。

## 定阳春夜书怀

萧条孤馆一灯红，百感都来此夜中。

千里归期三月雨，半生心事五更风。

吴山花柳他乡梦，越水波涛远客衷。

囊橐已空春已去，不堪搔首问苍穹。

## 苦雨

浮云蔽白日，破柱雷声碎。

淫雨已兼旬，澎湃空山际。

乍来惊客心，积久成客泪。

本是为饥驱，途穷更无计。

出门望家乡，阴霾暗天地。

## 寒食

禁烟时节正东风，蝶舞莺啼恋落红。

一寸回肠十年事，都来夜半雨声中。

## 衢州晚霁

雨霁三衢涧，舟轻一叶安。

乱云迷翠岭，斜日静沙滩。

水涨溪流急，潮平天地宽。

片帆欣借便，直可达江干。

## 蕙兰吟

馥馥蕙兰花，青青道路旁。

风霜催其英，萧艾萎其芳。

凋残同腐草，谁知王者香。

回看空谷里，终岁自猗扬。

## 归途咏怀

半载山城笼放鹤，一年宦海水扬尘。

黄金橐尽应无色，绿绮囊存未是贫。

镜里生涯原是影，梦中行止阿谁身。

片帆幸借东风便，好向源头早问津。

## 十三夜得外家信

客况传双鲤，中宵独倚楼。

露寒花气薄，风静篆烟浮。

荒岁多家累，明时困宦游。

可怜天上月，常照两心愁。

## 春雨寄外

春雨何无赖，崇朝妒艳阳。
飘零怜杏靥，憔悴惜梅妆。
点滴来虚幌，潺湲到小塘。
伤春将别恨，并入作回肠。

## 喜晴寄外

连朝鸠逐妇，宿雨耐春何。
不觉晴光好，掀帘霁色多。
日高花气暖，风静鸟声和。
遥识征车移，长哦过曲阿。

## 得外家信

白发高堂在，青春游子悲。
简书畏日月，行道载驱驰。
甘旨微官禄，衷怀将母诗。
数行三复语，好慰倚闾思。

## 寄外二首

### 其一

别思萦千缕，惊魂怯二年。
归期常恐错，不敢卜金钱。

## 其二

念极偏多虑，书来懒遽开。

平安数行字，一字一徘徊。

## 秋日寄外二首

### 其一

菊绽东篱节序流，茱萸折得懒登楼。

人生百岁良辰少，可更良辰两地愁。

### 其二

秋雨秋风襟袖凉，布衫缝缀忆他乡。

故交不少绨袍赠，范叔无时只自伤。

## 春日寄外

聊拂征尘薄浣衣，江村灯火促行期。

年年春逐饥驱去，不是吴侬爱别离。

钱载（1708—1793）：字坤一，号箨石，又号匏尊，晚号万松居士、百幅老人，秀水（今属浙江嘉兴）人。清乾隆十七年（1752）进士，官至礼部侍郎。著有《箨石斋诗文集》。

## 将至衢州

草坪人已返，直放下滩船。

老识三叉路，重逢十月天。

溪寒茶味淡，山静橘香鲜。

未必无童子，棋声落照边。

## 橘林

嘉实三衢种，秋江百里阴。

倚梯人正采，压岸雨初淋。

香落篷船细，寒遮碓屋深。

谁言千户等，不觉暮愁侵。

曹锡淑（1709—1743）：原名延龄，字采荇，号申江女史，松江府（今属上海）人，曹锡珪二妹，陆秉笏之妻。著有《晚晴楼诗稿》二卷。

## 送大姊之常山任（三首）

### 其一

离情入我怀，怀抱不能开。

临风赠数字，搦管再裴回。
赠君以自爱，道远心仍在。
悲结何可言，愁与流波载。

## 其二

怜我读书窗，诗就无颉颃。
嗟嗟独长叹，对此风雨床。
君心岂复尔，风景乐他乡。
细柳迷官路，灵禽散夕阳。

## 其三

词成不寂寞，满路笔花香。
行行缓衣带，积念浮云外。
踟蹰立野观，帆动水漫漫。
迫岸重申意，加餐好自宽。

## 送大姊归笱里

人生一何愚，惜别长自忧。
别时望相见，见后若为酬？
未能叙契阔，复道别离由。
与君一岁里，那更十登楼。
酌酒邀新月，联吟慰素秋。
何曾尽欢意，又欲放扁舟。
殷勤一江水，君意自悠悠。
白云归思切，肯顾池塘幽。

欲订后会期，其奈如今愁。

分手枫林下，红泪滴双眸。

北风吹雁影，江山暮烟浮。

裴回入中闺，不忍更回头。

## 月夜怀大姊

仰望月一轮，抑郁有所思。

所思在远道，昨夜梦见之。

梦见忽惊觉，晨起双泪垂。

乌兔何其速，我愁常不移。

愁心一何切，宿昔缘离别。

辗转不能眠，忧来如缕结。

皓月本多情，照世成圆缺。

中夜倚阑干，清光正凄绝。

## 如皋归里喜与大姊叙阔遽又别去怅然寄怀

满眼韶华如电瞥，何堪频遇人离别。

乍归携手喜气生，殷勤先问南楼月。

曾看梧桐青复雕，一年几度圆和缺。

彼此愁多不记时，数来鱼素盈箱叠。

傍人为语时未长，夏去秋来转冬节。

相顾唔然一梦中，想思仍拟闲中说。

酌酒挑灯重叙词，回肠频觉消千结。

连宵笑语直无眠，匆匆忽又离情切。

沾巾不禁泪涟洏，咫尺还如千里阔。

偏我与君把袂稀，相逢长是添凄绝。

回首兰闺共寂寥，漫拈新句神为接。

朔风阵阵透窗纱，夜深帘外盈庭雪。

欲寄此情一问君，苦无邮使难为达。

珍重裁音托便鸿，人生何事轻相撇。

迟迟玉漏转寥寥，斜倚床头灯欲灭。


## 秋夜怀大人书寄常邑大姊

草木摇落寒露遇，凉飙淅沥来山阿。

初闻虫韵咽东壁，复听雁声动西河。

感时伤别迟太息，盘桓天地宁无极。

百结何能系转蓬，明月皎皎助寒色。

况自思亲耿耿怀，闲情幽梦浑难测。

思及亲应白发增，玉堂恩重留神京。

潇洒词文满都下，兴来可有故园情。

仰望白云三千里，拟是离愁同崩崩。

明闻城头青鸟驰，书应报我天涯鲤。

一夜西风思不眠，万户砧声捣秋水。


## 忆大姊（二首）

### 其一

书便欲封题，春江鱼渐稀。

忽惊衣带缓，转觉泪痕肥。

晚树凝残霭，新蟾晕夕辉。
高楼谁望海，一片乱云飞。

## 其二

频觉离程远，方知夏日长。
乱萤明野渡，残月落横塘。
旆影迎帆影，波光接晓光。
遥思独惆怅，天际水茫茫。

# 送大姊之常山（二首）

## 其一

交手之南浦，浮云触处生。
落花经浪浅，飞絮带风轻。
长路何能尽，离樽不忍倾。
双鱼如有意，怜我此时情。

## 其二

不免送君别，况逢暮景天。
游鱼吞暖絮，啼鸟弄晴烟。
那肯轻抛此，何能更近前。
可堪回首处，明月正团圆。

## 次大姊韵录呈

雁行喜集木樨丛，杏吐重阳怪化工。
黄雪半侵蟾窟影，金英预占上林红。
一园生意春秋节，满院添香早晚风。
试借霓裳分艳色，裴回一曲广寒中。

## 除夜忆大姊

围炉忆向小窗前，岁月无情负锦笺。
新句分题应未就，漏声催梦不成眠。
银灯今夜因君别，青镜明朝为我怜。
瘦却梅花春又到，好将笑语送残年。

## 怀蘩姊

喃喃燕语话愁衷，独上高楼思未穷。
丰槛幽怀春梦里，满庭好景晚晴中。
桃花引恨仍流水，杨柳牵情自晓风。
惆怅应多池工句，一天朗月两心同。

## 对新月戏赠大姊

良夜怜群共唱酬，相逢几度月当头。
桂花香浸谁家苑，玉镜光分何处楼。
全破规痕虚碧落，半垂鸾影像银钩。

双眉合与新蟾斗，未必姮娥有别愁。

## 得大人信书怀寄大姊

燕燕于飞十二楼，衔泥来往不知休。
北堂回首怜萱草，南浦褰裳望桂舟。
毁誉惟人还自省，行藏在己复何求。
都门近日频垂念，好记佳音慰白头。

## 怀大姊

吟侬旧句多离恨，念子新诗尽忆家。
才见梅花青结子，更怜芳草绿生芽。
几回消息惊波浪，两处相思感岁华。
宦海而今应有悟，一行谁寄到天涯。

## 半泾园赏桂感赋步大人原韵

花发重寻一径莎，东山佳话付流波。
当年觞咏渺难再，满壁珠玑剩几多。
台阁文章今尚在，鼎钟事业竟如何。
白云红日频回首，吟向秋风调未和。

## 览大姊宦游诸什偶成

流水高山兴自悠，去来明月赋扁舟。

唱随半佐甘棠政，侍奉全担菽水忧。

为惜彩毫传旅况，应怜锦字写乡愁。

广文自是居贤路，莫羡江湖景色幽。

## 秋晚有感寄怀大姊

几许忧心独倚床，凄凉暮雨下回廊。

鱼书情重千回梦，雁字愁深九转肠。

浊酒不分秋色去，黄花犹带晚来香。

西风无意怜憔悴，吹落东篱一夜霜。

## 秋夜寄怀大姊

情怀两地劳明月，离绪千山阻梦魂。

莫向秋鸿问消息，相思夜夜付啼痕。

## 送姊归笥里

别泪盈盈染袖罗，离心耿耿不成歌。

东风一棹鸳鸯水，回首池塘春草多。

## 大人寄示人日忆家之作遵和三首兼寄大姊

### 其一

岂曰家贫客到迟，黄齑聊足备春卮。

勤劳井臼慈亲健，为报无烦千里思。

## 其二

白首青云志已施，灯窗不负圣明时。
自怜女子才非分，雅沐家风苦爱诗。

## 其三

未闻燕语入雕梁，先写新词报雁行。
越水吴山怀冀北，可堪三处九回肠。

## 大姊归信不至

鱼笺日日为群裁，吴越山川千里怀。
料想刀环频作计，岂忘定省一归来。

## 冬夜忆大姊

离情转觉日迟迟，试问归期定几时。
咫尺不胜千里思，白云无数绕南枝。

## 索大姊新咏

闻君多积案头吟，不用推敲写锦心。
可许分题初夏景，芭蕉深照一庭阴。

## 月夜怀繁姊二绝

### 其一

月出徘徊际，天涯共此光。
回思风雨夜，酬倡喜连床。

### 其二

别梦一何稀，萍鸦彻夜啼。
遥怜千里月，人在画楼西。

## 浪淘沙·留别大姊

正欲话离衷，燕语楼东，天涯顷刻与群同。偏是鸡声容易彻，旭日微笼。　　钟动意匆匆，情绪何穷，阳关回首一杯中。从此阑干倚明月，两地秋风。

## 舟中寄怀大姊　前韵

寄语惜芳衷，莫倚楼东，谢庭记取唱酬同。赠我柳条何处折，分手朦胧。　　兰棹奈匆匆，山水无穷，相思千里泪痕中。行尽斜阳村树绿，蝉噪薰风。

董元度（1712—1787）：字曲江，号寄庐，山东德州人。清乾隆十七年（1752）进士。有《旧雨草堂传》等。

## 渡钱塘后由富春达常山舟中随所见闻共成六律

### 其一

冲潮横渡越江津，风景迎眸又一新。

净绿波光增泆荡，青苍石骨渐嶙峋。

林生爽籁消残暑，帆带斜阳入富春。

万叠云山三尺艇，此身合作谪仙人。

### 其二

嗒然兀坐倚孤篷，水转山环一径通。

鸟语钩辀深树外，人家错落乱云中。

清流激石泠泠濑，白袷迎秋瑟瑟风。

行役顿忘身作吏，不妨长伴钓鱼翁。

### 其三

几声柔橹溯中流，书卷妻孥共一舟。

跐迹飘摇随画鹢，心情澹荡狎沙鸥。

西湖载酒余残梦，东浙看山称壮游。

徙倚钓台留不得，双峰塔影又严州。

### 其四

峭壁还疑禹凿痕，岩城解缆傍云根。

高低碧影松杉路，远近浓阴橘柚村。

闽岭西来资重镇，滩流北下砥狂奔。
百年生聚承平久，故老凭谁指战墩。

## 其五

篷窗扰扰听喧呼，牵挽推移众力俱。
讵有壮怀夸利涉，也无老泪泣穷途。
迎头顿觉炎风逼，望眼频惊白日徂。
进不盈跬退驰阪，行踪一笑类吾徒。

## 其六

云树烟波有夙缘，浮家荏苒滞江边。
平分客路三千里，已过骄阳六月天。
红旆每劳津吏问，青山欲倩画师传。
马当指日风帆便，莫怅淹留上水船。

---

邹方锷（1714—？）：字豫章，号半谷、笠溪，金匮（今属江苏无锡）人。清乾隆二十七年（1762）举人。工诗文，善书，著有《大雅堂集》。

## 赵清献公故里

轩外长溪溪外山<sup>①</sup>，赵公遗筑翠微间。
云霄一羽伊皋业<sup>②</sup>，画阁双清琴鹤闲。
斜日松杉横翠黛，卷帘暮雨洗孱颜。

高风千古三衢在，怪尔潭州墓下还。

作者注：①公自题高斋句。
　　　　②东坡题公高斋诗：俗缘未尽余伊皋。

---

　　袁枚（1716—1798）：字子才，号简斋，晚年自号仓山居士、随园主人、随园老人，钱塘（今属浙江杭州）人。倡导"性灵说"，著有《小仓山房文集》《随园诗话》《子不语》等。

## 坐萝茑船到西安

萝茑船轻似鸟翔，唤来小坐趁朝阳。

水深五尺碧于玉，橘满千林红映霞。

篙打乱滩双耳闹，碓春空屋一轮忙。

蒙蒙篷底炊烟起，疑是溪云堕满舱。

---

　　陶元藻（1716—1801）：字龙溪，号篁村，又号凫亭，会稽（今属浙江绍兴）人。清乾隆时诸生，尝客两淮盐运使卢见曾处。诗文有盛名，著有《全浙诗话》《凫亭诗话》《泊鸥山房集》《泊鸥山房词》等。

## 归朝欢·题常山旅店壁

　　叔子不如铜雀伎，奴价何年能胜婢。腰包脚裹雪风天，乘车戴笠炎凉地。送穷穷不已，枥间休学长鸣骥。苦行僧，一瓶一钵，𪗪饮终何济。　　未消块垒闻琴起，壮不如人今老矣。长门空赋孰酬金，南皮有约堪沉李。人生行乐耳，去多时日来无几。盍归乎，非竹非丝，山水清音里。

## 过七里泷

远近鱼罾影，离离导我前。
山空人语峭，江静橹声圆。
樯燕斜窥客，岩花俯入船。
严陵滩畔水，笑结半生缘。

## 邵子祠

建炎扈跸记迁乔，伊洛渊源一发遥。
讲易儿孙几消长，寓贤门户未飘摇。
大河西望推名世，吾道南来重守桃。
安乐窝中旧明月，前知应照浙江潮。

查礼（1716—1783）：又名学礼，字恂叔，号俭堂，一号榕巢，又号铁桥，顺天宛平（今属北京）人。官至湖南巡抚。诗、词、书、画无所不精，富于藏书，著有《铜鼓书堂遗稿》。

## 雨过曹会关怀舒云亭大令

松声双共雨声分，曹会关头忽忆君。
若问眼前奇绝处，一溪水间一山云。

## 常山旅舍楼居

山影才清对影昏，雨声初歇水声喧。

小楼竟日闲无事，卧看飞云过县门。

钱维城（1720—1772）：初名辛来，字宗磬，号纫庵、茶山，晚号稼轩，武进（今属江苏常州）人。清乾隆十年（1745）状元，官至刑部侍郎，谥文敏。诗词古文、书法绘画兼善，著有《钱文敏公全集》。

## 白云寺去草坪五里先祖曾宿此时有定澈和尚颇精戒律今已死数十年矣

昔年留祖泽，禅榻白云深。

松竹无冬夏，岩泉自古今。

碧纱寻旧字，红叶变新林。

往日寒山语，惟余谷鸟吟。

## 舟发常山

一洗征尘净，清溪白板船。

天寒沙雁少，风定渚花偏。

暗觉峰移影，潜窥树隔烟。

平生云水趣，此日倍悠然。

## 四十初度

圣贤所责备，每以四十加。

有闻在德业，岂惟名爵夸。

在显无足述，弥益丛垢瑕。

羲和驰风轮，讵肯停日车。

忽忽已若彼，悠悠更何嗟。

吾知既无尽，生亦岂有涯。

俯仰千载间，至人道恒奢。

勿以竹上书，同为镜中花。

努力方自此，谁谓暮景斜。

## 舟中夜雨

秋风吹雨满江城，洒入舟中伴夜行。

一枕未成烟水梦，萧萧听尽打篷声。

## 下滩

客程争高滩，日夕去不息。

白云本无心，同我寸情急。

潺潺鸣未已，渺渺逝安适。

俯仰今古间，百年真顷刻。

胡为随风波，坐令老颜色。

蓑笠可逍遥，修名恐不立。

## 雨中舟行

濛濛山雨合，一叶下空江。

树转遥分岸，云来不满䑠。

背风窗启幔，避碛棹移桩。

旧路依稀认，烟迷七里泷。

## 过衢州

落日碧溪净，开帆暮雨晴。

西风如有意，送我衢州城。

橘实霜后熟，枫林霞外明。

两涯纷过锦，岂直画中行。

程瑶田（1725—1814）：字易田，一字易畴，安徽歙县人。江永之弟子，清乾隆三十五年（1770）举人，充江苏太仓州学正，清嘉庆元年（1796），举孝廉方正。著有《古今体诗》《莲饮集濠上吟稿》等。

## 陆楞园同年以所藏陶庵先生草萍驿作五律诗墨迹见贻不可无诗纪之假归将行忙中拈二十字以志感

何处草萍驿，今留忠节心。

感时还悼古，抚卷有遗音。

王元勋（1728—1807）：字叔华，山阴（今属浙江绍兴）人。清代诗人。

## 晨发常山途中瞩目

清晨登篮舆，逶迤遵山麓。

飞流界道鸣，弱蔓垂桥绿。

暖暖开初日，迟迟展迤瞩。

苍山亘连娟，白云互断续。

崖豁出乔林，溪回隐丛竹。

每闻劳者歌，因想高人躅。

烟霞资清真，翛然在空谷。

常纪（1728—1773）：盛京栖霞堡（今属辽宁沈阳）人。清乾隆二十二年（1757）进士，累官至四川崇庆州知州。著有《爱吟草》《爱吟前草》。

## 赵忠简公故里亦在闻喜

气作河山久自盟，青鞋布袜俨如生。

可怜箕尾骑天上，只勒吉阳殁后旌。

方芳佩（1728—1808）:字芷斋，号怀蓼，钱塘（今属浙江杭州）人，工诗，常与徐淑则等唱和，方德发（字宜照）女，著有《在璞堂吟稿》《在璞堂续稿》《在璞堂续集》。

## 三衢道中

初到三衢问水程，江乡风物总关情。

滩声澎湃飞流急，帆影参差夕照明。

山鸟啼来偏悦耳，野花看尽不知名。

挑灯坐听篷窗雨，赢得诗怀分外清。

## 常山道中闻谈先严者感赋

负米常行役，西江是旧游。

经书传弱女，魂魄傍先邱。

久抱终天恨，今来触目愁。

忽闻人语及，回首泣松楸。

钱大昕（1728—1804）：字晓征，又字及之，号辛楣，又号竹汀居士，太仓州嘉定县（今属上海）人。清乾隆十九年（1754）进士。史学家、文学家、教育家，乾嘉学派代表人物，著有《潜研堂丛书》刊行。

## 费筠浦中丞移节闽中诗以送之

三衢行馆暂停旌，天许安阳昼锦荣。

粳稻香中驺骑过，芙蓉岩下筱骖迎。

政先儒术元由学，清畏人知不近名。

欲援仪封当日例，重瞻棨戟到吴城①。

作者注：①张清恪公先抚闽，后移吴。

---

汪启淑（1728—1799）：字秀峰，一字慎仪，号讱庵，自称"印癖先生"，安徽歙县人，居于杭州。清著名藏书家、金石学家、篆刻家，著有《汉铜印原》《集古印存》等。

## 兰溪棹歌（选一）

忆昔常山报被围，兰阴洞里难民依。

渚禽不识承平久，津鼓声中尚背飞。

---

吴省钦（1729—1803）:字冲之，号白华，江苏南汇（今属上海）人。清乾隆二十八年（1763）进士，由编修累迁左都御史。著有《白华初稿》等。

## 常山抵玉山作（四首）

### 其一

越角吴根带驿楼，故园萸菊冷飔飔。

生憎六月蛟潭水，不涨寒江尺五流。

## 其二

一囊一篋担夫哗，错认还乡四望车。
上得竹兜高似马，半看山翠半看花。

## 其三

十里亭连五里亭，乱云无数簇围屏。
谁知纸阁芦帘夜，鸿爪分明落草萍。

## 其四

两崖红腻收枫子，五棱青肥长麦人。
欲觅渡头船不见，鸬鹚箪上曳残鳞。

陆锡熊（1734—1792）：字健男，号耳山，上海人。清乾隆二十六年（1761）进士，累迁刑部郎中，四库馆臣之一。著有《篁村诗钞》等。

## 衢州赠费筠浦方伯（二首）

### 其一

一疏陈情众口传，归来春酒正如泉。
国恩虽觉身难报，王事宁令子独贤。
乍喜抽帆回大海，空劳截灯满南天。
万钟我已嗟何及，眼对莱衣却黯然。

## 其二

禁中对直十年身，衣上行边万里尘。

轩冕君真无憾事，江湖我是未归人。

交游渐作疏星晓，会合偏同泛梗亲。

待逐春风更相访，坐看兰沼碧生鳞。

## 水落滩干舟行濡滞西安
## 至常山百里二日方达诗以志闷

梦中一笑失百忧，铜槃青瓮堂东头。

隗生非真我非假，觉来布被风飕飗。

天公梦幻等戏剧，坐使日夜煎膏油。

平生阿堵不挂口，何曾束带见督邮。

饥寒颠倒事相左，怀刺欲谒东诸侯。

道旁小儿拍手笑，笑我拙计同巢鸠。

抢榆只宜斥鷃守，击水妄意天池游。

为儒呻吟郑人缓，伏波到处仍淹留。

直看霜降水归壑，始肯牵挽下南州。

篙师邪许汗流踵，一滩一丈无时休。

出门惘惘岂得已，居此郁郁真何求。

江边啼鸟苦相劝，桂丛好在山之幽。

袁安破屋尚堪卧，摴柁径返山阴舟。

谢启昆（1737—1802）：字良璧，号蕴山，又号苏潭，南康（今属江西赣州）人，早年师从翁方纲。清乾隆二十六年（1761）进士，官至广西巡抚。有《树经堂集》存世。

## 自常山至玉山和韵

三衢云拥万山雄，路入江乡驻使骢。

怀玉亭思十年后，涌金湖梦昨宵中①。

皂雕翮试盘秋健，老马心知历块工。

膏雨连村皆乐土，丰年稌黍慰深宫②。

作者注：①十年前独游西湖过此。
②连日阴雨。

钱维乔（1739—1806）：字树参，季木，小字阿逾，号曙川，又号竹初，半园、半竺道人、半园逸叟、林栖居士等，武进（今属江苏常州）人，钱维城之弟。清乾隆二十七年（1762）举人。文学家、戏曲家，著有《竹初诗文钞》。

## 泊焦堰

水宿依荒渚，推篷独夜闲。

薄云时碍月，野气暗藏山。

吟卷归孤棹，羁情失旧颜。

唯应近流水，试一弄潺湲。

吴俊（1744—1815）：字奕千，一字昙绣，号云绣居士，又号竹
圃、蠡涛，吴县（今属江苏苏州）人。清乾隆三十七年（1772）进士。
著有《荣性堂集》。

## 自常山晓行至玉山

稳坐筱舆半睡醒，楚天无际越天青。

片帆辞阙四千里，一路嚜秋长短亭。

日照玉山行朗朗，水趋信上雾冥冥。

主人逆旅殷勤问，颇怪先生鬓发星。

作者注：余昔年自滇还吴，取道于此。

吴锡麒（1746—1818）:字圣征，号谷人，钱塘（今属浙江杭州）
人。清乾隆四十年（1775）进士。著有《有正味斋集》。

## 自马圈子至常山峪

地险不可越，客情悄然孤。

矧复此螺壳，辗转相萦纡。

两岩束之窄，阴忧惨粟肤。

疑经太古来，寒气尚未苏。

长风石胁破，白日乌尾逋。

足摄鼋鼍驾，心骇神鬼驱。

下者所欲登，但闻绝顶呼。

进退难预谋，得上争须臾。

楼台现缥缈，星斗扪虚无。

鞍马且将息，前途仗撑扶。

仆夫吻更渴，急觅村酒沽。

---

洪亮吉（1746—1809）：初名洪莲，字君直，一字稚存，别号北江、更生居士，阳湖（今属江苏常州）人。清乾隆五十五年（1790）榜眼，累官至贵州学政。经学家、文学家，"毗陵七子"之一，著有《北江全集》《卷施阁诗文集》《附鲒轩诗集》等。

## 途行遇雨因止白马山

不信龙山雨，还随辙迹东。

怒雷奔白马，急景乱残虹。

天意成嘉谷，农心契晚风。

匆匆驻征骑，与饭芰荷中。

## 自集贤里至大龙山寄别邵五晋涵

集贤里中何所俟，忽忆吟声越都市。

秋光照眼炫客行，惊马欲堕寒塘水。

大龙山高不出云，小龙山北侵斜曛。

人生道路不成别，明日饥寒解念君。

## 玉山担

心欲不平，走井陉。

欲心平，玉山道向常山行。

长途百里平如砥，初日浮红担夫起。

中央白石勤紫英，石卵如玉光晶莹。

来东去西路皆让，闭目如行石床上。

担夫生长山县旁，生世不识离家乡。

朝看山云暮看月，往返不曾差晷刻。

西江上饶东富阳，山水窟里云飞扬。

摊书一卷眠还读，已报中途饭先熟。

君不见，行人喜说上玉京，只恐天路无兹平。

---

黄景仁（1749—1783）：字汉镛，一字仲则，号鹿菲子，武进（今属江苏常州）人。著有《两当轩集》《西蠡印稿》。

## 舟发西安至东岩夜泊

清晨发西安，四野动鸡唱。

人烟起橘柚，村落隐相向。

川景明朝晖，宿雾自消荡。

万壑霜风干，清江寂无涨。

一一过巉岩，入江更多状。

出没穷雕瓠，盘回互倔强。

舟行苦相持，帆势忽阻丧。

所喜泉石清，终日娱骋望。

短晷欻西驰，苍岩更孤傍。

隐隐远峰出，稍稍明月上。

遥指常山程，终宵一惆怅。


## 自常山至玉山途中大雪

越山将尽楚山至，水行已穷陆行始。

荒城破柝无五更，仆夫在门客齐起。

出门朔风欲撼山，一里二里飞鸟还。

沉沉车铃冻不响，寒云挂地雪满天。

黄子仰天叫奇绝，怪事逼人何咄咄。

昨日不寒今日寒，在舟不雪在途雪。

纷纷四野晚更多，前村有酒当醉歌。

任教压得玉山倒，乐游不惫当奈何。


周有声（1749—1814）：字希甫，号东冈，湖南长沙人。清乾隆六十（1795）年进士，曾任江苏松江、苏州二府，以干练称，以劳卒官。工诗，著有《东冈诗剩》。


## 常山旅次和壁间韵

十里新滩水，寒声尽入楼。

当轩人万里，照影月平流。

慷慨兰陵酒，飘零季子裘。

劳尘真未已，小住亦淹留。

顾宗泰（1749—？）：一名景泰，字景岳，号星桥、晓堂，室名月满楼，元和（今属江苏苏州）人。清乾隆四十年（1775）进士，历官广东高州知府。著有《月满楼诗集》等。

## 自常山赴玉山作寄莫峻山同年

山峰绕花县，浓翠引不已。

秀壁开两厓，中道平如砥。

履之占贞吉，坦坦良可喜。

匪幽亦藏奥，既旷更绝诡。

安行利攸往，遵路忘偏倚。

计里不五十，豫章境尺咫。

回缅苍烟重，日落山凝紫。

寄语同心人，停云自兹始。

唐仲冕（1753—1827）：字云枳，号陶山居士，世称"唐陶山"，善化（今属湖南长沙）人。清乾隆五十八年（1793）进士。著有《陶山诗录》传世。

## 常山登舟

道出定山阳，三衢水驿长。

买舟嫌逼仄，下濑尚回翔。

岭记仙霞外，亭经卷雪旁。

缅怀琴与鹤，逸老问遗庄。

石韫玉（1756—1837）：字执如，号琢堂，又号花韵庵主人，晚年自称"独学老人"，吴县（今属江苏苏州）人。诗人、藏书家，藏书四万余卷，著有《独学庐诗文集》《读论质疑》《尺牍偶存》等。

## 宿衢州漱石亭

池馆秋光好，相看入夜分。

雕墙虚漏月，瘦石皱疑云。

竹静风生籁，鱼跳水蹙纹。

征人才一宿，临去爱缘纷。

舒梦兰（1759—1835）：字香叔，又字白香，晚号天香居士。《白香词谱》的编纂者，著有《天香戏稿》等。

## 南乡子·常山舟中

终夕为君愁，愁到天明也便休。贪看梳头忘早睡，娇羞。满镜芙蓉一笑秋。　　五日到衢州，风雨多情阻客舟。闻说顺风翻堕泪，难留。浙水缘何不倒流。

刘凤诰（1761—1830）：字丞牧，号金门，江西萍乡人。清乾隆五十四年（1789）探花，官至太子少保。著有《存悔斋集》等。

## 次常山县

百丈牵连九十滩，苍烟杳杳越溪寒。

江回郭外双凫渚，山压城头一马鞍。

乐岁转添民力健，近乡差幸客情宽。

巾车明日从容过，松壁遥青满路看。

## 草坪驿书所见

五里结一亭，十里堆一堠。

东界闽越南楚疆，行者无如贾人富。

肩舆接步担，落落蟹横走。

亭午息饥劬，路侧炊烟就。

近来八十里中间，村姬居然来好颜。

妆成学媚客，一笑摇两鬟。

手进崇安之茶，旋劝余杭之酒。

茶味略沾唇，酒香纷满口。

我愧垂橐无钱刀，当前杯杓何能豪。

眼中有汝见不怪，可惜估客太乐征夫劳。

今日山程短，明日滩流远。

直下兰溪江水斜，兰溪有女明于花。

## 衢州守滩得风半日抵常山

百滩趋一江，江转峰始出。

百峰抱一城，城转峰又仄。

惟闻滩响高，不见峰过疾。

嗟此行路难，枉我去程亟。

舟子性懒漫，仆夫病转侧。

宁甘篷底卧，勉就柁楼食。

忽尔溪风生，顿减牵挽力。

帆影迟不能，滩势逆不得。

鹧鸪拂沙翅，橘柚排林实。

半日徒遒回，万里只顷刻。

虽可悟进退，毋乃判劳逸。

明当驾笋舆，稳看乡山色。

李富孙（1764—1843）：字既汸，号芗汲，浙江嘉兴人。清嘉庆六年（1801）拔贡生。著有《校经顾文稿》《梅里志》《曝书亭词注》《鹤徵录》等。

## 三衢舟中新霁

连日东风作意狂，朝来篷底逗晴光。

江云苍莽还山懒，溪水腾跳下濑忙。

两岸枫林霜正冷，一村茅舍酒初香。

试看野碓春粳滑，趁好齐登碌碡场。

## 三衢始发

岁晚添愁思，寒云听晓鸿。

来从千里道，归趁一帆风。

江水连天白，霜林带橘红。

谁知劳者苦，雨雪冷孤篷。

## 泊三衢郭外

欲上须江换小舟，夜来月黑泊滩头。

愁他岁暮多风雪，又向天涯作远游。

潘素心（1764—1847）：字虚白，号若耶女士，会稽（今属浙江绍兴）人，潘汝炯女，汪润一妻，袁枚女弟子。著有《不栉吟》《不栉吟续刻》。

## 玉山道中

尚隔乡关路几程，春山布谷早催耕。

菜花颜色桃花影，直送蓝舆过草坪。

杜堮（1764—1859）：字次厓，号石樵，山东滨州人。清嘉庆六年（1801）进士，曾任职翰林院，外放顺天和浙江学政，调任内阁学士兼礼部、兵部和吏部侍郎等职，加太子太保衔。著有《遂初草庐诗集》存世。

## 感遇

常山来几日，芳草绿上阶。

东风一相识，百卉苏根荄。

感此念吾生，岁月良有涯。

谁言室则迩，而无笑语偕。

角弓亦何反，晨星亦何乖。

泣涕忽如雨，明发尚共怀。

舒位（1765—1815）：字立人，号铁云，自号铁云山人，小字犀禅，直隶大兴（今属北京）人。诗人、戏曲家。著有《瓶水斋诗集》。

## 除夕泊衢州城外（其二）

三衢灯火水粼粼，鬓影衣香隔夜春。

今夕连樯江上泊，世间大有未归人。

吴嵩梁（1766—1834）：字子山，号兰雪，晚号澈翁，别号莲花博士、石溪老渔，东乡新田（今属江西抚州）人。清嘉庆五年（1800）举人，曾任西州知州。文学家、书画家，有"诗佛"之誉，著有《香苏山馆全集》。

## 常山夜泊

隔夜辞乡县，冲寒下笋舆。

换船临水驿，沿路寄家书。

旅梦波涛怯，春愁鬓发疏。

潸行多暗泪，今日尽沾裾。

乐钧（1766—1814）：原名宫谱，字效堂，一字元淑，号莲裳，别号梦花楼主，临川长宁（今属江西抚州）人。清嘉庆六年（1801）举人。文学家，著有《青芝山馆诗集》等。

## 自玉山至常山雨中作

尽日趁风雨，浮生如此忙。

衷衣濡透骨，村酒薄如浆。

鸟避林烟稳，山连云气长。

归程不堪受，况是往他乡。

## 常山登舟至杭州

西风驾奔溚，两日六百里。

颇疑趁行云，不谓任流水。

去岸驰绝蹄，来槎过飞矢。

时讶远峰变，但见阳轮止。

胥涛引船头，严濑泻柁尾。

去家恒恐遥，赴程乃愿驶。

吴山青可染，淮树绿如洗。

天气方清和，地主正翘跂。

深愧田舍翁，亦让膏粱子。

百年无迟速，一身忘远迩。

---

郭麐（1767—1831）：字祥伯，号频伽，晚号蘧庵、复庵，吴江（今属江苏苏州）人，一眉色白，人称"郭白眉"。屡试不第，遂专力于诗词古文，间画竹石，诗词清隽明秀，尤善言情，著有《灵芬馆集》等。

## 买陂塘·十二月五日三衢道中

怪吴舲、看来叶小，载人愁重如许。阻风听水年年惯，不似者番凄楚。临别语，约消夏筵开，定不过阑暑。归期屡误。又二九时光，一千里客，未半到家路。　　闲情赋，更惹新来怨绪。故乡莺燕相遇。远山不作匆匆别，肯作镜中眉妩。语更苦，怕病蕊娇花，难侍春风主。乱帆无数。谁信有中闲，乌篷一扇，两地梦来去。

潘眉（1771—1841）：字稚韩，号寿生，吴江（今属江苏苏州）人。清代著名史学家、考据学家，著有《三国志考证》《孟子游历考》。

## 常山道中口占

午鸡啼处两三家，时有青裙唤吃茶。

何以盘塘江上路，土墙茅屋紫荆花。

严元照（1773—1817）:字久能，号悔庵，归安（今属浙江湖州）人。诸生。治经务实学，尤熟于《尔雅》《说文》，聚书数万卷，多宋元刊本，著有《柯家山馆遗诗》。

## 得金溪陈明府珵常山书却寄

清浅临溪水，天寒上鲤鱼。

琼瑶随驿使，消息到山居。

赠策三秋暮，传笺一月余。

影怜黄菊淡，香惜早梅疏。

竹径泉流咽，松门月上初。

思君无限意，珍重数行书。

吴荣光（1773—1843）：字伯荣，一字殿垣，号荷屋、可庵，晚号石云山人，别署拜经老人，南海（今属广东佛山）人。清嘉庆四年（1799）进士，由编修官擢御史，官至湖南巡抚兼湖广总督。诗人、书法家、藏书家，岭南著名的书画金石鉴藏家，著有《筠清馆金石录》《筠清馆法帖》《辛丑销夏记》《石云山人文集》等。

## 行路难七首北峡关作（选一）

十一月十二日抵北峡关，连宵阻雨，仆瘁马暗，孤寂客心，凄凉往事。因忆去年公车北赴，辛苦备尝，酒后屈指计之，几于拔剑欲起。遂即道中所历者作行路难七首，要以极尽形容，故语不避俗，所谓痛定思痛险过思险者乎。抵家日当与去年计偕诸君商之。

三千里外至常玉，风霜扑眼形如鹄。

急解行装试薰浴，便令买舟常山曲。

舟人昂价如张量，大舟小舟不约同。

欲度无舟将奈公，

吁嗟乎，

丈夫一掷千金等闲事，安能容汝机关中。

包世臣（1775－1855）：字慎伯，晚号倦翁、小倦游阁外史，泾县（今属安徽宣城）人。清嘉庆时举人。学者、书法家、书学理论家，著述颇多，有《艺舟双楫》《管情三义》等。

## 常山县与张念哉明府祖基论赈缓得失

歉收辨分数，给赈视为例。赈口分大小，大一当小二。折色银五厘，大口日给制。名折米半升，市价久倍贵。民生岂赡足？民心藉维系。使颂我圣君，饥溺真由己。无奈开顷亩，先有买荒费。邑胥构奸民，取成在乡地。一纸初报出，宪委络绎至。居止责供张，酬劳争馈遗。比及领帑时，司书索无艺。事后办报销，部费较司钗。实惠及灾民，得半尚不啻。仲秋已准灾，晒到仲冬既。招携赴赈厂，道路常僵毙。得之未必生，为之先死矣。况将赈比漕[1]，非无不肖吏。所以愚如余，屡为司农计。罢赈专用蠲，公私并攸暨。歉收及五分，钱漕令半贳。帑无冒赈亏，丰免倍征累。中饱人实繁，闻之必腐齿。是惟造膝时，痛陈疾苦意。恫瘝洞圣抱，中旨破成议。部胥一与手，能使言者蹶。斯说竟无成，念兹时惝惝。从前国用充，百弊丛如此。况今经费绌，农部苦告匮。大臣计赢缩，不敢私所苴。然以悬磬室，复迫追呼厉。沟壑驱盗贼，父母能无愧。庶几勘不成，缓征稍宽气。乃料实户口，与其减食饩。合麦豆杂谷，熟田所获稗。审察囤积数，邑食缺凡几。先劝殷实家，采买自觅利。次讽好义士，枭煮互相济。一切任乡贤，官人绝染指。听断更加勤，缉捕毋惜勚。义分各自安，麦秋有来岁。官固食于人，操纵岂一致？慎勿恋冬羡，民瘼视如赘。一致酿事端，收拾弥不易。仕学君并优，敬事如承祭。虑此良已熟，惭赋何以畀？

作者注：①谚云南漕北赈

## 廿八日过山入江西境

武林至常山，三百滩有名。一滩高一丈，人在云中行。
万山簇插天，仰望心怦怦。谁知环麓转，有路如悬衡。邱山
为地险，崎岖不可撄。及至托地处，必归无偏倾。委曲势可顺，
坦荡衢同亨。岂况人心险，不能得其平。西郊四十里，浙界
尽草坪。界东栖亩禾，焦卷如蓬征。贤令得其要，荒政早筹成。
司农嗟仰屋，待哺眕编氓。能操衰多权，以鼓慕义诚。草坪
更南首，便入玉山程。玉山陇已刈，杂粮苦难耕。入秋已将半，
炎暍使人瞠。疑为土性异，佥云凤未经。早谷晒欲萎，通川
舟不胜。朝歌世所衰，饥馑况相仍。休云别利器，事理殊升卿。
勉效奔走力，庶将抚字情。

---

胡承珙（1776—1832）：字景孟，号墨庄，泾县（今属安徽宣城）
人。清嘉庆十年（1805 年）进士，改庶吉士，授编修。有《求是诗
集》等。

## 常山道中

十日舟行碧水湾，篮舆今又度孱颜。
晓莺啼日啼孤驿，春树笼云入乱山。

梦里得归终是幻，路旁如织几人闲。

年来愁逐东风起，垂柳垂杨那更攀。

---

许乃济（1777—1839）：字叔舟，号青士，仁和（今属浙江杭州）人。清嘉庆十四年（1809）进士，曾任广东按察使、太常寺少卿等职，后因主张弛禁鸦片被降职。著有《求己斋诗集》《二许集》《许太常奏稿》。

## 挽烈妇詹璩氏①

已分从郎去，空烦守视频。

竟酬同穴志，羞号未亡人。

苦调翻黄鹄，酸风动碧瑇。

泉台相慰藉，寄语报衰亲。

作者按：①烈妇勇于就义，似未免伤姑之心，不知正以慰其姑爱子之心也。故特表之。

邓显鹤（1777—1851）：字子立，一字湘皋，晚号南村老人，新化（今属湖南娄底）人。清嘉庆九年（1804）中举，官宁乡县训导，晚年应聘主讲邵阳濂溪书院。除自作诗文外，他一生致力于对湖南地方文献的搜集整理，著有《资江耆旧集》《沅湘耆旧集》《宝庆府志》《南村草堂诗钞》等。

## 自杭州至常山舟中得诗七首

### 其一

迎岁社鼓喧，恶游客怀乱。

凌晨渡钱江，始觉耳目换。

江行何逶迤，青山夹两岸。

似知远客归，含睇送青盼。

回首西湖山，仙人古楼观。

寺深云树遮，峰高塔影断。

隐隐市声远，历历沙鸥散。

潮平水不波，风暖冰已泮。

一笑归去来，扁舟舞葭葫。

### 其二

短蓬如鸡栖，四面绲篾索。

身外无余地，一龛受羁缚。

我生困奔走，聊以代行脚。

君看大江中，官舾高楼阁。

破浪势良便，颠沉政已虐。

咄哉阳侯威，可倚亦可愕。

何若坳堂舟，随风任漂泊。

逼仄我所惯，平安天可托。

仲氏寄书来，怜我病且弱。

亮非舟楫才，深恐蛟龙攫。

殷勤约归途[①]，慎勿欺海若。

我言父母身，冰渊凛深薄。

风波无地无，可虞未可乐。

涓涓不敢忽，敬之慎履错。

## 其三

游山苦无具，买山苦无钱。

不如洗两眼，看此春山妍。

山灵不我拒，连日相招延。

早起开篷窗，初日照澄鲜。

我时对山卧，呼吸皆岚烟。

前峰迫我起，后峰挟我眠。

远者招我出，近者揖我前。

袅如当风柳，静若出水莲。

舟行山亦移，岭断云复连。

遂令一日闲，领受千婵娟。

古称富春山，照影良可怜。

笑谢羊裘翁，此行宁非缘。

钓竿倘可借，吾将终老焉。

## 其四

我爱陶渊明，读书观大意。

索解不求甚，妙义真解谛。
持此意观山，一切可捐弃。
区区蜡屐徒，穷搜极幽邃。
何异俭腹儿，偶得窥中秘。
断断一字间，琐碎夸强记。
名山三百六，安得一一至。
一山必一游，老死无终暨。
我持一卷书，青山对扬觯。
山亦不在名，饮亦不求醉。
但得无弦趣，了此一生事。
必待婚嫁期，此愿何时遂。

## 其五

越山静如女，越水明如镜。
可怜越溪女，日与山水竞。
凌晨解轻缆，日夕理归榜。
含眸回曼睩，宜笑呈巧倩。
传闻胜朝来，其党有九姓。
嗟彼亦赤子，伊岂无人性。
世业类惰民，甘心沦贱媵？
作俑彼何人，终古置陷阱。
吾闻罪不孥，王政许变更。
谁能改弦张，一拔苦海命。

## 其六

越西数大郡，金华最难理。

吴公守其间，政治无溢美。

望之不居中，作郡非所喜。

宁知富春山，差胜红尘里。

我昨过兰溪，计日亲杖履。

居人为我言，公服已进豸。

监司有专城，高建衢州棨。

我舟倏西发，公节仍东弭。

一官权分巡，两地遥领耳。

古人一相思，千里片帆驶。

别公已八年，距公未百里。

如何觌面悭，渺若隔弱水。

一见尚无缘，况敢他有启②。

回首谢师门，吾生可知矣！

## 其七

常山隔玉山，两判行台省。

两水亦异流，其势难合并。

茫茫四海阔，大地一丸影。

伟哉江河流，万古南北逞。

二水独称尊，提纲揭群领。

其余若襟带，各自缠腰胫。

圣人相地宜，因之画疆井。

托地量居民，布若星棋整。

耕凿安其乡，老死真天幸。

胡为浪自骋，漂泊萍逐梗。

流水有归处，人事无止境。

明当发常山，滑汰犯泥泞。

作者注：①仲兄书来，谆谆以取道浙江为属。
②时座主吴棣华先生守金华，兼权分巡道，舟过未及见。

---

吴慈鹤（1778—1826）:字韵皋，号巢松，吴县（今属江苏苏州）人。清嘉庆十四年（1809）进士，官至翰林院侍讲，曾督河南、山东学政。长于诗及骈体文，著有《凤巢山樵求是录》等。

## 舟人妇

常山买舟下杭州，舟中有小妇，年二十许，平湖人。夫死归母家，母听媒氏言，得钱三百千，辗转鬻于舟人。舟人买以娱客，而色与艺俱不能，遂日受其虐。余悯之，为制乐府。

舟人妇，词太苦。

妾本当湖小家女，家贫夫死不能存，归向蓬门守阿姥。

阿姥误听媒氏言，卖妾得钱三百千。

谁知嫁作舟人妇，欲教日换缠头钱。

妾本小家女，岂识歌与舞？

既不能佯娇劝客倾百觞，又不能浪飞飞作野鸳鸯。

此身不合非钱树，彼怒安容薄言诉。

晨昏操作岂敢辞，大妇能为姑勃豀。

昼遭鞭笞夜诃骂，妾身虽存亦乍。

妾岂不愿死，妾有襁褓子。

寄语世间未亡者，请抱女贞木前死。

勿傍他枝强连理，得钱阿姥亦听此。

汤贻汾（1778—1853）:字若仪，号雨生、琴隐道人，晚号粥翁，武进（今属江苏常州）人。清代武官、诗人、画家，著有《琴隐园诗集》《琴隐园词集》等。

## 夏日遣兴时初还常山辘轳韵

梅黄才得解征鞍，冷署如禅画掩关。

病似忌闲归便作，雨常妒梦起偏残。

宾稀童喜茶人验，花困奴嫌菊虎顽。

最忆江亭消夏乐，碧荷深处下鱼竿。

## 将之环山①
## 憩木棉岭古庙怀汪叔明昉江山

故人从此去，先我啜山泉。

独坐秋云里，相思古佛前。

松声奔谷口，峰影压樵肩。

今夜环山梦，逢君话木棉。

作者注：①江山县北二十五里。

屠倬（1781—1828）：字孟昭，号琴坞，晚号潜园老人，浙江诸暨人，寄居钱塘（今属浙江杭州）。清嘉庆十三年（1808）进士。诗人、篆刻家，工诗古文，著有《是程堂集》。

## 阻滩易小舟达常山

石滩齿齿晴溅雪，水碓隆隆夜转雷。

破晓山城寒彻骨，又携襆被换船来。

## 憩屏风关

四山寒色拥肩舆，渐觉殊乡气候殊。

赴壑修蛇争短景，识途老马让前驱。

石田艺麦茸针瘦，野店烹茶大叶粗。

一饭草坪劳供张，自惭行客费官厨。

## 寓常山赠陈令尹

舣舟溪上夕阳斜，候吏相看鼓叠挝。

百雉山城今有色，半村桑柘自成家。

月移松影临飞幌，风送泉声杂暮笳。

海国瞻天春信杳，还凭驿使寄梅花。

## 衢州

漫触离愁到酒边，尽收风景入诗篇。

寒林橘柚三衢驿，夜色琵琶九姓船。

逆水计程添短纤，乡风沿路问长年。

斧柯烂后棋初罢，不学山中历劫仙。

---

张澍（1781—1847）：字百瀹，又字寿谷、时霖等，号介侯、鸠民、介白，凉州府武威县（今属甘肃武威）人。清嘉庆四年（1799）进士。文献学家、学术大师，著有《养素堂文集》《养素堂诗集》《蜀典》《续黔书》《凉州府志备考》《秦音》《抵疑》《姓氏五书》等，辑有《二酉堂丛书》。

## 江烈妇诗①

霜剪截发丝云落，衾刀割鼻冬雷骁。

毁形卫身身以宅，天神拱护妖辟易。

况乃饴死心然诺，芳躯付与三尺帛。

我特泉台弗违隔，人闲犹说血飞碧。

骨重神寒如可作，精灵闪尸降魂魄。

既无威章赖调鬻，又无藐孤为缝襞。

撒手从容乐复乐，博的驾骖双白鹤。

我闻士夫行有百，恨成千古缘失脚。

聚铁九州转铸错，不见常山江淑婍。

作者注：①烈妇衢州人孝廉江彭模之妹。

钱仪吉（1783—1850）：字蔼人，号衎石，又号新梧（一作心壶），浙江嘉兴人。清嘉庆十三年（1808）进士，累迁至工科给事中。著有《碑传集》《三国晋南北朝会要》《衎石斋记事稿》等。

## 玉山寓楼作（其二）

白云故可悦，山中故可留。

堂堂汪端明，遗迹傥可求。

峨峨白象冈，惜未登其丘。

比邻赵忠简，骑箕想同游。

放翁听渔唱，何处南溪楼。

玉山美如玉，冰溪无浊流。

啸吟洽山趣，水石养性优。

所以章泉上，昆弟偕白头。

方斋与斗山，曷不回华辀。

冯登府（1783—1841）：一作登甫，字云伯，号勺园，又号柳东，浙江嘉兴人。清嘉庆二十五年（1820）进士。著有《小谪仙馆摭言》《酌史岩摭谭》等。

## 霜天晓角

秋日行三衢道中，新霜一抹，橘奴乍黄，水碓稻床，鸡豚烟散，萍蓬漂泊，不若为农之乐也。

如此秋凉，近莼鲈故乡。水碓无人自转，话早稻、已堆场。　斜阳山自苍，晚枫吹满江。昨夜新霜一抹，看一路，橘林黄。

林则徐（1785—1850）：字元抚，又字少穆、石麟，晚号俟村老人等，侯官（今属福建福州）人。政治家、思想家和诗人，曾任湖广总督、陕甘总督和云贵总督，因虎门销烟，有"民族英雄"之誉。著有《试帖诗稿》《使滇吟草》等。

## 寄内

古驿寒宵梦不成，一灯如豆逐人行。

泥翻车毂随肠转，风送鸟啼贴耳鸣。

好月易增圆缺感，断云难馆别离情。

遥知银烛金闺意，数到燕南第几程？

王维新（1785—1848）：字景文，号竹一，容县（今属广西玉林）人。清嘉庆十五年（1810）中举。其于天文、历律、历史、文学、音乐、绘画、书法等方面无不精通，著有《古近体赋》《绿猗园初草》《峤音》等。

## 迎春柬许雪门明府（四首）

### 其一

客邸逢春未见春，屏冈静坐寂无邻。

传呼报道贤侯至，春入青旗色倍新。

## 其二

相逢又是好年华，草际舒青柳作芽。
打叠争看桃李笑，费君栽植满城花。

## 其三

小憩甘棠劝稼勤，半天微雨洒尘氛。
儿童未识东皇面，只是欢迎郭细君。

## 其四

儒雅温文是最贤，琴堂化洽吏犹仙。
从今赢得逢人说，我坐春风又一年。

## 许雪门明府将改任定阳绅耆攀留不已因用原韵柬明府（四首）

### 其一

客岁征鞍解浙东，栽培桃李满城红。
定阳孺妇安民食，都在鸣琴坐化中。

### 其二

吾儒原自有行藏，父老攀辕漫束装。
还我使君沾化雨，不逢烈日与严霜。

## 其三

期年已见治功成，父母心肠儿女情。

收局方知分黑白，不妨世事一棋枰。

## 其四

霖雨苍生夙所期，来嫌迟暮去犹思。

从今循吏应增传，好展经纶答盛时。

---

陈沆（1785—1826）：原名学濂，字太初，号秋舫，室名简学斋、白石山馆，蕲水（今属湖北黄冈）人。清嘉庆二十四年（1819）状元，官至四川道监察御史。诗人、文学家，被魏源称为"一代文宗"，著有《近思录补注》《简学斋诗存》《白石山馆遗稿》。

## 晓发常山县

一呷卯时酒，旋登丁字舆<sup>①</sup>。

匆匆辞候馆，草草即长途。

山市饶柑橘，丰年多黍稌。

经过风物美，未觉旅情孤。

作者注：①常山竹舆每以二人居前，一人在后，予戏为丁字舆。

黄钊（1787—1853）：字谷生，号香铁，嘉应镇平（今属广东梅州蕉岭）人。清嘉庆二十四年（1819）举人，官翰林院待诏。著有《读白华草堂诗》。

## 常山道中

花笑鸟啼边，篮舆互折旋。

溪黄淘夜雨，垄绿染春烟。

饭站担夫顿，茶垆少妇煎。

归程看日记，已过路三千。

## 过山四首

### 其一

连朝酿春寒，宿雾犹未卷。

肩舆冒雨行，仆夫足难展。

东风逆面来，截径利如剪。

襄帷误新妇，星鬓骇雾眼。

重裘陡觉薄，残酒不复暖。

行行山面开，去去雨脚断。

### 其二

盐车改骡纲，曲车换丁脚。

呀呀只轮车，欲前屡后却。

冲途阻泥泞，担负复交错。

横行纤行强，却行仄行弱。

竹兜剧轻便，风趣殊不恶。
大笑比乘轩，我仆亦如鹤。

## 其三

深蓝刷春山，浅赭渲残照。
溪田结茅亭，村店筑茶灶。
杂坐半佣贩，小憩有舆轿。
碧纱瞰翠翘，茶妓辗而笑。
当垆见临邛，约略具风貌。
犒缺又桃花，风鬟露娟妙。

## 其四

中站遽投宿，一宿始过山。
常山已尺咫，回首屏风关。
沿溪乌柏林，雾雨迷蒙间。
溪桥出奔泷，鸣玉声淙潺。
朝来忽开霁，泼翠攒岩峦。
晴雨皆画图，烟波共清寒。

陈仅（1787—1868）：字馀山，一字渔珊，号涣山，鄞县（今属浙江宁波）人。清嘉庆十八年（1813）举人，历任紫阳知县、安康知县、宁陕厅同知。好读书，经史小学，皆有撰著，尤长于诗，著有《继雅堂集》等。

## 雨后晓发常山书寄家兄

空山多白云，散作一夜雨。

雾色起行人，微凉入衣屦。

决决田水响，交交野禽语。

冉冉历修艰，萧萧感行旅。

春余景光新，小大各有侣。

陟冈瞻故乡，连枝怆殊处。

## 草坪①驿题壁

涉夏月几匝②，辞春日已旬

飞花落柱渚，高杨阴通津。

方欣桂楫驻，复值柴车巾。

瀑路俯窈窔，石门仰嶙峋。

阳崖易遐觌，阴谷艰近循。

秀发野田雨，清绝沙路尘。

烟晨麦气合，风午兰光新。

食苹侣鹿喜，择木翔禽驯。

霭霭入墟舍，依依见行人。

村餐列笋酹，野坐分苔茵。

晞林问樵斧，憩泽思钓纶。

山水纷目遇，云霞使情亲。

趋新未遑半，抚旧俄已陈。

既虚买山愿，弥愧挟策频。

因此感行役，何由追隐沦。

作者注：①草坪即为草萍。
　　　　②三月十九日立夏。

张应昌（1790—1874）：字仲甫，号寄庵，祖籍钱塘（今属浙江杭州），生于归安（今属浙江湖州）。著有《国朝诗铎》《寿彝堂集》等。

## 玉山登陆至常山（六首）

### 其一

郊陌弯环入小村，牵牛花艳绕篱樊。

麦花细碎还飞雪，水木清华俨故园。

### 其二

深秋秀野似春塍，袷服箯舆趁晓晴。

行路人稀兵燹后，静岩时听一蝉鸣。

### 其三

百里环围岭万重，天分江路各西东。

恨无力士开山术，不似邗沟水易通。

## 其四

村落萧条慨劫尘，半无门壁半无人。

念家山破还愁见，西子湖应眉久颦。

## 其五

草坪岭到入吾乡<sup>①</sup>，萧瑟营官此驻防。

步步行来风景别，菱荷香已送池塘。

## 其六

欧阳饭舍再停车，蒿目沧桑梦幻如。

故老歔欷谈贼事，六年八过境全墟<sup>②</sup>。

作者注：①草坪，入浙界处。

②中途饭肆主人欧阳氏即五年前旧识。


## 常山晓发

鼓枻下之江，风日正清美。

浅滩波似练，平野树如荠。

把酒祝东风，我行勿尼止。

举袂招西风，一帆速挂起。

樊贵贤（1790—1858）：字士云，号贤峰，浙江衢州常山县湖东人。清道光时岁贡。

## 古诗

茫茫天地间，古往今复来。

而我处其间，泰山一尘埃。

抚膺长太息，九原独徘徊。

古人如可作，吾将与谁偕。

百川赴大海，逝者不复回。

临风为凭吊，使我心中悲。

## 龙山寺①

龙跃龙山龙涧幽，龙山龙去白云悠。

龙归沧海空山雨，山下清泉入海流。

群壑会归双玉峡，万峰环绕一僧楼。

谁能唤醒卧龙梦，为布甘霖遍九州。

编者注：①龙山寺，又名妙喜禅寺，位于常山城北三十里处。

## 项公坝①二首

### 其一

且鼓牛刀割小鲜，春风花鸟舄飞仙。

山河并作三衢障，雨露无私百里天。

报最漫推虞诩绩，奏奇不数鲁恭贤。

盈盈潭水深千尺，宜唤明公饮马川。

## 其二

花满山城稼满场，缵敷禹土宅芒芒。

望衢门外涛翻雪，石崆溪边月似霜。

天意终回瓠子口，臣心清似邺泉漳。

而今江水成之字，三折回流护定阳。

编者注：①项公坝，当在常山县东南三合溪口。

## 宋赵清献公书岩怀古

阖庐登龙威，发函窃秘箓。

天遣六丁使，辇致藏此谷。

擘石三千丈，穴书幽岩腹。

犹余罅隙地，留与赵公读。

丹壁何嵯峨，穹窿启夏屋。

凌空垂石乳，引眺项惊缩。

公久此岩间，周礼故应熟①。

一为苍生起，毅然铁面目②。

英气壮河岳，青山遂公属。

至今岩壑前，蒙茸书带绿。

嗟我生已晚，不及从公塾。

名山被争先，续赋归来曲。

作者注：①公议新法不合。
②史称铁面御史。

## 龙山招隐歌

贫贱失意感慨多，富贵误人更谓何？茫茫世事黄河水，泰山碣石不能回其波。吾欲上游广寒兮，嫦娥妒余之蛾眉。弱流沵漫不可以径度，元圃渺渺不可期。不如乘槎岩谷中，投纶且钓岩下之卧龙。噫吁嚱严之谷，复乎高哉，巨灵不为擘，禹力莫能开。群山众谷争一斗，飞瀑喧豗万壑雷。何年峭壁削天工，倒悬欲落不落之怪峰。擘断虹尾苍岩裂，澄溪九折萦其中。迩来六万八千有余岁，不与人间辙迹通。乃太清之紫府，实天帝之琼宇。造物辟此匪夷境，秘与吾辈潜其踪。羊肠何盘盘，石栈倚苍穹。横空鸟道可望不可即，但见飞霞落照挂青松。念终古之悠悠，惟碧嶂之崔嵬。往者不可见，来者复为谁？招呼明月劝一杯，为洗愁肠万古悲。阊阖巍荡荡，杖策归去来。猿鸟问我将何之，此地离天刚尺五。上有十日不夜之琼楼，下有万仞穹窿之洞府。谷之上兮可以乐饥，陟瑶台兮寻仙侣。拍随洪崖肩，并坐容成股。天女扣霜钟，冯夷击石鼓。钧天之乐其乐不可言，遥思知音隔秋浦。郑广文，霍将军，定阳城市大如斗，车马扰扰红尘纷，使我身如茧裹心如焚，独不见龙山之山青入天，可以横绝尘与烟。又不见龙山之水清且涟，可以上通碧汉之天船。何不洗耳澄潭下，结巢林樾抱云眠。白云聊以洗我心，白石聊以砺我情。若待功成买山隐，徒使巢许笑杀人。武陵只在人世间，未许外人可问津。

## 顾山歌赠别紫霞山人

噫吁嚱，顾山之山何峻奇，嵯岈屹立嵚以巇。大山小山还相顾，神工鬼斧擘崔巍。我游宛与洛，浮尘染衣缁。西望昆仑插云汉，星海渺茫不可期。山人指点顾山路，仄径萦纡入翠微。露冉冉兮草霏霏，岢然叠嶂青琉璃。巉岩去天不盈尺，群岫连络何参差！一峰矗上耸螺髻，一峰横落修蛾眉。山山盘郁势棋错，东峡西峡云迷离。横空绝壁可望不可即，苍然青松碧树乱琼丝。上有千年不死之灵药，下有万岁倒挂之枯枝。黄鹄西飞莫能度，秦皇之鞭不敢麾。怪石崎岖，鸟道逶迤，春澹澹兮欲雨，雾暧趱兮生衣。吾欲振衣绝巅问天帝，但见大地苍茫群壑卑睨，宇宙之茫茫，吊今古而长噫！古人不我见，逝者竟如斯。去日之日云已非，来日之日犹可追。倒挽银河注中肠，为我一洗英雄万古悲。啸歌兮犹夷，俯仰兮徘徊，帝乡不可期，招鹤归去来。鸾为车兮羲为御，风之马兮云中驰。明月送我兮江之湄，江湄何清浅，飞鸿渐羽仪。别君去兮度崔嵬，思美人兮天一涯。侧身回望空惆怅，落霞缥缈天际飞。噫吁嚱，顾山之山何峻奇，有山如此胡不归？

## 贤良峰怀古

山在三衢山前，宋人王介读书其下，擢贤良第一，因称贤良峰。南渡后，丞相文懿公迁隐于此。

名山如高贤，名酒如清圣。
君看贤良山，卓立一峰正。
端拱出云表，蕴蓄君子性。

巍巍中甫公，先我此吟咏。

鳗语夺山骨，千载心相印。

流芳犹未歇，溪石润且净。

山川钟清气，草木皆坚劲。

相看久不厌，肃然起人敬。

卷帘延黛色，景行仰先进。

举杯问青山，青山默不应。

惟有旧时月，照我心如镜。

曷不归去来，故园辟三径。

## 仙湖石

羽客采芝还，灵砂藏此石。

云深不见人，瑶草映波碧。

## 虎啸石[①]

轻衣随李广，射虎入山阳。

误中山岩石，洞口月苍黄。

作者注：①石形如虎，张吻。

## 藏剑石[①]

玉匣凌云气，光芒射斗魁。

谁能持此去？割取乖龙来。

作者注：①石有磈，如剑形。

## 枯鱼谓鲂鲔

枯鱼谓鲂鲔，莫恃风涛势。
送君上险滩，终属渔人利。

## 鲂鲔答枯鱼

鲂鲔答枯鱼，徒尔过河泣。
江海甚汪洋，何曾与涓滴。

## 艮山歌序

定阳山水之奥区也，其见于志乘、诗歌，若禹迹洞、赵公岩尚矣。然皆阴寒潮湿，难以久居。素爱龙山之景，就寺前辟有石室、石台，士流慕其胜游者无虚日，山僻中竟成市径。思更得一胜境，可以避喧习静。距龙山十里，有艮山。或云即三衢山，非也。山形如艮卦，故名。山人为言，艮山峭石如城，昔人曾避兵乱于此。欣然扶筇山半，得石室焉。光明正大，俨如广厦。春不湿，夏不暑。飞瀑高悬，奇峰前列。其下层峦环抱，平畴数顷，可以结庐躬耕，倚石鸣琴。人迹罕到，鸟声上下，草木苍然，飘飘乎此身如入仙界，非复在尘间矣。夫自有此山，即有此室，天生胜境，由来久矣。好奇之士何独遗此，岂山川之运有数存乎其间，昔晦而今显耶？抑待诗人表之而始显耶？俯仰流连，窃歌勿谖。作诗以纪其胜，后之人读诗如见其山，登山凭眺，益信诗言不虚。以视夫禹迹、赵岩诸胜，其风景为何如也？歌曰：

名山与对名画同，岩壑天然尽化工。
君看艮山钟间气，奇峰分占水西东。
逶迤仄径缘岩入，行尽水源见峭壁。
层城叠崦环抱来，陡然一峰启遥室。
飞泉如雨岩上悬，碧萝自锁朝暮烟。
谢公游屐未到此，天留胜境与散仙。
人间苦说闲地少，瞽狂恐被山灵笑。
如此山川一句无，辜负春风来登眺。
投诗试问岩中猿，与猿分住几弓山。
倚杖林端伴元鹤，恣看山色不厌贪。
清辉流连看不足，更酌深杯饮山绿。
此意丹青欲写难，挥弦为歌高山曲。

## 廉泉铭赠晓村明府

扬之波，既涟且清。沛我侯之泽，宜以廉名。有如此水，湜湜其沚。臣门如市，臣心如水，旆旆黍苗，泉则膏之。祁祁士女，侯则劳之。非惟膏止，又优渥之。非惟劳止，又从而休沐之。猗与侯德，百里之天。流泽无疆，如阜如川。

## 集贤台记

台前此蔽诸丛棘峭石间，莫之知也。余与汤雨生将军游此，访而得之。爰购力士披荆棘，剷石径，特开生面，同冼云上人、江君研云、袁君潄云歌咏其间，洵奇观也，志以诗。

登高望岩谷，岩壑何苍苍。

古人不我见，空山月昏黄。

披荆陟翠巘，拾级步崇冈。

群贤此雅会，聊复倾瑶觞。

桂子樽前落，调弦逸兴长。

众绿围幽台，俯视鸟飞翔。

泉石清如此，轩冕冷相忘。

手携赤松子，高卧南山阳。

吴振棫（1790—1870）：字仲云，号毅甫，晚年自号再翁，钱塘（今属浙江杭州）人。有《花宜馆诗钞》。

## 自常山至玉山

漠漠茶烟青，一里几村店。

客子青竹兜，小憩了不厌。

芳荑涩寒姿，全树绿犹欠。

疏疏缀花当，稍觉春气酽。

雏鸠咒雨缓，巾角未须垫。

晚投县楼东，竹榻各分占。

溪鱼可怜紫，一饭易属餍。

陆行亦何劳，绝胜风蒲帆。

翁心存（1791—1862）：字二铭，号邃盦，江苏常熟人。清道光二年（1822年）进士，历任工部尚书、户部尚书、体仁阁大学士，谥文端。学问淹博，工诗善文，著有《知止斋诗集》《知止斋文集》等。

# 发玉山至常山竟日乘篼舆行万山中风雨凄其烟岚重叠耸肩愁坐拥鼻苦吟寒虫之号不自知其絮絮也录之得十六绝句

## 其一

晓雾惺忪冻不飞，阴阴如絮扑人衣。
生憎无数痴云影，苦恋寒峰未肯归。

## 其二

穿过重关上画桥，石阑横亘郁岧峣。
滩声一路琤琮响，尚有冰溪冻未消。

## 其三

疏林行尽见平田，漠漠轻阴欲雪天。
对面不知峰远近，似浓还澹锁寒烟。

## 其四

早麦抽苗长未齐，初栽寒菜两三畦。
土膏融润如酥滑，喜趁前宵雨一犁。

## 其五

缕缕飞云釜气蒸，轻于柳絮薄于缯。

随风飏过山尖去，横抹山腰又一层。

## 其六

乱峰如玦更如环，石径微茫往复还。
忘却身从云里过，但看风雨满前山。

## 其七

倚天长剑难拨开，冻雨廉纤拂面来。
为语东风休作恶，素心一点少尘埃。

## 其八

支颐莫恃笋舆安，滑滑冲泥寸步难。
行到半山人迹少，乱吹寒箨雨声干。

## 其九

半林红叶湿燕支，偃蹇孤松露一枝。
莫怪冲寒吟太苦，好山如画雨催诗。

## 其十

山坳断处野人家，茅屋双栖瑟缩鸦。
几树垂垂乌桕子，寒星万点认梅花。

## 其十一

合沓层峦四面包，萦纡路向隔林钞。
还从山口回头望，一带人家在树梢。

## 其十二

高廪团栾覆草黄，村童牵犊饮寒塘。
长堤一线人如蚁，不信浮生有底忙。

## 其十三

候雁衔芦鸧鸹呼，饥鹰侧翅下平芜。
天寒岁晏风霜急，还有秋塍剩粒无。

## 其十四

岚气空蒙雨脚收，寒威渐紧失重裘。
天心似念征人苦，阁住云头不肯流。

## 其十五

突兀孤峰拥画屏，幽篁环翠路冥冥。
一声长啸哀猿和，如梦寒山唤不醒。

## 其十六

四山暝色不分明，樵唱微闻断续声。
寒月半规云外吐，万家灯火定阳城。

编者注：刻本仅十首，据稿本录入。

## 常山旅舍题壁

偶御天风自往还，月明愁听唱刀环。
身如寒雀枝头冻，梦逐浮云岭上闲。

涸辙怕迎江右水，开颜重见越中山。

青霞童子如相问，为报凡情一例删。

## 常山放舟

放棹缘溪去，风吹客梦醒。

水过江右碧，山到越中青。

云气千层幻，滩声一路听。

登盘朱橘好，扑鼻发芳馨。

## 越山

越山青似黛，越女白如花。

镜照桐江水，鬟分绣岭霞。

留人烹日铸，劝客饭胡麻。

怪底刘郎去，频年不忆家。

## 夜泊衢州

三更依岸泊，四望眼俱明。

月射中军宅，云高大末城。

厌听傁语重，渐觉越音清。

莫作龟山操，临风万感生。

# 衢州道中

## 其一

独倚东阳上水船，女楼飞舞俨临仙。
分明山水清如画，人在青霞第八天。

## 其二

燕泥啄尽草青青，闲上春风卷雪亭。
一阵落花红雨过，游丝飞入绿杨汀。

## 其三

细石平沙水拍堤，轻帆直上定阳溪。
缘篱支竹通幽径，中有黄莺恰恰啼。

## 其四

绕过沙滩路一湾，前头急溜又潺潺。
篷窗午睡醒幽梦，梦见仙人响佩环。

## 其五

晴波荡漾碧粼粼，波面东风著意皴。
不信出山泉水浊，清溪十丈见游鳞。

## 其六

瓜皮拨桨过鱼梁，笑煞鱼鹰底事忙。
转到山坳人迹少，鸬鹚一对立横塘。

## 其七

不羡人间万户侯，木奴输绢拥千头。
神仙那及商山乐，一局残棋算未休。

## 其八

茅檐烟散柳藏鸦，水碓无人静不哗。
忽忆今朝寒食节，始知身是在天涯。

编者注：刻本仅六首，据稿本录入。

---

陆嵩（1791—1860）：字希孙，号方山，元和（今属江苏苏州）人，陆文之子，陆润庠为其孙。清道光八年（1828），以贡生赴顺天乡试，不中，游浙、皖幕府作客。著有《意苕山馆诗稿》存世。

# 钱塘至三衢舟行杂咏（六首）

## 其一

一帆风稳送钱江，夜半潮声听已降。
客梦欲醒天欲晓，疏疏星斗落篷窗。

## 其二

疏星斜月带寒流，萧飒菰蒲不似秋。
贪看龙游好山水，夜深还欲坐船头。

## 其三

钓台遥望草堂连，山色江光两可怜。

自笑青衫已如此，强将小妹唤同年。

## 其四

迢遥城郭雨中迷，是处笙歌入耳低。

两岸画船知不断，橹声摇梦过兰溪。

## 其五

临流何处好凭阑，门外斜欹竹数竿。

太息浮名今已误，我来不敢吊方干。

## 其六

落日寒江理棹迟，客心飞起鹭鸥知。

谁将西出阳关句，唱入吴娘曲罢时。

徐荣（1792—1855）：原名鉴，字铁孙，号药垣，先世湖北监利人。清道光十六年（1836）进士。著有《怀古田舍诗钞》等。

## 三衢道中

坐见滩痕逐渐添，斜风吹雨入疏帘。

断云忽敞双江口，积雾常埋百树尖。

漫与诗歌犹贾勇，贪看山色尽伤廉。

虚岩闻有仙棋在，咫尺王程不敢淹。

赵允怀（1792—1839）：字孝存，江苏常熟人。清道光五年
（1825）举人。辑有《支溪诗录》，著有《小松石斋文集》等。

## 春雨不止闻吴中又水饥民有攘夺者有怀家中

去秋填入水，今春月出房。

积潦尚弥弥，霡霖又浪浪。

雾气带广野，苔花昏阴廊。

鹁鸠啼近人，蛙黾跳上床。

自我赋行役，解装来定阳。

颇疑风土偏，多雨为其常。

邂逅逢客谈，稍及吾家乡。

乃知吴中雨，滂霈胜此方。

吴中财赋地，昨岁天为殃。

腴田万万顷，鱼鳖来夺攘。

至今茅檐下，稀有午饭香。

弹指春夏交，所望麦上场。

岂意水再至，不得成丰穰。

遥知陇亩上，妇子同叹伤。

可怜白浪白，那见黄云黄。

民贫失本心，礼义难遮防。

慎毋用峻法，弱者能化强。

我欲彀硬弩，射死一足羊。

投纶钓朱鳖，不许浮方塘。

双手拨阴翳，捧出红日光。

却愁少六翮，无路排天阊。

时时望南云，凄凄怀北堂。

儿身虽依人，犹得饱稻粱。

儿母日倚闾，安有隔宿粮。

只应挈儿妇，饥来厌糟糠。

丰年且如此，况遇今凶荒。

哑哑反哺乌，早暮犹相将。

尔禽我不如，泪下沾衣裳。

冯询（1792—1867）：字子良，番禺（今属广东广州）人。年幼时跟张维屏问道学诗，甚有心得。清嘉庆二十五年（1820）进士。著有《子良诗存》。

## 过常玉山

八口支持赖老妻，乱离何处定依违。

过山咫尺无多路，转为忧疑缓缓归。

## 建平侄于役常山以眷口寄江省而自回金陵怀别四首

### 其一

兵戈犹满地，汝复据征鞍。

别路千言少，危时一见难。
檄忙风火迫，装薄月霜寒。
况是勤王事，方强戒晏安。

## 其二

窃恐精亡久，艰难事事亲。
我犹穷薄宦，汝亦老成人。
作客知投险，为官莫厌贫。
赠言和缓好，姜桂性嫌辛。

## 其三

汝家全付我，得食且支持。
索笑儿能慧①，忘忧叔幸痴。
谋深公事稳，累重客心迟。
慷慨增行色，驱人岂独饥。

## 其四

吴楚千重路，平安许往还。
神威才铁柱②，佛劫尚金山。
杀贼非徒勇，依人不易闲。
团栾终至乐，夜夜梦乡关。

作者注：①侄孙锡光幼慧可喜。
②豫章解围如真君神助。

黄爵滋（1793—1853）：字德成，号树斋，江西抚州宜黄人。著名政治家、思想家、文学家，官至礼、刑二部侍郎，禁烟名臣。著有《仙屏书屋诗录》《仙屏书屋文录》等。

## 常山遇李牧臣因忆游庐山诸友

庐山山前雁侣稀，两傍湖东一水西。
独有南来双雁影，乘春同向日边飞。

## 衢州舟次除夕

鼓棹下大末，明流动春暄。
汀绿苏草意，岸青蒙柳痕。
兹游爱烟景，矧值朋好敦。
其酣风波梦，复饱烟霞餐。
奇气逼金剑，壮思翻银澜。
入暮四天合，犹挂临水轩。
江船绚明烛，不知烟树昏。
高谈无俗侣，环坐如诸昆。
且结忘形契，一醉迎年尊。

徐继畬（1795—1873）:字健男，号牧田、松龛，书斋名退密斋，山西代州五台（今属山西忻州）人。清道光六年（1826）进士，历任广西巡抚、福建巡抚、闽浙总督等职。著有《瀛寰志略》《古诗源评注》《退密斋时文》等。

## 浙江（四首选一）

溯流西上是常山，南望仙霞耸鬌鬟。

衢州城外双流合，江山船在绿阳湾。

汪昉（1799—1877）：字叔明，一作菽民，号啜菽老人，阳湖（今属江苏常州）人。清道光二十四年（1844）举人，官山东莱州府同知。工诗文，善书画，著有《梦衲盦集》。

## 洪筠轩颐煊过访常山
## 以唐人鸡犬图书共一船句写圃属题

白家琴鹤米家书，今日逢君赋遂初。

同是平津旧宾客，软红犹是困骑驴。

作者注：向呈孙渊如观察"倦驴狡作横行蟹"句，予与君订交从渊如席上始。

## 送懋儿之官桂林

自题招隐赴边关，肠断鸰原鬓已斑。

及汝宦游经四世，将予诗梦去千山。

但存志节何忧贱，不废诗书自耐闲。

勉立修名行矣慎，堂前勿复涕潸潸。

## 程月川含章方伯之任闽中过衢州寓舍喜赠

喜闻诸吏庆，重听八鸾鸣。

圣主知臣直，苍生惮政明。

轻烦长者辙，弥见故人情。

载辱牙门荐，终惭笏上名。

## 予自今春还衢州湖人皆摹予抱琴小像藏之归云庵题者纷纷顷有携来示予者不胜其愧且感也因题二诗还之

### 其一

严壑居然置此身，卅年琴剑慨风尘。

只余臂学羊公折，亦有相思堕泪人。

### 其二

抱琴曾到此山中，心是孤云迹断蓬。

琴去云归人自老，只愁贻笑挂瓢翁。

**作者注：**孙太初山人隐居，此庵有挂瓢堂。

# 徐秋潭锟将军出镇湖南过访常山见贻雅翰别后却寄

## 其一

近代纷儒将，浮名指一弹。

韬钤能展易，翰墨不磨难。

涉世从伸屈，论交出肺肝。

如公今实少，岂独重骚坛。

## 其二

早起闻檐鹊，门前忽八驺。

有心来觅侣，得句便销愁。

风雨回新梦，潇湘忆旧游。

墨迹浓在壁，欲见再无由。

# 闻族子敏中举京兆试兼怀葭村兄蜀中

频年人羡谢庭兰，又见龙门鱼尾丹①。

忠孝律身应自勉，文章华国料非难。

渐看三凤云霄迥②，剧忆双凫烟水寒。

玉峡金台天万里，六鳞何处岁将阑③。

作者注：①近年侄辈登贤书者四。
②敏中弟秉中镕皆应京兆试，秉中以副车校书内庭。
③己丑年五十二，自常山衢州至龙山茌平止。

## 新年常山至衢州舟中

入春颇晴暖，今日偶北风。

滩多水复浅，风利帆无功。

相违百里程，却隔千重峰。

扁舟三日卧，未闻城外钟。

预愁归路难，此行又向东。

不见来舟人，篙折舷当胸。

南来三新年，三处鸿泥踪①。

新年正休沐，何事行匆匆。

不愁鸥鹭嗔，倚醉频开篷。

但道看山来，世恐无此翁。

高歌复长叹，四面青山聋。

作者注：①丁亥金华，戊子湖州。

## 之江长年谣

之江长年弯背腰，一日六时水底号。

敢嫌舟重嫌滩遥，但愿汗浆添得川流高。

过滩喘定发寒栗，两手搲掌弄篙急，可怜力尽篙频折。

长年！长年！不见渔翁一叶浮烟水，常对沙鸥醉眠耳，

尔独何为苦如此！

# 官船谣

官司飞檄如星电，里正促人同牵挽。

岸上三行两行雁，官船不动长绳断。

岸傍茅屋岂无人，呼出负船敢逃窜。

达官峨峨倚窗酌，醉起问程嗔不速。

负者号呶挽蒲伏，皆共长年忍鞭扑。

呜呼！长年有值尔并无，不见城中亲戚闭户常安居。

当年只道村居逸，故傍之江结草庐。

# 龙山栖云洞同樊贤峰明经

万古无人到，狂吟我与君。

攀藤随虎迹，披棘入猿群。

飞瀑千岩雨，梅花一洞云。

烟霞足心赏，来共古仙分。

# 洗心亭

碧涧千年挟怒雷，仙人飞去石飞来[①]。

一腔热血凭谁洗，射虎雄心到此灰。

注：①绝壁上有仙人迹飞来石。

# 龙洞

一夜蛟龙破壁飞，千年风雨石脂肥。

何时此洞顽仙占，不见龙归见鹤归。


## 栖云洞折残梅一枝偶为写照题赠洗云上人

只有空山面壁人，梅花落尽不知春。

从今留得花长在，说法能教散满身。


## 华盖峰西多生兰蕙寻香而至刈得数丛

长镵倚短童，竹杖荷筠笼。

绝壁飞泉下，深林古雪中。

樵人歌落日，山鬼笑春风。

莫恨埋荆棘，幽香自不同。


## 留筝阁琴罢

长日无人访薜萝，吟筝放下弄琴多。

凭栏忽觉泉声健，石伞峰头暮雨过。


## 一线天南向一石左右有户其中曲而邃宽者为室高者为台台有小穴圆深如仰盂可为炉奇构天成而榛莽蔽之莫之知也予搜辟得之名其岩日琴隐

入山亦已深，居此始成隐。

抱琴万里游，不如一邱稳。

造化为此奇，榛莽无人垦。

千年待我来，为汝发幽蕴。

不愁山鬼夺，已荷山灵允。

丹鼎焚名香，瑶台调玉轸。

奚烦鹤守门，但把花为楯。

餐霞得不死，从此长栖遁。

## 留龙山三日得遍游奇迹留题广公禅房

平生爱山因爱僧，有游每藉僧居停。

此山此僧罕逢客，客至辄作秦人惊。

开天只有飞仙到，断侠云霏隐丹灶。

平生索句欲探骊，焉肯游山不穷奥。

攀萝附葛推挽之，如缚掣瓶由导师。

吟声堕落古涧底，屐齿挂上高松枝。

前有狰狞后犴狙，左俯深潭右绝壁。

垂藤百丈落猿轻，卧树千年缘蚁仄。

忽逢古洞寒侵人，太阴深黑匿百神。

试投巨石铿莫测，入此万古无昏晨。

又逢大厦千间广，几席纵横窗户朗。

洞中仙鼠接元谈，洞口梅花迎鹤氅。

白龙不受顽仙骑，我欲收来作杖藜。

空山风雨无行径，不信前缘印爪泥①。

元芝一任狙公饱，但酌清泉亦难老。

玉女头盆勤洗心，本来无垢无烦恼②。

鸾音天半来吾侧，临风招手寻丹邱。

倥偬一剑懒携去，藏之石壁防仙偷③。

千岩万壑皆奇境，愧不成仙俗缘梗。

晓随山磬破云飞，夜宿松庵陪鹤醒。

松庵一别再来难，出山流水何时还？

山僧自共山长在，那得长留客在山。

作者注：①谓足迹岩。
②谓洗心泉。
③石避上有隙如剑形，旧名"藏剑石"。

## 重游石崆山留题时量移杭州（二首）

### 其一

环城皆好山，惟此屡游憩。

筇声入松涛，茗碗出花气。

一二耕田僧，与语朴可味。

檐花烂漫开，半是师遗植。

爱惜不敢伤，藉娱游客意。

行逢浴涧麋，见人殊不避①。

半山有深洞，洞口桃花蔽。

久拟弃簪缨，于焉成隐计。

蹉跎三四年，行且去此地。

### 其二

昨游岩谷深，亦得横琴处。

石室梅花春，从无古人顾。

临流清可濯，采山美可茹。

不如此平旷，究免豺狼惧。

忆昔鼠姑开，赏共莱妻赋②。

驹光何能停，鹿车不可住。

风景日夕佳，俯仰有闲趣。

山鸟熟吟声，流连不知故。

寺门频马嘶，回首山城暮。

作者注：①有沐鹿泉。

②戊子春日，同家人来饮花下，弹琴赋诗，欢聚竟日。

## 偕同官至石崆华岩寺

尚有吟缘在，山花亲屡开。

屡游终可恋，一别又谁来。

竹涧泉鸣雨，松廊鹤破苔。

同官随物换，诗壁感尘埃

作者注：予自丙戌夏来常山，至今凡五易宰，四易广文，三易丞，
余官亦半非旧雨，留题多在寺壁。

## 戏柬西安尉徐雨生（林）即以录别

本是莺花共里邻，相逢几度话鲈莼。

不知谁是陈惊座，却笑生同毛野人。

绕郭山光容吏隐，横腰一剑累吟身。

匆匆雨别无新旧，难免西窗又对鞶。

## 陈垂石大勋明府索疏香园诗即送归东安

缅昔鼎食人，常守菜根味。

结驷怀人忧，不为温饱计。

陈侯往未达，咬菜同江泌。

十年羁冷官，苜蓿安荒廨。

及宰山水县，膏雨民怀惠。

即种潘令花，仍餐阮隐薤。

政成既投傅，归隐身心泰。

羡君径未荒，语我庐堪爱。

名园类北村，自足无埃壒①。

不到汉阴机，常为栗里醉。

解带自携锄，獠奴引阿对②。

闭门成独乐，春山自飞翠。

溯我初逢君，辄忆旧游美。

水竹如人清，不知有谁在。

君今归故园，我怀共迢递。

迢递君得归，我归尚何滞。

作诗赠君行，后会知非易。

诗成继以图，珍重离人意。

菜根饱即福，斯人与斯地。

从今惟德馨，不数疏香细。

作者注：①宋吴兴沈尚书北有园名自足。
②杨伯起尝令家童引阿对泉灌园。

## 同内子石崆山看牡丹

曾参玉版鹿车来①，又看天香般若台。

出郭远还贪地僻，到山迟却值花开。

淡云微雨春三月，翠管红牙酒一杯。

别后防人吟我句，寻伊履迹向阶苔。

作者注：①去春花时来食新笋甚美。

## 北禅寺看花

三岁居定阳，不知北禅寺。

但见郁嵯峨，千松排古翠。

非有看花缘，几负幽栖地。

何时天女来，芳菲散庭砌。

密叶护幽禽，余春恋残蒂。

一枝尚可携，且避幡风细。

导游得双蝶，浓绿侵衣带。

空谷无人声，一樵有仙意。

桂子落吟肩，松花吹鹤背。

古墓拜忠魂，南度僧犹记。

大节高于山，低徊感兴替①。

落日去篮舆，新诗留佛界。

莫笑看花人，空弹千古泪。

花落树长存，人去名谁在。

作者注：①宋节度使徐幸隆死兀术之难，葬在此寺后山。

## 独坐石崆

无事即来游，闲官似野鸥。

溪云随马足，山影入僧楼。

爱客柳青眼，伤春鸟白头。

故人今落落，对饮及前骢。

## 偕垂石郭外观荷归憩石崆

一月不出门，眼中榛莽塞。

藕花不早开，佳游今始得。

山色落衫青，溪云吹面白。

过岭得烟村，冉冉香风逼。

柳底谢篮舆，鸥边选苔石。

侵晨暑未生，草露沾双鸟。

朱霞掩绿云，对此烦襟涤。

陈侯素心侣，亦有爱莲癖。

秀句夺横湖①，才名倾太液。

千秋风雅存，苦心似莲苔。

此地绝吟朋，美景更稀觌。

惟有石崆岩，一楼花雨赤②。

煮茗且谈禅，拂云共题壁。

结夏羡僧闲，深簹罕来客。

回首寻春游，琴尊成往迹。

鸿泥那久留，别后谁相忆。

忆自与君交，未尝同蜡屐。

此游亦匆匆，屈指判南北。

安得菊花杯，还其屏山宅。

君归控岭梅，我行向江荻。

寒暑一瞬迁，相思两无益。

有情同藕丝，宛转愁相识。

作者注：①东坡有横湖诗。
②山有赤雨楼。

# 题戴寿伯万年独立图

戴和告庙得密友，戴良独步莫与偶。

我惭君友未见君，独立何时共携手。

问君独立何所思，茫茫宇宙将安为？

东皋①风雅自追步，南台际过宁撄怀。

青鞋布袜游何许，五岳虽遥足当举。

从来白鹤爱云霄，岂共鸡群在尘土。

知希为贵真名言，羡君独乐能全天。

独醒独醉众莫问，千秋万世皆云烟。

我欲无人并无我，土木形骸有无可。

惟有心肝一寸丹，浮沉天地求安妥。

看君绿发胜中郎，等身事业终难量。

功成便作赤松侣，我岂久得为求羊。

还君此图道相忆，一曲高歌伴君默。

安得江湖处处偕，请君化作东坡百。

作者注：①宋诗人戴敏号东皋子。

## 信天翁

信天翁，意何许？心悠悠，行踽踽。

洁其身，廉所取。一饮啄，自天与。

不青冥，不元圃。只沙汀，只烟浦。

云水缘，鱼虾侣。乐在中，得其所。

世无争，谁敢侮。天地闲，满尘土。

或樊笼，或网罟。厕余粒，吓腐鼠。

胥丧亡，抑何苦。逐鸢迁，作鹏举。

羞巧言，愁铩羽。有鸾栖，有凤舞。

既知止，无足数。信天翁，孰为伍。

噫吁嚱，吾与汝。


## 绥儿从游龙山抚琴岩岩半有石平广贤峰名曰琴台刻石记焉绥儿有诗予因和之

流水东西绕，梅花上下开。

不知春代谢，长与鹤徘徊。

风月无知己，乾坤有此台。

髯松能记取，几个抱琴来。

## 龙山有天然石室予既搜辟得之名曰琴隐而邑人更名曰万民石绘图作诗以赠予行颂予卫庇万民欲肖予像于石室予何人斯敢辱岩谷用题图后以谢诸子

剩把烟云画里看，一生石癖疗应难。

留诗为博山灵笑，休当羊碑泪共弹。

## 酒村歌赠王酒村宇春并作酒村图留别

以酒为者不饮酒，如君醉徒古无有。

但得其趣全其真，何异无弦琴在手。

屏山①三岁居相邻，聆君言论如饮醇。

传家三砚洞千古②，绕屋百花轰万人。

人言君傲我观介，千驷不顾工恬退。

自言交友纷如云，知己惟推汤与戴③。

我诗不足增君高，临岐索赠无推敲。

子孙必宝三砚谱④，知我与君真石交。

作图虽劣君心悦，村在心头今托出。

此村幽僻足音稀，无人涤器供羌渴。

作者注：①山名。
②君有三砚斋。
③金溪少寇。
④赠予三砚斋印谱。

## 琴台

横琴迟佳客，衣露中宵凉。

鸣蛩傍琴底，语鹤回琴旁。

琴声同凄清，囊琴还草堂。

台荒人亦老，秋草如人长。

## 琴隐园即事

懒筇无意逐晴郊，薪结龙山一把茅。

远岫青来明镜里，小楼红出杏花梢。

管弦声静金樽满，鹦鹉廊深玉树交。

客至不应苛礼数，惠文冠已七年抛。

## 和张念斋明府祖基感事十首

有赵公子者，赴京兆试道，悦某姬有终身之约，过期而往，则积思成疾，紫玉成烟矣。念斋有诗索和并属为图。

### 其一

景真入洛正青年，锦袂花骢燕子边。

寒食东风谁是伴，青溪如画柳成绵。

### 其二

映水楼台似若耶，无人知是小丛家。

攀帷一笑谁偷见，绿玉阑边红杏花。

## 其三

琼节瑶台梦雨晴，凤凰枝上月华明。
车轮为底难生角，匆促鸳楼记未成。

## 其四

银筝无语送郎迟，忍泪犹歌学士词。
一十二回圆月易，离愁已似十年支。

## 其五

珊鞭抛处月黄昏，私誓犹留臂上痕。
别梦依依飘柳絮，随风摇荡不离村。

## 其六

掷断空房锦字梭，秋来昔昔看银河。
双鱼不识横塘路，虫语分明替奈何。

## 其七

蓬山原不隔千峰，凤约如何竟绝踪。
翻是封侯容易觅，爱卿无处再相逢。

## 其八

花前谁是楚莲香，肠断空楼燕垒荒。
舞板歌纨依旧好，不堪重见缕金箱。

## 其九

吟声空学杜鹃哀，那把花魂唤醒来。

毕竟彩毫难续命，美人何苦尚怜才。

## 其十

名花阆苑惜芳菲，谁遣秾纤写洛妃。

莫漫销魂惊艳影，卷中人不及崔徽。

## 满江红·节妇邢夫人挽辞常山令张祖基姊

镜破鸾分，三十载、贞心雪皎。堪叹息、兰阶寂寞，萱庭衰老。清漏沉沉芦被冷，残机轧轧糠灯小。算花边、双燕月边鸿，皆愁料。　　寡鹄怨，何人晓。原鸰痛，何时了。剩空庭古柏，翠烟寒绕。碧草难埋黄土恨，冰蚕怎遣朱弦好。记镫旁、辛苦褧吟髭，难重道。

## 戊子新春将代还常山
## 吴兴诸君饯予九梅轩留别四首

### 其一

春气忽然觉，花香共酒浓。

别帆偏似马，陋剑不成龙。

有梦来西崦，无诗到北峰①。

名山与良友，离恨一重重。

## 其二

百废有兴时，于今风雅谁。

鸥波空读画，蘋馆莫寻诗。

瘦马山童识，孤琴野鹤知。

平生游览迹，悔到此方迟。

## 其三

老矣厌江湖，移家愿下菰。

青山容我懒，白发笑官粗。

欲去惭携砚②，长留等滥竽。

可惜山简客，重望习池俱。

## 其四

一夜苕溪雨，多情滞远人。

官同巢鹊避，迹逐磨驴陈。

东老余家酿，南园自好春。

相期俱不朽，珍重苦吟身。

作者注：①约游卞山未果。

②钮笔村以所藏晋砖治砚贻予。

# 以人日题诗寄草堂分韵予得寄字诗未成而代还常山是集瑶圃为图诸君诗皆书图后予不可以终缺也补成此篇即以寄怀诸子

新岁逢旧欢，佳辰宜美醉。

虽殊刭西游，却异元卿思。

诗成图亦工，我独无一字。

偶然兴发过，其事亦遂置。

一瞬忽秋中，衔杯念同辈。

七人各东西，百年几良会。

忆昨山水窟，觞咏多佳致。

醉侯每惊座，骚坛争拔帜。

所惭孔融宾，兼誉崔悷嗣。

为聆龙纹吟，共感驹光逝[①]。

欢难蕉鹿寻，官乃桃符代。

浪迹为平生，雪泥庸尽记。

补诗且存迹，离情藉远寄。

双鱼何时来，安否期相慰。

笑非人日鸟，欲台宁难再。

作者注：①乙亥广州人日会宾谷方伯署斋，与会者七人，绶儿在其列。诸公有听琴诗贻之。是日绶儿亦鼓琴，同人诗中多及其事。

## 自题琴隐图

身外余长剑，剑边惟古琴。

留琴且卖剑，一笑入山深。

绕屋碧流水，满庭松树阴。

妻孥休苦寂，猿鹤亦知音。

张际亮（1799—1843）：字亨甫，号华胥大夫、松寥山人，建宁府（今属福建建瓯）人。与魏源、龚自珍、汤鹏并称为"道光四子"，著有《松寥山人诗集》《思伯子堂诗集》《娄光堂稿》等。

## 二十一夜自常山放舟下衢州

天寒夜气空，江静偶闻风。

雪满水云外，鸟鸣山月中。

一灯即诗境，千里始征篷。

回首荒城夕，迢迢雾霭穷。

## 衢州舟中作

樯上烟鸦趁远晴，望中云物极凄清。

数峰橘柚秋风色，何处枫林暮云声。

多病客游兼废学，故人死别最关情。

江山回首仙霞路，不见灵旗缥缈行。

## 招贤驿

朝食出衢州，日斜至招贤。

傍溪十数家，冷落余炊烟。

老翁出迓客，询我来兵间。

自言此荒戍，亦有兵五人。

主人乃伍长，去年曾从军。

七月赴定海，九月独来还。

借问安得归，私钱入长官。

今年八月节，文书点赴屯。

九月八日返，云需军装艰。

次日日重九，赛神罗鸡豚。

里社共作剧，惊传失海门。

旦随营将去，枉费前时钱。

昨日十六日，闻上衢州船。

此行曹娥江，焉知亡与存。

妻子强付托，欲辞开口难。

始知太平日，能使千家安。

旅客闻此言，各各起长叹。

当门一树橘，食者自知酸。

余意复何道，月明照前滩。


## 三里滩

积水仅浮舟，画船高过屋。

粉黛映江山，风雨杂丝竹。

朱栏小垂手，二八颜如玉。

往往三五夜，华月照眉绿。

目成通一顾，买笑千金逐。

鸡鸣歌未阑，晓日移银烛。

东行到钱塘，或泊兰溪曲。

可怜少年子，销魂在水宿。

借问此谁氏？九姓自姻族。

匹夫为厉阶，百世犹鸩毒。

骄蚩小儿女，未解淫贱辱。
凝妆拣珠翠，衣被压罗縠。
朝欢匿贵游，夕狎任厮仆。
零落秋扇捐，春心付骨肉。
造物汝何意？苦待斯人酷。
老死异编氓，偷生寄涧浟。
请看兹滩头，终古波斯续。
流脂变芳草，断肠不盈掬。
羁孤触临眺，慷慨悯衰俗。
沙边双鸳鸯，哀鸣羡黄鹄。

## 草坪

百年常苦短，一夜常苦长。
问我竟如何，只觉心彷徨。
明明天上月，皎皎生晶光。
光辉在我侧，揽涕纷沾裳。
秋风正四起，北雁知南翔。
驴马望道嘶，行子去故乡。
他乡岂不乐，欢乐意转伤。
千秋共此夕，此夕谁能忘。

## 常山

浃旬厌陆行，从此喜水宿。
邑小人烟稀，山盘曲流浟。

我去曾几时①，再来除烦燠。

秋风一何凉，露零桂初馥。

夕照下荒城，寒光动茅屋。

心随云雁远，兴与沙鸥熟。

百年会易尽，万事常不足。

行矣信扁舟，沧波浩满目。

注：①六月过此。

## 常山至玉山

常山至玉山，山行不百里。

苦寒自徒步，两日血流趾。

可怜万山高，峨峨雪霜起。

层冰盖乱石，失足半生死。

但见崖谷间，浩白如悬水。

茅檐昼无烟，积淞枯林倚。

搔首冻满发，结衣僵裂指。

极天来重阴，寒势方未已。

独宿太平桥，静念无衣子。

向晓逾屏风①，风号乱云紫。

飘萧雨急霰，沾洒到口耳。

原野正坚凝，饥乌自衔尾。

群噪时近人，啄屋复下视。

万物畏肃杀，人何忽至理。

舜羽异仁暴，兴亡固有以。

岁晚惜幽芳，时艰思烈士。

青阳一何迟，悲歌白日驶。

踯躅向城郭，入夕随所止。

苍溪照寒月，流光在床几。

稍舒筋力困，欲跂何门履。

世路多艰难，吾道异张弛。

明发放归舟，陆穷水可喜。

编者注：①屏风，关名。

## 衢州陆行至常山

廿三年过兹三度①，何止身悲失意行。

几处雁鸿残照断，数家橘柚晚烟成。

秋风满地仍为客，戍火连宵正苦兵。

多难恰逢摇落候，苦思丹诀学长生。

作者注：①己卯自温州归、丙申自都门归过此，皆陆行。

## 宿草坪

十五年来月，依然照草坪①。

关山频失路，江海正连营。

剑隐秋星气，风兼塞马声。

夜长瞻北阙，未敢请长缨。

作者注：①丁亥秋尝宿此。

# 十二月十五夜衢州舟中忆先月此夕在清江稼田兰岑桐舫菊农宥函达夫相送登舟忽忽一月怅然口号

杯度庵前一杯酒，醉余重见月圆时。

但教缺后光仍满，不怨人间有别离。

## 龙游至衢州绝句（选一）

姊自常山下，妹自钱塘上。

相逢一问讯，常山水可长。

## 古意

君在常山南，我在常山北。

萝月照松门，似君昔颜色。

别来今六载，断沟不到海。

浊泥望清尘，路旁肯相待。

婀娜杨柳枝，三月作絮飞。

朝飞逐落花，夕飞入罗帷。

好语致风伯，莫便晓夜吹。

两剑匣中语，一桐爨下泣。

但见苍天高，那知青春急。

剖心作明镜，照我不照君。

千尺紫丝带，无力系浮云。

袖里双素书，欲寄问空虚。

夜梦在灯前，愁病宛有余。

喔喔闻晨鸡，君东我复西。

君如启明小，我似长庚低。

肠断莫复道，相思以终老。

苏廷魁（1800—1878）：字德辅，广东肇庆鼎湖人。清道光十五年（1835）进士，选庶吉士，授翰林院编修，清道光二十二年（1842）任御史。著有《守柔斋诗钞》存世。

## 度玉山至常山途中杂咏

### 其一

菜花黄遍麦抽青，细雨人过务本亭。

见说日间夫价贵，山田开种集男丁。

### 其二

石龙桥下水声寒，冰玉楼前石碣残。

弥勒一龛灯一粟，不知过去是何官。

### 其三

邮亭十里几人家，少妇当垆绾鬓鸦。

酒味不如茶味好，后堂留客看茶花。

### 其四

青山真个碾为尘，过客多于山上云。

百里不知天险在，屏风关外玉常分①。

编者注：①屏风关为两邑分界。

---

汤绥民（1802—1846）：字寿民，一字封民，武进（今属江苏常州）人，汤贻汾长子。袭云骑尉，官盐城守备。精四体书，工铁笔，善画墨梅、桃花、山水，又善鼓琴，著有《画眉楼摹古印存》。

## 琴台石

古雪同僧扫，梅花为客开。

琴泉相断续，云鸟自低徊。

一别怜陈迹，千秋愧此台。

多君怀旧雨，披棘独吟来。

---

叶名澧（1811—1859）：字润臣，号翰源，湖北汉阳人。清道光十七年（1837）举人。博学好古，工诗，藏书甚富，著有《桥西杂识》《周易异文疏证》《敦夙好斋诗》等。

## 常山

常山达玉山，松杉半天碧。

嶕峣群石间，一线贯阡陌。

村舍何连连，鸡犬声不隔。

孤云逝何方，白日感陈迹。

我行去未劳，眷兹啸歌接。

嗟尔负贩人，穷年走络绎。

## 十一日舟发常山

东去钱塘七百遥，江烟渚树晚萧萧。

重来自为名山好，谁共西湖问六桥。

## 留题常山旅舍

惊定翻成梦，茫茫遣暮辰。

鸡鸣寻渡去，山色送人频。

兵气羁商旅，夷情杂伪真。

识途非老马，往返迹空陈。

## 招贤驿

寥落招贤驿，峰回夕照昏。

鱼盐荒聚市，橘柚小成村。

邑近残兵戍，天寒野雀喧。

孤舟未敢泊，生事向谁论。

## 草坪驿①题壁

萧瑟草坪驿，归途未及旬。

阴崖低落日，鼓角恐行人。

市井讹言易，旌旗满目新。

栖皇当道路，但有泪沾巾。

作者注：①草坪时设兵防守。


## 草坪

昨我六月来，蝉鸣郁炎暑。

今归值清秋，岩菊粲可数。

驰驱复何为，荏苒叹时序。

废驿今无人，久忘战事苦。

在昔元明闲，兹焉肃营伍。

休养当承平，锥刀竞商贾。

关门静无虞，形势聊仰俯。

天清霜气高，林茂禽鸟聚。

书生空往还，挟策走风雨。


## 将至常山闻宁波告警

又报愁氛动，金鸡①恐莫支。

急须擒颉利，未可礼卑弥。

险阻难凭堑，沧溟不限夷。

室家方再造，复此痛流离。

作者注：①山名。

## 招募

招募传新诏，儿童应共闻。

谁为天下士，早靖海西氛。

休养非今日，忧劳仰圣君。

中原有鼙鼓，一战张吾军。

## 衢州府

我来常山县，欲行苦无船。

小船未可载，大船输私钱。

中船插羽旗，云欲备救援。

两日点行毕，我棹何其艰。

日午发山邑，迈征夜及晨。

辛苦携两仆，四望嗟无邻。

黯黯逝乌色，离离丹橘村。

树木岂有知，鸟飞呼厥群。

迢递来衢州，始知消息真。

舟山殒三将①，食尽号孤军

绍兴至金华，羽书驰纷纭。

浙河七百里，萧条稀行人。

即今城外船，府帖昨日申。

赣州兵数百，九江兵数千。

未知到何日，潜避将笞鞭。

前有急橹来，飘飘魂旌悬。

云是部曲士，授命金鸡山。

凄恻未暇问，月照荒城烟。

作者注：①葛公云飞、王公锡鹏、郑公国鸿。

---

苏时学（1814—1874）：字斅元，号琴舫，又号爻山，晚年号猛陵山人，广西梧州藤县人。清道光二十六年（1846）进士，官至内阁中书、奉直大夫。著有《宝墨楼诗册》《宝墨楼楹联》《墨子刊误》《游瑶日记》《羊城游记》《爻山笔话》《镡津考古录》等。

## 常山至玉山道中作（十九日）

### 其一

笋舆南去是江西，常玉山分路不迷。
遥望竹林烟起处，数声清磬鹁鸪啼。

### 其二

青山还似粤中山，几点烟螺耸鬓鬟。
径欲结庐山上去，遥看天际白云还。

### 其三

水上浮沤陌上尘，征途草草叹劳人。
相逢大笑忙何事，此亦人间要路津。

方浚颐（1815—1889）：字子箴，号梦园，安徽定远人。请道光二十四年（1844）进士，由编修历官四川按察使。著有《二知轩诗文集》。

## 衢州雨夜口占

一雨有冬意，羊裘不耐寒。

青霞在何处①，拄杖几人看。

竟滴愁心碎，谁怜客梦单。

浪游吾自悔，欹枕夜漫漫。

作者注：①烂柯山即青霞洞天，俗人相戒勿登。

## 无题

### 其一

青鸟东来梦乍醒，凄凉耳畔似零铃。

江干一载鸳鸯侣，意外三生孔雀屏。

那信飞蚨能变化，却愁寒蝶尚伶俜。

匆匆独跨花骢去，肠断风前不忍听。

### 其二

孟浪今朝误著棋，机心早伏下钩时。

可能渡口迎桃叶，多恐章台怨柳枝。

鸾凤有胶憎尔续，麒麟是槛怕人知。

情天恨事真难补，赢得长空泪雨垂。

## 冒雨宿草坪

登岸仓皇去，回旋石径遥。

四山云脚重，万木雨声骄。

险隘怀前代，淋浪听一宵。

屏风关尚在，绥靖不闻刀。

## 书事

莽莽苍梧野，妖氛遽蔓延。

扫除原未尽，观望孰争先。

蚁附奸民众，鸱张外寇连。

朝廷用韩范，早晚息烽烟。

## 过金鸡至玉山县

冷雨潇潇为洗尘，半途敢作倦游人。

层峦叠嶂疑无路，翠竹青松且当春。

排闷不妨开笑口，耽吟转觉是闲身。

溪山冰玉今方见，拟作新诗继叔伦。

许瑶光（1817—1881）:字雪门，号复斋，晚号复叟，善化（今属湖南长沙）人。清道光二十九年（1849）拔贡，清咸丰六年（1856）署常山知县，政声卓著。著有《雪门诗草》《谈浙》等。

## 立春过屏山后寺军装所访王柳桥率成四首

### 其一

苍翠屏山县署东，古樟围寺小墙红。

诗人日对维摩坐，不觉春光到客中。

### 其二

兽铠蛇枪此地藏，从戎浙水耀军装。

东风已解河滩冻，未解刀矛背上霜。

### 其三

戎机闲暇小诗成，年去年来慷慨情。

桃树未花梅已瘦，一帘微雨润棋枰。

### 其四

雷封我已近瓜期，留别难忘旧雨思。

几日西泠桥畔酒，绕船烟柳醉君时。

## 过大洋滩有怀于少彝水部

青青滩上山，山下排红树。

绕树云屋连，故人居此处。

京华事宦游，三年隔尘雾。

想象夕阳中，停篙不能去。

编者注：载于《雪门诗草》卷三。

## 行抵常山

浙山行已深，浙水寒碧沉。

浙云远相送，遥傍丹枫林。

沙棹泊星渚，时闻筝笛音。

随风度遥思，和月清尘心。

明朝过山去，旧梦邈难寻。

编者注：载于《雪门诗草》卷三。

## 常山晓发

晓霞如赤凤，飞出海东头。

客子侵晨发，仍为浙水游。

湖清应绕郭，涛白正宜秋。

一路寒潭碧，芦花迓客舟。

编者注：载于《雪门诗草》卷四。

## 侨居吴山西麓

初居吴山东，开门面江渌。

昨移山之西，坐对钱湖曲。

湖中双峰白云多，好风吹落檐下宿。

檐前红梅花，霜孕香心足。

凌晨数蕊开，似贺新居缛。

天涯侨寓谁与亲，一树梅花是主人。

朝来暖酒闭门坐，独对寒梅数夕晨。


## 视事常山阅视曹城有感

前令李君守深山，西北筑城作关隘。

掘土累累白骨多，知是何年争战地。

溪深山僻风雨危，去年城筑今年颓。

可怜城颓信又警，武营移文促修整。

不惜修我城，亦须练尔兵。

古来地利宜人守，今日屯兵空复名。

定阳三里滩前月，鼓声难敌管弦声。

编者注：载于《雪门诗草》卷四。


## 书常山军事

### 其一

警报从西至，官兵早向东。

将军防后策，壮士曳兵雄。

息鼓窥滩月，归旗盼顺风。

笑他临阵退，转觉失从容。

### 其二

谓敌旁抄惯，宜严小径防。

纷纷屯野谷，寂寂任康庄。
拥住民房暖，空支布帐凉。
山人休放猎，无使夜军惶。

## 其三

旧军长不练，又复募新军。
肴馔谯楼月，笙歌野戍云。
长年支坐饷，无志夺奇勋。
三里滩前树，频来宝马勤。

## 其四

头衔飘孔翠，细认是商人。
海运连年富，军容此日新。
居奇同搏战，握算亦经纶。
十二牛空犒，弦高非我伦。

## 其五

出身难论将，当道一青衣。
大事商奴隶，亲兵听指挥。
帷房传令密，花柳出郊围。
宠绝诸军冠，寒鸦学隼飞。

## 其六

书舫围红袖，殷勤唱大堤。
拖船劳部曲，敞宴犒偏裨。
虎颔情无那，蛾眉气易低。

醉归谁禁夜，遮莫五更鸡。

编者注：载于《雪门诗草》卷四。

## 白龙洞谢降自嘲

昨日祷雨白龙洞，露夜焚香天未曙。

今日得雨谢山灵，曈曈红日在高树。

求何来早谢何迟，世情衰薄神所嗤。

雷公欲怒电母笑，太空冥冥如无知。

我操豚蹄聊自忏，千古官场慵散惯。

神龙垂角试听之，一人莫挽众僚晏。

酣歌恒舞旧成风，披月戴星翻致讪。

交阶交户愧前贤，诗成浃背雨淋汗。

编者注：载于《雪门诗草》卷四。

## 广信解围纪事

频年战事纷纷争，乡兵义勇无定名。

频年蚁贼汹汹起，水蜮山狐难确指。

即如广信昨被围，逆踪飘瞥宁都来。

或云闽疆小刀之遗孽，或云吉水边钱之渠魁。

其实桂林老巢有伏莽，东走会赴金陵隈。

我获逆书识情状，不似郢说令人猜。

若乃危城似卵，欲剖竟不剖。群颂文忠[①]之婿沈太守。

文章经济得真传，皦日坚金缔良偶。

吏民骇散僮仆逃，百雉巍峨中两口。

抚州建昌正合围，那有偏师扼旁走。

沉思定计乞浙援，一函书达同乡友。

衢镇饶君闽海人，斯时虎旅玉山屯。

外貌顾长实内荏，宝马长恋城草春②。

奈何昔怯变今勇，赖有虎将二人来卫拥。

一将毕君③玉树坚，一将赖君④猿臂耸。

偏裨得力主师安，大厦原需众材拱。

荷花时节共杯盘，酒间咳唾威霜涌。

果然三捷扫妖氛，保全铁壁铜墙巩。

围解中秋月正圆，星使狮江回去船⑤。

衡文笔奏捷书武，试苑桂花扑弓弦。

太守夫人启妆奁，银簪金钏输犒钱。

漳兵诏勇欢然笑，群道维桑气谊坚。

我闻捷信转太息，私念忠节能格天。

天意果何如，细为群家述。

八月初七贵溪失，五秀才兵俱失律⑥。

超过弋阳只二程，玉山启行亦是日。

若非大雨沛滂沱，师行陆路里三十。

天遣波臣助囊神，沙溪下驶行舟疾。

虎旅乘流贼阻雨，制胜兵家判劳逸。

入城饱食出城迎，是役奇功争半刻。

岳渎公侯思效灵，西江秋树青更青。

长歌聊备中兴史，始信河冰之说非不经。

作者注：①林少穆先生。
②今春抚建信紧饶驻常山，屡请出札终不肯出。
③名定邦，字康侯，山东籍，年廿余，后阵亡，谥愍烈。

④名高翔，漳州人，后阵亡，谥勤毅。

⑤时廉树峰侍郎正按试至郡，闻警避地河口，解围后遣
　兵迎入。

⑥贵溪有五秀才之兵，乃石景芬所团集，一屈马杀贼
　阵亡，余秀才乃溃，惜亡其名。

## 六兄力裳至常山

礼部三经试，年华四十余。

家贫资禄粮，志决弃诗书。

雪警鄱湖雁，霜烹定水鱼。

干戈天地满，筮仕费踟蹰。

## 塔山试士

官军屯考舍，试士塔山巅。

烧烛疑参佛，携诗好问天。

风檐长至短，冻砚薄冰坚。

僻地人知礼，衣冠却整全。

## 赠草萍尉方荔汀

### 其一

常山西去玉山东，翠霭苍霞绝径通。

此地宦游真吏隐，五年羁滞却兵戎。

风尘未定青琴懒，诗酒难消白剑雄。

一片贤良峰上月，清光曾满太湖中。

## 其二

野店门前午饭香，三吴百货往来场。
一从逆焰横江右，渐觉炊烟杏道旁。
通塞河山关国脉，稽巡星月为边防。
分符我乍居东浙，花棒凭君借保障。

## 其三

记得红榴欲破花，高斋小憩脱轻纱。
青山导我频经路，绿柳团君早放衙。
满架藏书搜曲谱，一池新稻似田家。
时危尚有微官乐，梅尉何嫌俸未奢。

## 其四

三衢相见恰经年，又向东风敞别筵。
细雨梅花江畔路，轻寒杨柳渡头天。
翩翩去鸟青云阔，瑟瑟离歌翠袖怜。
莫听滩声咽危石，强君同醉卧春船。

注：载于《雪门诗草》卷四。

# 别留定阳

## 其一

西江连岁扰狼烟，麾信秋围恰去年。

敢畏繁难思退步，却令匆促飏回鞭。

吏情早被梅花笑，别梦还凭柳色牵。

吴江上游山水窟，囊琴欲走更缠绵。

## 其二

年来宦况似冰寒，自指头衔向月看。

抚字未能蒙上赏，疮痍何日报平安。

云连黄岳喧征鼓，路出彭湖走战鞍。

吩咐义民同保障，莫嫌供亿费盘餐。

## 其三

回首西湖正好春，六桥杨柳趁闲身。

画船倚岸应招我，曲院流醪也醉人。

簿领暂抛长二月①，莺花相伴且经旬。

贤良峰下拳拳石，耻载江头说宦贫。

作者注：①余昔桐庐、淳安，俱以二月卸篆。

## 其四

多谢诸公代挽留，铃辕远叩赴杭州。

愧无桃李遗潘令，辜负儿童迓细侯。

东浙轻云随客散，西峰明月为谁秋。

白龙洞里如相忆，他日重寻旧雨游。

编者注：载于《雪门诗草》卷四。

## 贼逼永康书事（其三）

前岁常山宰，烽邻广信烟。

干戈犹昨日，迁徙又今年。

土寇乘机啸，铜丸镇夜悬。

疲兵三两个，露宿破城眠。

编者注：载于《雪门诗草》卷四。

## 闻常山江山失守

正月，侍逆由休宁窜婺源时，恪靖伯以京卿督兵败之于涌山，贼遂由乐平以犯景德，陈大富之军歼焉。左军移乐平为要，贼又败之。三月中旬，侍逆窜入浙，衢防兵溃，江常遂失。

常山一经失，断我江右道。

江山一经失，闽浙各自保。

军饷军书格不通，举头西望心如捣。

八年春仲失江常，衢严金处同苍黄。

其时苏常尚无恙，徽宁亦有防兵防。

邻封援兵旦夕至，一洗妖氛日月光。

而今江南数千里，可怜尽化荆棘场。

肆鲸横海兮，龙不可渡。

飞鸮盘空兮，鹰不可扬。

手携长剑倚碧落，愁云四塞吴天长。

安得壮士挽长弓，使我浙东无侵疆。

## 四月

山城四月百花残，试上危楼一扶栏。

溪雾蒙蒙梅雨重，江天漠漠麦风寒。

近因军饷筹丝税，又报衢防走战鞍。

民力已疲兵未罢，可怜时事日艰难。

## 余离常山已十六年
## 兹耆民徐克敬来嘉以物见馈感而赋此

白发远游征寿相，去官能念见深情。

为言三里滩前路，古树无多旧月明。

## 难忘（选一）

青溪少合定阳同，四载光阴奔走中。

惟有苎萝初照月，葛孙楼擅古人风①。

作者注：①淳安、常山两任无甚知心，惟丁巳初任诸暨，次年
　　　　值衢州，有石达开之扰，诸暨当陆路兵马之冲，得
　　　　绅士葛燮村、孙心泉、楼晴轩相助之力居多。

## 常山乡贡吴谷芳时兰远道来访诗饯其归

太息三衢冷货场，江湖岛国讲通商。

沧桑虽变民情古，关塞能来故旧长。

一盏黄花酬厚意，千村红树送归装。

归时为报西峰月，十七年前鬓已霜。

江湜（1818—1866）：字持正，又字弢叔，别署龙湫院行者，长洲（今属江苏苏州）人。诸生，三与乡试，皆不第，出为幕友，清咸丰十年（1860），奔走避兵，忧愤而死。著有《伏敌堂诗录》。

## 由龙游至常山一路滩水迅急
## 逆水行三日舟中杂题九首

### 其一

前水犹喧后水嚣，急流驶若落残潮。
浮薪半束船旁过，一霎回看里许遥。

### 其二

篙救船头正着愁，不防船尾搁沙洲。
上滩未趁三分势，气力穷时始顺流。

### 其三

石上驱车过泰山，轮声惊梦破人闲。
只今石作沧江底，又听篙声落梦间。

### 其四

正是前滩春涨新，波声激岸四无邻。
鹭鸶缩脚惊回处，水碓冲来没半轮。

### 其五

水向船头猛倒流，一篙撑折不能休。
要令费力仍无用，水与篙师有底仇？

## 其六

伏石中流避所遭，又看一石立如猱。

何须出水呈头角，却被舟人点一篙。

## 其七

一滩才过一滩来，乱石鸣船又几回。

疑与先生恶作剧，欲令诗胆骇惊雷。

## 其八

石于水底突然生，欲遣寒流改道行。

水性岂能禁尔遏，千波跳作沸汤声。

## 其九

努力千篙只不前，争滩抢水水溅溅。

忽看一箭来船快，上有篙工枕手眠。

# 由常山至开化折回江山凡山行四日共录绝句二十首

## 其一

我要寻诗定是痴，诗来寻我却难辞。

今朝又被诗寻着，满眼溪山独去时。

## 其二

驿外寒梅一片飘，青山相送遣无聊。

分明南宋诗人路，此去江西百里遥。

## 其三

一溪绿得可怜生，不是琉璃比不成。

及到前滩惊泻处，琉璃忽作碎时声。

## 其四

树身石面共莓苔，幽径停舆步一回。

忽有水声惊芒屦，草根走出乱泉来。

## 其五

一片云阴移过溪，晚晴天气正凄迷。

忽看日色全然晦，无数高峰障在西。

## 其六

夜气沉山一色中，月光和雾只溟蒙。

犹赊十里向城路，试胆危桥过水东。

## 其七

壁隙尖风闪灭灯，却看碎月堕床棱。

谁软荒店同投宿，一个挑包行脚僧。

## 其八

百摺清溪百皱山，昨时来路此时还。

停舆饮处犹能记，松盖茶亭一两间。

## 其九

油菜花时麦未秋，山中欣见小平畴。
飞泉正去寻溪涧，忽被春田一岸留。

## 其十

溪水因山成曲折，山蹊随地作低平。
溪山满眼君应悟，直道如今不可行。

## 其十一

四山环匝似城头，又着重山绕一周。
不是沿溪寻得路，被山围住几时休。

## 其十二

修路环溪十里强，篮舆摇兀似车箱。
坐吟浑忘斜阳晚，只见舆夫影渐长。

## 其十三

炊烟一穗起茅檐，霁色遥看夜色兼。
日脚断无人赶及，倏从平地上山尖。

## 其十四

争落争鸣怒未休，山中水自不停流。
看渠合势同奔处，却解分波避石头。

## 其十五

历尽崎岖上得邱，忽然送眼碧溪头。

一双白鸭眠沙稳，飞去方知却是鸥。

## 其十六

眼前物理费寻思，野店门前倚树时。

千岁老樟枯死尽，寄生小草不曾知。

## 其十七

舆前峻岭突然生，路向山腰折处行。

绝顶何人作家住，一声鸡在半天鸣。

## 其十八

山曲柴门倚石开，歙人避地几时来。

如今盾鼻堪磨墨，自为闲人琢砚材<sup>①</sup>。

## 其十九

人日怀人懒作诗，风光只系故乡思。

纸鸢一线如弦直，可是春风爱小儿。

## 其二十

叠阜重冈路只弯，何来奇石小屏颜。

天工岂是矜余巧，要赛人家好假山。

注：①砚瓦山，有歙人避地，在此琢砚。

## 正月十五夜泊舟衢州作

衢州水市万灯明，箫鼓游人竞出城。
何害元宵聊作乐，所愁邻郡未休兵。
收金方铸神机炮，炼药都输火器营。
堪叹儿童燃爆竹，更将烈焰作春声。

谢章铤（1821—1904）：字枚如，号药阶退叟，福建长乐人。著有《赌棋山庄集》《酒边词》《赌棋山庄词话》等。

## 过草萍驿次林见素壁间韵

济时才力孰相当，只费官舆与驿航。
鬓雪为谁销日短，岭云无意伴人忙。
灵山骨立因秋瘦，怀玉姿生结暮苍。
故国眼中归未得，二疏风节愧堂堂。

俞樾（1821—1907）：字荫甫，自号曲园居士，浙江湖州德清人。清道光三十年（1850）进士，曾任翰林院编修。文学家、经学家、古文字学家、书法家，著有《春在堂集》等传世。

## 由三里滩坐小舟至常山

千山万山里，乘舟曲折来。

路余三里近，力仗一夫推①。

深壑呼能应，层峦到始开。

太行有盘谷，未抵此纡回。

作者注：①舟小甚，一夫推之行。

---

周星誉（1826—1884）:初名誉芬，字叔昀，一字叔云，祖籍祥符（今属河南开封），山阴（今属浙江绍兴）人。清道光三十年（1850）进士，由御史官广东盐运使，能花卉，工诗，著有《鸥堂剩藳》。

## 忆江南（其二）

重九日泊舟虎林，水窗无俚戏，与梦西追忆旧游，漫赋十解。　　重九节，记得客常山。药墓草黄群犊健，赵祠树黑怒雕寒。落日井陉关。

---

刘国光（1828—?）：字宾臣，湖北安陆人。著名书籍刊刻家。清咸丰壬子科（1852）举人，清光绪六年（1880）任衢州知府，任内重刊《衢州府志》;1897年，分守广东省佛山，刊行刚毅《牧令须知》。不久，卒于任。

## 郡城西望定阳山色

万派西来水尽东，危峰冠日俯苍穹。

三衢秀削英才集，百树尖新意态雄①。

姑蔑上游争杰出，贤良佳气付空蒙。

江流之字回环去，文笔超超想象中<sup>②</sup>。

作者注：①百树尖，常邑山名。
②文笔峰，在常邑城中。

董沛（1828—1895）：字孟如，号觉轩，鄞县（今属浙江宁波）人。清光绪三年（1877）中进士，历署江西建昌、上饶等县知县。嗜学，好藏书，著有《两浙令长考》《甬上宋元诗略》《六一山房诗集》等。

## 自常山至玉山

### 其一

常山浙境偏，楼堞半摧落。

是亦严险区，乃等莒城恶。

篮舆肩我来，迤逦出西郭。

山路颇平坦，山树自萦络。

废垒当冲衢，澄涧出幽壑。

耳得松风声，飞鸟与回掠。

村农老犹健，辛苦趁早作。

愿卜今岁丰，庶征民气乐。

### 其二

囊箧权重轻，先日以筹计。

一觔需六钱，担去有恒例。

泥滑难疾行，中道或留滞。

微雨沾衣裳，少顷复晴霁。

下舆谋昼餐，野店暂时憩。

聊慰饥渴心，食焉不知味。

残阳微有光，空蒙接云气。

匆匆过石桥，无暇看岚翠。

我舆穿城过，卸装息旅次。

街市咸上灯，倚榻且安睡。

李慈铭（1830—1894）：初名模，字式侯、爱伯，号莼客，室名越缦堂，晚年自署"越缦老人"，会稽（今属浙江绍兴）人。著有《越缦堂诗文集》《越缦堂日记》存世。

## 寇亟

寇亟民何恃，将军尽贾胡。

黄头先倡乱，铁胫尚长驱。

恤难期邻道，疏防罪始图。

江东完实地，管钥孰先输①。

作者注：①自晏中丞撤常山守兵，贼得入浙。江南大营所遣援师多骄蹇不可用，故云。

陈肇兴（1831—? ）：字伯康，号陶村，台湾府彰化县治（今属台湾省彰化市）人。著有《陶村诗稿》《咄咄吟》。

## 后从军行，仿杜后出塞体五首（其五）

昔赴常山县，今往衢州城。

昔日三千卒，今日万人行。

从军日以众，租税日以增。

卖犊买刀剑，田园去不耕。

一曲浪死歌，最易摇民情。

寄语长官者，防患须未萌。

李嘉乐（1833—1887）：字德申，号宪之，一号献芝，世居光州南城（今属河南潢川）。清同治癸亥（1863）进士。著有《仿潜斋诗钞》等。

## 至南昌寓王文成公祠喜晤吴时可草坪昆仲

一笑相逢总角交，读书幸共此衡茅。

诸君输我知乡味，两度潢溪觅旧巢①。

作者注：①时可、昆仲从未归里。

## 固始解围吴季眉外舅家毁于贼率眷来卜居赋赠草坪庆五内兄弟

劫灰飞尽画堂尘，又卜新居结近邻。

难得闲关终脱难，可怜门户互依人[1]。

干戈催赋无家别，贫贱消磨有用身。

痛忆去年曾煮粥，不逢地下女嫛亲[2]。

作者注：[1]予从军前主君家者两月。
[2]亡妇病革，庆五为料理身后事。

---

吴重憙（1838—1918）：字仲饴，吴式芬次子，海丰（今属广东无棣县）人。清同治元年（1862）举人，授工部郎中。著有《石莲闇诗》存世。

## 宣生尚衣常山秩满回都

同时于役近桥山，诗句曾留紫翠间。

廿载重嗟劳燕别，两年归侍鹭鹓班。

莫愁湖上新留恋，徐福舟中旧往还。

几日秋风潞河道，可能杯酒慰离筵。

叶如圭（1843—？）：字荣甫，号梧生，一号蓉浦，西安县（今属浙江衢州）人。清同治甲戌（1874）进士，官江西候补知府。著有《存素堂集》《瘦灯吟屋诗稿》《洪都吟草》。

## 漱江棹歌

### 其一

定阳溪上冰冻消，浮石潭边春涨遥。
只向桃花深处去，一生不见浙江潮。

### 其二

打棹声中梦乍醒，小舟随意岸边停。
盈川渡口烟波绿，盈川埠头杨柳青。

### 其三

郎处江山苦竹里，侬住江山菱角塘。
今日江山船里遇，同年恰好是同乡。

## 衢州竹枝词（选一）

定阳溪上碧波湾，唤渡游人数往还。
香火因缘思佛礼，秋晴齐上鹿鸣山。

许传霈（1844—？）：浙江绍兴上虞人，宦游杭州等地。嗜篆刻、擅金石考据，有诗名，著有《一诚斋诗存》。

## 喜闻官军平定浙东

一片红旗下定阳，中丞重见李文襄。

曲江潮汛归沧海，万里春风奏绿章。

谢却西戎闲壁垒[①]，已完东浙旧金汤。

最难两度风烟惨[②]，留得扁舟返故乡。

作者注：①左抚军由衢起师不用西兵。
②戊午曾窜桐庐。

谭宗浚（1846—1888）：原名懋安，字叔裕，南海（今属广东佛山）人，清同治十三年（1874）甲戌科一甲榜眼。著有《希古堂诗文集》《辽史纪事本末》《荔村草堂诗抄》。

## 雨中由黄草坪过武陵山

涉想登灵峰，昏旦忽移景。

飞阴失寸晖，晦色惑诸岭。

贾勇循涧崖，笋鞋任驰骋。

风霆浩啸翻，草树逞妍靓。

陡缘万松巅，趋下若窥井。

一诺许山灵，颠踣吾有命。

婴姗趁蒙茸，暗昧露光炯。

缒幽一岩穿，造极万峰迸。

却乘险阻尝，喜得妄邪屏。

险中搏欢娱，事过趣弥永。

轩冕有危机，何者真乐境。

平生游屐多，屈指半天幸。

山中难久留，浩歌下萝径。

---

夏孙桐（1857—1941）：字闰枝，一字悔生，晚号闰庵，江苏江阴人。清光绪十八年（1892）进士，官杭州知府。著有《观所尚斋文存》《悔龛词》等。

## 自题常山冷驿图（三首）①

### 其一

年年辛苦制征衣，春雪溕沱见雁飞。

肠断玉钗红烛句，思家梦境已全非。

### 其二

几日临歧心早动，六州铸铁错难收。

人间尚有封侯悔，况为皇华误白头。

### 其三

悼亡诗料写荒寒，皋庑相依慰愿难。

今夕孤灯风雪里，太行山色怕重看。

作者注：①癸卯之春，余以分校礼闱赴汴，出都五日，而清河君谢世，余于是日行过正定，不知也。撤棘后始得耗，伤离感逝，永永无穷。取唐人诗意，乞友为作此图。

---

聂日培（1862—1955）：字子因，一字茂才，号惕庐，浙江衢州常山人。清光绪末年（1908），受聘为常山县劝学所所长。

## 次和渡春题清献书岩韵

百丈三衢洞，凌空势兀然。

风清能励俗，路峻若登天。

深爱岩中屋，高看脚底田。

藓书多姓字，摹搨仰先贤。

---

郑永禧（1866—1931）：字渭川，又字纬臣，西安县（今属浙江衢州）人。清光绪二十三年（1897）乡试第一名，中解元。方志学家，著有《施州考古录》《衢县志》等。

## 过常山石门谒赵忠简墓

定阳溪上过，秋水正泠泠。

云有荒茔在，故将短棹停。

荆榛通遂道，风雨叩山灵。

一带崇隆势，都成崛强形。

山河仍昨日，箕尾已寒星。

展步殷趋拜，从头溯典型。

自公遭贬斥，于宋失藩屏。

偾事秦专政，衔冤岳下囹。

地甘轻割与，天竟不回听。

和议章争上，中兴泪暗零。

魂归南渡冷，血洒北方腥。

赤手勋难建，丹心誓可铭。

生为真宰相，死愧小朝廷。

在昔言堪恨，而今目讵瞑。

故家乔木碧，翁仲藓纹青。

宿草徒存迹，闲花自落庭。

衣冠瞻旧里，樵牧访遗丁。

酒洌重泉迥，香拈拾土馨。

严霜犹烈烈，愁雾亦溟溟。

翘首黄冈望，忠英尚未冥。


## 舟过常山

一重烟水一重湾，远岫连迤平础间。

三里东风滩势急，快随飞雨过常山。

汪楫（1880—1955）：名儒楷，字既济，号渡春，楫是笔名，浙江衢州常山人，出身于儒学世家。年轻时即为清廷博士生员，后在邑庠任职，教授庠生，旁触堪舆，颇具造诣。此诗刻于赵公岩壁间。

## 赵公岩题壁

时难年荒后，山居亦稳然。

依岩消白日，枕石问苍天。

腊尽寒归路，馕香薄有田。

无琴无一鹤，何以答无贤。

吴寿彭（1906—1987）：号润畬，江苏无锡人。精通古希腊语、英语等多种语言，著名翻译家。一生创作诗词450余首。

## 常山衢州道中

山樵有意护林枫，野店真能炙酒酿。

乍染溪路沿秋涧，不妨少伫阅霜红。

陈逸云（1908—1969）：字山椒，广东东莞人。曾任国民党中央委员。著有《逸云诗词遗稿》

## 踏莎行·常山县武安山即景

麦浪翻香，晴风展柳。残红飞舞浕春候。远山翠色落平湖，摩天塔影横峰岫。　　眼底河山，天然锦绣。风光还似当年否。战余曾有燕归来，疮痍满目难寻旧。

徐洪理：生卒年不详，字仲玉，号蛰庵，浙江衢州常山球川人。明崇祯年间，补弟子员，不求仕进，隐居授徒。葺潄石山房，多藏书，研精弗辍，著有《前朝历科会元墨选》《三衢人物考》《蛰庵诗集》。

## 西山感怀

水抱峰回一径湾，重携筇屐到西山。
社中耆旧晨星似，雨后灵光劫火间。
月爱空天凉欲堕，花惊老眼晕生斑。
庵僧不省前朝事，观里桃开白昼闲。

## 题黄冈寺壁

黄冈避俗辟荒丛，日诵维摩物罕通。
破壁藤床穿夜月，半楼云磬入松风。

老来阅世知虚幻，静里观心转化工。

自昔高人多不出，相逢只在此山中。


## 五月闻闽警

岁当乙未六月朔，耿王就封肆劫掠。

共道此人有反骨，果然三蘖成犄角。

二十年来包祸心，帝制自为戴黄幄。

飞来尺札招亡命，灶下厮养担侯爵。

三三五五效闽语，如鬼如蜮貌狞恶。

哄传昨夜失须江，咫尺吾乡为糟粕。

疮痍迄年初定痛，闻说贼来胆便落。

安得天兵旦暮下重霄，免教吾侪化作沙虫与猿鹤。


## 丁亥年①

从来兵后有凶年，验之丙丁岁复然。

去年八月天兵下，今年斗米七百青铜钱。

起望千村与万落，十有八九灶无烟。

木皮剥尽草根枯，卖妻鬻子涕泪连。

道旁死者相枕藉，时闻饿鬼哭阴天。

饥来驱我真无奈，出门四顾路迤遭。

平生不食嗟来食，岂因人热受人怜。

编者注：①丁亥年，据作者生活年代推断，当为清顺治四年
（1647）。

## 避乱山中有感

尝闻离乱人，不若太平犬。

初怪所拟殊不伦，那识斯语切而婉。

今日红巾贼，明日白头兵。

夜夜深山卧明月，有时欢见妻孥面，有时愁听爹娘痛哭声。

何时足下生牦者，吏不敲门户不惊。


## 避乱山中

斯世乱离久，孤生感愤多。

黄巾终入室，白璧不投河。

采药寻仙迹，弹琴托挽歌。

桃源在何处，明月照颜酡。


姜肇嘉：生卒年不详，字会侯，浙江衢州人。著有《碧梧楼稿》。


## 宿左坑①寺

桃花烂漫柳花飞，着屐寻芳趁夕晖。

谷口云封僧独坐，松梢月上鹤方归。

三春芒屩凭谁误，一梦蕉窗悟昨非。

此际栖迟良不厌，青山有客笑征衣。

编者注：①左坑即今青石镇砚瓦山村天井头。

陈锦（？—1652）：字天章，汉军正蓝旗人，初籍辽宁锦州。清初将领，仕明，官大凌河都司，清崇德年间来降，予世职牛录章京，加半个前程。著有《补勤诗存》。

## 三衢道上

### 其一

水曲山弯匦计程，冲波戴雨上滩行。

消磨不尽轮蹄铁，化作鸣篙触石声。

### 其二

石走岩驱上九霄，千重梯栈阁飞涛。

怪他百尺寒潭底，已比吴山顶上高。

## 舟行风雨夜抵常山

### 其一

溪流百里浅如沟，已近衢河水尽头。

一夜东风晴不到，独流寒雨打孤舟。

### 其二

一重山色一重滩，到此方知行路难。

为酿程门三尺雪，天公加意作严寒。

## 岁暮自越之常山访李镜余师

重试征桡出鉴湖，兰江故道渐模糊①。
帆回港口风初直，潮落沙头日已晡。
千里蓬漂仍作客，一官匏系尚饥驱。
富春山下波如镜，照见须眉是故吾。

作者注：①七年前曾渡此津。


## 三衢舟次送娄星聚别驾之闽

同在人中感数奇①，无端萍聚又临歧。
名途险阻上滩水，世事推迁残局棋。
一舸疏篷筛密霰，半帆寒雨漏晨曦。
输君此去仙霞岭，饱看千山雪霁时。

作者注：①星聚亦方遭大故。


## 忆剡游自常山寄王楚帆

浪游何处不泥鸿，零落晨星忆剡中。
地下惊心多宿草①，天涯分手辄漂蓬②。
儒冠误我锥毛秃，露布输君笔阵雄③。
此日饥驱怀旧雨，漫山风雪一灯红。

自注：①朱佩庄、李彤皆先后下世。
②黄琴川北上无耗。
③时王在白沙关军营。

## 腊杪归自常山

定阳军里整归鞭①，爆竹声中又一年。

比岁征帆多雨雪②，旧游山水半烽烟。

樯回严濑风盈陇，潮落之江浪拍天。

底事乡关偏恋我，倚装重返镜湖船。

自注：①李师新设定阳军。

②去岁今日遇雪吴江。

吴琏：生卒年不详，字冰崖，福建龙岩人。清康熙二十六年(1687)举人，知衡山县，充乡试同考官，所取之士皆当时之俊彦。工诗古文词，善楷书。

## 挽徐少文师（二首）

### 其一

肠断春风成永别，那堪又过旧亭台。

十年师弟同蕉梦，一代文章付劫灰。

野树丛生藤渐蔓，荒阶人散鸟潜来。

可怜无处追形影，日逐江波去不回。

### 其二

平原入望草芊芊，城郭于今自管弦。

道在尚能兴绝学，人亡何处问薪传。

一声杜宇悲残月，几树黄杨厄闰年。

拟作楚骚惭宋玉，泪痕流不到重泉。

许志进：生卒年不详，字念中，号谨斋，又号黄门，山阳（今属江苏淮安）人。清康熙三十年（1691）进士。著有《谨斋诗稿》。

## 游龙山十首（选二）

### 其一

披萝觅路入溪幽，草润云深万木稠。
行到洗心亭上坐，一潭寒雨溅飞流。

### 其二

菱湖村畔尽平田，竹树蒙茸翠巘边。
稻熟溪喧添水碓，家家碧玉到门前。

## 奉恩寺①

翻盆骤雨数声雷，竹外清泉决决来。
六月山中秋事早，墙阴已见海棠开。

作者注：①奉恩寺，在城北里许，旧名白云庵。

张德纯：生卒年不详，字能一，号松南，长洲（今属江苏苏州）人。清康熙三十九年（1700）进士，官常山县知县。著有《孔门易绪》。

## 宿郑子世球书斋题壁

### 其一

东陬群峰富，兹村奥而安。

清流护乔木，烟井气郁蟠。

宜有秀民居，足以解我鞍。

层阶花竹净，一室琴书宽。

林际上秋月，照影须眉寒。

羁此谢喧净，风灯俄夜阑。

### 其二

行境无先程，同宿岂云屡。

及此风日佳，领我秋峦趣。

丹林怙寒翠，一一如手注。

山萸杂野菊，触目与心遇。

父老何所将，倾榼浊醪具。

愀然嗟俭岁，一酌增百虑。

刘命清：清顺治十二年（1655）前后在世，字穆叔，抚州府临川（今属江西抚州）人。明末捍御土寇有方略，福王时，揭重熙荐充馆职，辞不就，入清，以布衣终。为人倜傥自豪，负气纵横，著有《虎溪渔叟集》。

## 宿常山界

吴越分疆处，山川久划成。

当关愁狗盗，出险望鸡鸣。

驿思头争白，离怀梦易惊。

明朝秋艇发，江上是滩声。

## 还次草坪

欲慰归窠思，层冰踏几重。

危滩多播越，惊梦适惺忪。

先哲勋如在①，同人道莫容②。

草坪山下路，野草复茸茸。

作者注：①孙王遗墨。
　　　　②遇警。

赛都：生卒年不详，字蓉洲，号石田，汉军旗人。清康熙五十四年（1715）一甲一名武进士，至云南开化镇总兵。著有《滇南游草》。

## 常山别同年王莪园太守

兰谱同心共几年，琴尊今日对离筵。

梦回春草池边路，人隔桃花洞口天。

六诏风烟新紫绶，三朝人物旧青毡。

门前一道滹沱水，锦字时凭赤鲤传。

---

吴士晋：生卒年不详，浙江常山县城东门人。清康熙时贡士，曾任新城训导。著有《拜石轩吟稿》

## 出来远门有感

西高峰下路，来往人千亿。

熙熙复攘攘，彼各食其力。

黑夜尚奔驰，雨途行不辍。

显者乘肩舆，跨马前驱喝。

贫者肩舆人，负担气抑郁。

苦乐太不均，登峰三太息。

## 城东即目

东郊一溪水，三港互相隔。

居民在洲渚，自谓得安宅。

巨浸忽稽天，惊波卷沙碛。

登城试一望，仅见几屋脊。

桑田变沧海，此语传自昔。

何日浚城濠，溪深患方息。

## 清献书岩

先生化鹤不归来，遗迹荒芜处处哀。

故宅尚闻依水曲，书岩今喜傍山隈。

三冬文史余邱垄，半世勋名没草莱。

留得清风起后学，瀫江还有告天台。

陈至言：清康熙五十一年（1712）前后在世，字山堂，一字青崖，萧山（今属浙江杭州）人。早年与同郡张远齐名，清康熙三十六年（1697）进士，官翰林院编修。著有《菀青集》等。

## 题同年王宛虹画扇

西风昨夜送寒霜，点染疏篱淡雅妆。

岂是繁华人不羡，秋容只合晚来香。

## 夜集七宝寺饮王宛虹金太占醉后步月送归城北书舍

萧疏古寺傍城隈，薄暮同登七宝台。

山雨欲飞烟乍合，江云忽散月重来。

光浮孤塔铺银练，影落高梧碎碧苔。

醉里踏歌送君去，竹扉茅屋夜深开。

## 查声谷学博招饮敬一亭和王宛虹韵

折简相招共合欢，湿云疏雨不生寒。

人如碧水秋来淡，客到红亭路几盘。

诗思偏于闲里得，旅愁翻觉醉中宽。

夜深双屐冲泥去，灯火江城一倚栏。

## 春夜重过太末城有感兼怀王宛虹同年

姑蔑城头鸟乱啼，不堪重过瀔亭西。

春桥犹带红潮急，沙浦依稀绿树低。

往事十年浑似水，新愁百斛总如泥。

明朝拟践潜夫约，共索梅花笑碧溪①。

作者注：①宛虹性爱梅，一字笑梅，盖取少陵巡檐索共梅花笑
之意。

## 骞山溪·题同年王宛虹秋山扫墓图

为谁写照，点染秋山碧。只阿大中郎，蓼莪久废麻衣湿。公真贤者，便为鬣牛眠，都收拾、江郎笔，是孝廉本色。　　丹青半幅，也胜人千百。想杯酒生前土一丘，芦花夜白。我亦人子，对黄叶青枫，愁万叠，情千尺，痛墓门之棘。

## 满江红·再用前韵呈道夫涤山并怀同门王宛虹

公等何人，那用此、枝枝节节。笑若辈，炎凉百变，风波万叠。白眼交情偏似雨，黑头心事翻如雪。莫愁他，西抹

与东涂，鹑衣结。　　管与鲍，君同列；周与柳，吾心折。
更依刘，王粲一腔血热。洛浦词人谁八斗，平原上客惟三绝。
待休提，双泪湿青衫，如何歇。

王文龙：生卒年不详，字宛虹，浙江衢州常山县城里仁坊人。清
康熙三十二年（1693）举人，考授知县。著有《山雨楼文集》《梅质
诗集》。

## 丫巾洞

丫巾双嶂兀，冠冕引群山。

雾豁峨冠出，云遮折角还。

池空明石子，碑断蚀苔斑。①

一自呼灵雨，神龙嬉戏间。

狮象称名杂，兹山秀特名。

问天呼咫尺，连袂学童婴。

雷向风阴动，霞从野翠生。

犹传仙女迹，花笑隔岩明。

作者注：①峰顶有池特异，祈雨者撷取石子为验。有洪武时断
碑在焉。

## 六月行①

六月炎风遍地黄，六月暑威弥天燔。

日在西峰雾漫遮，海飓乍起飘山郭。

铙鼓声声四面来，今日北门谁锁钥。

一城鼎沸卷妖氛，赤日不波风浪恶。

抢地地无灵，呼天天莫告，翘首顿足何所着。

少妇拘系大妇牵，粉黛奚辜罹贯索。

覆巢之下无完卵，一网能罗群鸟雀。

借问大将名姓谁，赫赫者吴继以郭②。

更何累累，更何若若，人人肘后悬金鹊。

健儿自逞虎头雄，老翁不顾鸡皮弱。

厌看书生白面痴，担负前驱交纷错。

四壁萧然短褐除，持刃挟尔倾囊橐。

罗纨以外及袜襦，珍玩无遗迨钱镈。

可怜有肉试刀锯，可怜有骨加锥凿。

哀哀父母劬劳身，此际鱼游惊釜镬。

五日之中形影枯，子妇亲知相顾愕。

吁嗟承平三十年，飞霜六月寒涛作。

竟日呜呜号泣涟，此声会否通冥漠。

编者注：①此诗反映清康熙十三年（1674）六月耿精忠叛乱侵
　　　　扰常山的情况。
　　　　②"吴"指耿精忠部将吴安邦，"郭"指耿部郭炳兴。

# 孔家坞水泉

县左狭诸山，景聚遂成坞。

石陂城外罗，石泉城内吐。

平正列方塘，崖角有芳杜。

沾濡百余家，人人沃雪乳。

月白畅远风，日煦逢当午。
宋时植果园，圣裔留芳谱。
至今及千年，源永泽斯溥。

## 鲁家坞泉

西城夹入仄峰中，松桧纷披径路穷。
曲阜居然延一脉，四时恒听水汹汹。

## 西高峰

西高峰影拂高松，气压千峰与万峰。
髯叟丰仪凌晋代，龙鳞骨格傲秦封。
排云一抹斜飞雪，过雨移时翠豁胸。
最是晴空烟袅袅，天然秀出碧芙蓉。

## 寄龙山语浪上人

天鉴此山灵，奇境特先贡。
古迹埋千年，忽辟新岩洞。
出世有真僧，劈云寄一栋。
十笏始诛茅，妙喜因缘众。
我昔访云林，寒梅初破冻。
远山积雪余，小鸟新声哢。
维时有吴子，芰梅岩端拱。
散发拟孙登，苏门长啸弄。

及今三载余，铙鼓声交哄。
生死信茫茫，抚膺时加痛。
昔时江仲长，清风超瞢瞢。
邈矣不可追，我安所折衷。
独让世外人，非非时吟讽。
住山与山宜，饥来可汲瓮。
吁嗟竟岁中，草木声振动。
尘世自扰攘，高人方鹤梦。

## 怀蛰庵徐洪瑆

我闻入世人，曾具出世想。
谁知已逝者，人遄神不往。
竹林八十翁，古道敦所响。
生平杰叒姿，今时应靡两。
特踞一方天，雄情惬俯仰。
最好迪童蒙，怒声洪钟响。
对面威其威，何曾枉厥枉。
我与处两年，气味幸相赏。
谓予冰雪心，绝去殆并罔。
相隔十余载，音问爱惝恍。
宁意昨秋中，翁遽归泉壤。
胡然旧学徒，梦景乃匪谎。
鱼跃与鸢飞，理境极宏敞。
翁诚不朽人，天怀犹朗朗。
吁嗟末俗衰，就能为善强。

焉得翁常师，民风趋日上。

## 胡村八景

### 百灵耸秀

灵山自昔住仙踪，秀出云霄千万重。
我欲攀援览胜概，携将谢屐一登峰。

### 一溪流清

抱村一水绝风尘，未许寻常过问津。
中有高人时把钓，萧然蓑笠坐垂纶。

### 竹屿留青

何及渭川千亩多，满林苍翠足吟哦。
微风细雨三更寂，清韵还听凤管和。

### 南山叠翠

最爱山庄风景殊，青松蓊蔚隔平芜。
晓来一望前山翠，妆点依稀近画图。

### 北嶂列屏

林木森森屋后栽，扶疏半壁画屏开。
何当足蹑邺侯履，屏上飘然时往来。

### 墨池遗迹

平泉梓泽半浮云，名士风流千载闻。

每过墨池思旧事，右军胜迹此平分。

## 丛柏联云

赋姿不让后凋松，积雪经霜翠几丛。
爱尔四时青不改，莫贪栖凤变梧桐。

## 虬松苍疏

何事深山伴寂寥，种松千尺势干霄。
青中谡谡涛声起，风送幽人听暮潮。

编者注：载于清嘉庆《常山县志》。

## 宋坂八景歌

太末封疆五百里，三衢山色巍嵸起。
石僧院顶洞天高，一郡声名威指此。
其下却有宋坂村，盘回密奥廓川原。
桑麻绿荫柴扉迥，春及田畴耒耜繁。
列嶂嶙峋凝远眥，神仙楼阁层层翠。
何年鬼斧破混沌，一道泉泓冰雪渍。
突过南山幽壑开，瑶花琪草各纷栽。
石涛细引喷甘澍，灵雨漫天响阴雷。
空岩僧隐苍苔磴，细窈天风忧石磬。
牧子樵人且耽幽，冷冷憩坐松风听。
遥指丫峰黛色横，千溪雪瀑汇琮琤。
春三石濑桃花雨，秋半鱼矶夜月笙。
郁郁庄居总秀茜，太平景象村中见。

竞来腊鼓社公前，洪钟响发登佳荐。

好事凭将八景传，仙源景色实多妍。

一从品目潇湘后，多恐留题假借偏。

我羡名村基宇爽，我知花胄系图广。

山山水水钟灵奇，发为人文多迈上。

定阳东出此林陬，乔木苍森秀气留。

锦轴牙签传奕叶，懋哉世德在孙谋。

作者注：自潇湘创为八景题，后人踵而为之者不胜数，今已为
骚坛所禁矣。友人汪君子蕃以八景题索予诗，辞之不得，
联缀为一篇，殊愧风雅之义也。

# 邑东五里过箬岭望见诸峰林立色如螺黛
## 其下即宋坂村也洞壑流泉天然幽胜
## 非八景可限昔钱牧斋先生有再题奚川八景图歌余仿
## 其意遂为宋坂歌云

武陵路杳不可遇，早有灵区在村聚。

东过箬岭别是天，奇峰嵯崒纷无数。

弥望螺青青接天，高峰耸插低峰护。

鸿荒开辟三万五，千载巨灵有釜锥。

凿或埏塑嵌空洞壑谺，幽阒仙子来游鸣宝璐。

泄却琼浆涧道中，王戛珠倾喷玉乳。

当年阅道读书龛，时有猿鹤守旦暮。

阴崖晦谷吼蛟龙，林端夜夜驰风雨。

十里平开上下村，参差碧甍出红树。

越国华宗氏族闻，日惟蓑笠杂书圃。

故家乔木发祥隆，煌煌孝德开门祚。

奇峰自合毓奇人，世泽绵绵一派注。

我访嘉姻过西川，停车几向岩扉住。

耽幽有梦入青山，苍寒溪谷奔回互。

汪君索我八题诗，只恐笔萦五里雾。

欲扫庸常旧品题，却写仙源邃曲与清煦。

何事壶邱海外寻，好读少陵淳朴山川句。

## 龙泉庵四景

### 龙泉

泉眼细如活，清潎浅月痕。

雪向四时溅，云从半壑吞。

何日惊雷雨，潜鳞顷刻翻。

### 垂萝

浓阴雨一山，颓枝虬半角。

少憩自忘机，山鸟听饮啄。

独乐昔有围，何如此间乐。

### 绿堤

半里疏云气，林曲鸟声迟。

邀我山中客，徘徊立片时。

秋阴凉不歇，劳劳者何之。

## 短桥

一泓秋碧澄，云水相滟漾。

轩峰逼翠深，揽衣色堪染。

携杖且行吟，此外风波险。

## 轩峰飞翠

轩峰一名八面山，屹然列障，望可五十里，为一方之胜，观每峰尖云起，村中以此为雨验云。

峰开横汉表，八面作观瞻。

凤览霞千片，龙嘘雨半尖。

村平苍蔼接，天阔碧痕粘。

此际幽居者，柴门风咏恬。

## 古木垂阴

镇堂庙之前，有古樟繁阴十亩，五六月之中，深枝绿映，径路增幽，置一枰其下，北窗凉风未足多也。

殿从何代辟，野老指奇樟。

叶密生风雨，枝劲撼雪霜。

曲藏绀宇小，阴拂碧泉香。

分我棋枰地，悠然坐夕凉。

## 蕉坞晴雪

前蹊有山广袤层列，深冬积雪时，平如罨画，或偕二三知己，策蹇探梅，居然在灞桥道上。

蕉坞前峰迤，霜林晓色寒。

曙光开一鉴，檐溜挂三竿。

断岸渔蓑稳，疏枝鸟步宽。

西蹊梅正瘦，破雪耐深看。

## 曲畈春耕

猷阁村烟相望，多以曲胜，畈前陌路亦因之。三春有事，西畴高下错绣，俨似桃源阴居图。

出竹多流水，人家曲曲通。

鹿门庞氏侣，谷口子真风。

呼犊归烟晚，披蓑细雨蒙。

桃源津可问，野草满岩红。

## 东山奇石

里之东平冈数武，怪石成林，若为生公所聚者。当枫叶沾霜。一径逶迤，移樽坐此，悠然作十日之思。

溪湾林一角，石聚可称园。

斑喰龙蛇隐，苔封虎豹蹲。

铿志分涧曲，劲节挺云根。

总令南宫拜，深山傲骨尊。

## 石桥澄碧

由镇堂而下，有桥接两山之隔，石齿粼粼，清流见底，自轩峰百道泉，飞经漾湖，几折至此，一为停碧云。

波光漾石涧，山翠截村桥。

虹影平冈接，琴声细溜调。

微风人曳杖，明月客吹箫。

为有轩峰瀑，隔林遥一招。

## 象鼻流泉

象鼻石，状怪似也。龙泉庵有石突露，拗而成纽，中通一隙，水道由之过此尚里许，沟塍咸分阔焉。

海南分异种，有鼻向兹留。

呼吸天风巧，卷邻骨力揉。

听经沾钵雨，拂浴洒溪流。

日夕甘泉饮，酥膏到径畴。

## 洞水喷云

洞在村口二里许，高峰对峙，巨石横溪，领会视可十丈，溪云喷泻，如跳珠倒溅三峡，涛声差堪仿佛。

岸反山如渡，波倾浪转洄。

青林分雨雪，白日养风雷。

万斛盘珠泻，千层屑玉堆。

直疑深窟底，抛石振蚌胎。

编者注：以上为轩峰八景，载于芳村《歙阁湖印徐氏宗谱》。

孔毓玑：生卒年不详，字秋岩，号象九，江苏江阴人，孔子六十七世孙。清康熙四十八年（1709）进士，二甲第七名，清康熙五十六年（1717）至雍正二年（1724）任常山知县。著有《秋岩诗草》。

## 初铨常山

许国身犹健，亲民计尚疏。

忽膺百里命，还证数行书。

弦诵从吾好，桑麻奠厥居。

惊心呼父母，核实定何如？

## 劝农

四民纷攘攘，农乃国家干。

祈谷先祈年，岁岁劳宵旰。

谁司民牧者，敢惮为民先？

方春时始和，布谷声声唤。

青旗届东郊，秧马中田遍。

募夫载酒肉，遥遥向陇畔。

挥手招之来，官民喜相见。

沾涂勿尔嫌，安心尝一脔。

尔民良苦辛，还愁勤惰半。

越阡复度陌，只为勤者劝。

惰夫方偃仰，胡从饮而啖。

须尔前致词，时哉慎毋玩。

# 劝蚕

同为浙中人，应识浙中事。

嘉湖有布更缫丝，桑叶油油遍墟里。

五月新丝蚕事成，办公先自官租始。

更有余赀日用饶，女嫁男婚取诸此。

桐江西来习俗移，土瘠民贫人懈弛。

我是父母斯民责，循行敢惮临郊鄙。

既怪耕氓只恃天，还嗟女手忘生理。

夏挥团扇冬携炉，辜负天公付十指。

东隅旧有桑园名，微行芜没空山里。

我遣平头赴彼都，购得桑秧五千纪。

分播民间着意栽，森森弱植倾桃李。

利赖犹需三五年，经营成局今朝起。

预求并剪剃繁枝，下饼担泥勤省视<sup>①</sup>。

篷筐曲薄制坚完，早请蚕师蓄蚕子。

何须作过觅蝇头，急切归家谋婢姒。

细检当年旧志书，纺绩生涯似祖妣<sup>②</sup>。

轧轧机声浃比闾，衣丰食足兴百礼。

我虽旦晚赋归田，神游叹羡常风美。

编者注：①湖州人多以菜饼、河泥培壅桑根。
②府县志俱称常山风俗以纺绩为业。

## 龙山寺

谢却篮舆跨涧行，芒鞋沾湿似新晴。

放眸惊见飞龙势，盥手欣闻漱玉声。

洞壑留云微有迹，石崖抽树半无名。

扶筇直上烟深处，螺髻重重拥化城。

## 征粮至浮河宿詹氏书斋次壁间韵

雨过青山翠万重，浮河新水浸芙蓉。

入门先拭题诗壁，裁句时闻隔院钟。

只愿康衢酬帝力，敢期褒德启侯封。

明年幸免催科累，载酒携筐劳尔农。

## 宿绣溪梦中有作觉来止记饲雏双燕去还来之句次早至璞石即景足成

淹煞春光兴易灰，眼前有景共徘徊。

榴花浥露当茶灶，蒲叶翻风到酒杯。

傍母群凫离复合，饲雏双燕去还来。

只怜此璞应怀玉，力士何年为一开？

## 山行遇雨

霏霏烟雾满寒山，霜叶淋漓点鬓班。

喜得耕犁经雨润，篮舆宛转白云间。

# 龙山纪游十首

## 其一

回龙潭下溯流泉，万派分飞一线悬。
漱石穿畦映空碧，寻源应向白云边。

## 其二

径转蹊回杳莫穷，耸身直欲破鸿蒙。
小桥隔断仙凡界，何必天台擅化工。

## 其三

双崖连底都成玉，万树凌霄不附泥。
翘首岩前参大士，宝山灵鹫晚来栖。

## 其四

石磴凌危常过鹿，溪流成坎细生鱼。
珍珠帘卷当晴昼，寒雨垂垂下碧虚。

## 其五

山花开谢阅春冬，馥馥天香分外浓。
谁向寒宫乞仙种，根株高寄玉芙蓉。

## 其六

花香散入空山月，龙气蒸成下界云。
最是烟岚稠叠处，天光一线漏斜曛。

## 其七

行行来憩洗心亭，槛外仙人迹未冥。
只为尘心洗难尽，特留滴乳注空青。

## 其八

龙蟠双洞渺难攀，一任闲云独往还。
松炬斜穿仙鼠穴，玲珑应笑点头顽。

## 其九

良田夷旷荫松筠，谷口云封远俗尘。
清献先生未知处①，桃源无复问津人。

## 其十

岳然高峙窈然幽，谁数潭西一小邱。
若得柳州新作记，林峦终古擅风流。

作者注：①或以为清献读书处，非是。

## 大樟行

定阳城西昭庆寺，万山回合高峰峙。
八千排云覆梵宫，衢潭有树孙枝侣。
巍然阿阁凤凰巢，郁尔只林鸳鸯朝。
战鼓便阗听雄势，劫灰飘扬留孤标。
不见大夫将军树，昔日敷荣今何处？
武侯庙柏化龙飞，岱岳槐根等虫蛀。

何如柔柯嫩叶发青苍，彭篯尚作婴儿装，寄生合抱怀中藏。
前历千年后亿祀，沐日浴月餐冰霜。

## 次韵赠何雪村征士

主翁好客日飞觞，为爱嘉宾喜欲狂。
愧我胸中无墨汗，知君腹内有诗肠。
闲来觅句频依榻，醉后看花独绕廊。
才德如公真个少，微书会见出吾皇。

编者注：载于《绣溪何氏宗谱》。

孔传诗：名斌，字振颂，江苏江阴人，孔子六十八世孙，孔毓玑子，生活于清康熙、雍正年间。清乾隆二十九年（1764），蒙两江总督尹题赠"盛世干城"匾额。

## 龙山十景

### 洗心幽亭

亭踞龙峰胜，泠然欲洗心。
岂能逃世外，纕为入山深。
云水自来去，烟霞空古今。
纷纷名利客，谁肯涤尘襟？

## 悬崖仙迹

仙人不知处，仙迹至今留。

壁立苔痕静，云深石髓流。

何时依白社，此地即丹邱。

回首尘寰远，空山万树秋。

## 桂林喷馥

错认清虚府，天香岭外飘。

根灵惟附石，枝透欲凌霄。

远逐松风度，幽随竹月摇。

谁将折桂手，攀取最高标。

## 竹坞藏烟

路入烟深处，藏烟别有天。

空蒙朝雾合，杳霭暮云连。

箁谷千竿润，祇园一境偏。

最宜泉石畔，长此憩高贤。

## 蟾洞留月

风高秋气爽，云静夜光妍。

远映千寻壁，斜穿一线天。

徘徊岩壑畔，澹滟斗牛边。

疑入蟾蜍窟，天香正纱绵。

## 龙潭吐波

龙已腾空去，龙潭势尚雄。

石泉飞夜雨，林籁振秋风。

万壑浮苍霭，双崖贯白虹。

缘知神物异，定不在池中。

## 华盖栖霞

折入断崖边，凭空结像悬。

珠帘垂法界，花雨滴诸天。

灵岂输云母，奇应拜米颠。

溪流回绕处，疑欲现青莲。

## 炉峰拱秀

千岭碧围寺，一峰青压门。

玲珑献螺髻，攒簇护龙孙。

云拥山关锁，烟开石笋蹲。

岚光排色界，绝胜谢公墩。

## 双岭流泉

碧玉破层峦，寻源更淼漫。

声回千谷应，影逼两峰寒。

石发披平濑，云根漱激湍。

涓涓流不息，宜向静中看。

## 千岩积雪

幽谷势嵚崟，苍茫四面赊。

藓苔铺玉砌，松树缀琪花。

月映寒光皎，烟凝暮霭斜。

诸峰林壑静，极目渺无涯。

## 和孔明府龙山十景韵十之一

欲洗尘心到小亭，心随流水去冥冥。

珍珠帘卷千山雨，削出芙蓉面面青。

郑梁：出身于浙江宁波慈溪望族郑氏家族，字禹梅，号寒村，黄宗羲门生。清康熙二十七年（1688）进士。清初浙东史学派学者之一，著有《南雷文案》《寒村全集》《寒村杂录》。

## 答王宛虹题画次韵

### 其一

我胸尽磊落，森罗万叠嶂。

无端困樊笼，兴寄仍遐旷。

前身非画师，似曾餐霞沆。

遇纸便涂写，蠖蠖亦容漾。

知音世已稀，掷笔悔豪宕。

讵意蒙品题，篱落名花放。

感此难卒舍，卧讽悬壁上。
残暑吹秋风，耳目何疏畅。

### 其二

同居一署中，乃隔千重嶂。
不知君之诗，萧然清以旷。
一朝肯遗我，如获饮瀣沆。
恶诗与丑画，惭沮心漾漾。
然而故态狂，老来弥跌宕。
赏析遇素心，笼开鹇得放。
相期共驰骋，地下而天上。
茫茫内顾忧，从兹一舒畅。

## 答宛虹赠别次韵

能穷人者诗，能解忧者酒。
好吟不好饮，衣食此奔走。
留如鹤闭笼，去如蝇触牖。
空对好中秋，天月无纤垢。
同舍有王君，知余归思陡。
惜别惠新篇，清池涵星斗。
羡我具庆堂，怜我作文手。
富贵与功名，谓如剑必吼。
嗟余抱何能，倾倒烦良友。
感此意勤勤，读罢踟蹰久。
平生不平事，为君少开口。

结发诵诗书，愁随草木朽。

三立实所斩，赵孟亦何有。

谁知数十年，时命长不偶。

失学愧名师，缺养负父母。

只今落魄归，何以为亲寿。

乃知寄人篱，蹄涔鱼唧喁。

生非显者徒，誓将老泽薮。

期君今日心，穷达堪皓首。

## 留别宛虹仍次前韵

我初一见君，便如醉醇酒。

奈此幕府中，往来难数走。

君既帷下门，我亦帘垂牖。

但将诗与文，唱和洗瘢垢。

疲马上崇峰，不畏岭路陡。

太仓富抵京，未尝弃升斗。

彼此言客心，相须左右手。

秋风天气苏，夜月江声吼。

思亲动归兴，忍情别好友。

后会未可期，相聚恨不久。

君歌吐锦心，我辞惭绣口。

肆笔罢雕镂，自知木已朽。

吁嗟一气中，天宝亡何有。

穷通遇不当，修短数亦偶。

人生观离合，当思形气母。

得之游太虚，何止金石寿。

尔病我苦衰，前后期于喝。

渔猎古圣贤，经史共渊薮。

莫令重相逢，不堪一回首。


## 放歌示宛虹

作文不欲文人称，作诗不畏诗人罾。

诗文之物世所轻，何况其中又立异。

随班应试疾揣摩，侥幸一举竟不第。

读书谈道知信心，开口往往叛传注。

乞食虽因饥来驱，合则且留不合去。

父老母病妻儿单，弟夭孀妇乏嗣继。

碁功强近更无亲，僮仆嫌贫尽逃避。

门唯租吏与债家，不能委曲谋生计。

满船明月两袖风，耸肩捉鼻独得意。

千巅百踬不回头，世间沟壑其位置。

天地之间乃有王宛虹，公然欲收人所弃。

嗟乎宛虹宛虹莫收人所弃，收人所弃大不利。

岂不见其人所称管鲍交，大都牢落不偶寒酸类。


## 发常山至玉山

江行才了又山行，一路秋光十倍清。

紫绿红黄林麓暗，青蓝翠碧岫峰明。

溪回似有逢仙分，村到能无结社情。

独过草萍头亟转，前驱不复故乡程。

编者注：清康熙十九年至二十年（1679—1680），郑梁在李之芳幕府与王文龙同为幕僚。

张永铨：生卒年不详，字宾门，松江府（今属上海）人。清康熙三十二年（1693）举人，官至徐州学正。文章雅饬，志传多有可采，诗亦颇工，著有《闲存堂文集》《待删诗集》《蓟门游草》《豫章游草》《西村近稿》。

## 午日阻雨常山寓中

五日呼僮逐伴游，密云布野去还留。
天教孤客酬佳节，雨向疏棂滴旅愁。
漫折榴花悬笭箵，且将蒲屑泛觥斝。
悬知此际高堂里，念我山巅与水陬。

## 端六日常山道中遇雨

### 其一

筍舆百里路漫漫，忽遇滂沱不可还。
避暑喜云能蔽日，探奇怪雨欲遮山。
层层树影盘千磴，汩汩泉声走百湾。
不定阴晴逢五月，行行始信客途艰。

## 其二

万壑千岩景不同，赏心未许叹途穷。

地从风雨来时寂，诗到山川好处工。

箬笠半肩休树下，芒鞋一緉出泥中。

往来尽是无怀侣，疑有仙源咫尺通。

## 泊三衢

三衢九石号龙丘，相对何妨半日留。

双桨每看摇涧底，一篙常见刺船头。

漫言静证生初性，且放同消客里愁。

闻道城中多古迹，呼童挟册恣探幽。

## 谒赵清献公祠

清献祠堂有数椽，风高琴鹤忆当年。

生平不是无欺独，暮夜何能可告天。

铁面真堪回气数，冰心还许照山川。

濯缨亭畔瞻仪表，想到知非益惘然。

徐璟：生卒年不详，字景玉，浙江衢州常山县里择人。屡荐不售，以岁贡任德清学训导。生平博学能文，尤长诗赋，为邑侯孔公所推重。

## 劝农为邑侯孔公[1]作

民乃邦之本，食为民所天。

保民在重农，足食在力田。

山城春日阳和动，土脉潜融播嘉种。

水耕火耨贵及时，主伯亚旅咸赴陇。

我侯凤驾出东皋，恤民勤苦知民劳。

谓尔不耕受之饥，胡勿努力耘而耰。

惰者什一勤者多，我侯顾之欢如何。

金钱分出清官俸，赐肉一豆酒一螺。

一时父老遍原野，欢笑喧腾声讴哑。

有官此时真可乐，吾侪不耕何为者。

编者注：①邑侯孔公，指常山知县孔毓玑。

## 劝蚕为邑侯孔公作

蜀锦不可得，齐纨未易求。

叹息贫家女，布帛身不周。

何不为蚕娘，蚕熟当有秋。

五月新丝成，可免虚筐羞。

织缣与织素，一任尔心谋。

愿听杼柚鸣，轧轧机声幽。

五裤应有望，无衣宁足忧。

王后曾亲织，命妇有成劳。

绿窗况贫女，女红可无操。

不织无服被，不蚕少丝缫。

如何山城内，有宅长不毛。

纵有二姑把，窃恐蚕欲饕。

愚民无长虑，使我劳心忉。

柔条须广植，购以贻尔曹。

## 三柏垂阴

诸葛庙中有古柏，王家又见森乔木。

祖德崇高樾荫长，子孙趋拜冠裳肃。

## 东坞春云

环抱人家尽好山，遥岑缥缈有无间。

春来忽间云飞出，舒卷无心态自闲。

## 西郊秋色

一望西郊秋色赊，长川村口好停车。

吟诗记得前人句，霜叶红于二月花。

## 双樟列翠

乔木何年植，婆娑列翠双。

一方凭庇护，万古障屏杠。
带日扶疏碧，笼烟深浅庞。
浓阴终岁绿，秋不冷吴江。
奇峰多怪象，缭绕如县势。
滴漏承仙掌，浮云宿石礐。
何当结草庐，即此羲皇世。
只为入山深，好山图色丽。

## 两水潆洄

山高流亦远，两水夹汪洋。
浪为穿桥曲，源分绕石长。
钟期凭抚掺，逸少兴传觞。
秋至双红渡，潆洄景更长。

## 古坑石桥

古桥何代构，路转石玲珑。
半派清流处，一村烟景中。
遥凝龙瘠影，近讶虎吼风。
似入仙源地，从兹跨玉虹。

## 福林晚钟

何处来锽鎯，静听古寺钟。
音传禅性寂，响杂硙声舂。

岭表斜阳曲，渡头落日浓。
暮望云树暗，遥隔远山重。

## 半闲亭

山藏万井里，亭耸一峰尖。
出岫云封槛，环门树作帘。
老僧留少憩，闲客许频瞻。
堪羡书颜者，偏能吏隐兼。

## 轩峰飞翠

四围重叠万山稠，脉发兹峰特悚眸。
八面仰瞻连北斗，一方屏障福南州。
举头早见峦光近，蹑足难穷洞壑幽。
排闼青来洵可喜，林泉卜筑足优游。

## 古木垂阴

路纡谷口接云烟，乔木森森古道边。
十亩柯连阴覆地，千层叶密翠遮天。
暗培兰若菩提树，巧护楼台歌舞筵。
憩息悠然归云懒，婆娑便欲傍林眠。

## 蕉坞晴雪

霏霏坞内雪初晴，遥望蕉林景色清。
几处森森琼树灿，一时朗朗玉山明。
好从驴背寻诗句，如在剡溪问友生。
闻说峨嵋千尺久，应输幽壑片时情。

## 曲坂春耕

山中胜事在初春，农事田畴早及辰。
处处携锄春草细，家家驱犊绿莎新。
犁残山月方知暮，耕破溪云又向晨。
我羡生涯躬稼好，秋来岁取不愁贫。

## 东山奇石

奇石林林状万千，峰头汇聚自何年。
玲珑雅足供怀袖，磊落奚堪借补天。
伏虎须防李广射，驾梁无虑祖龙鞭。
莫嫌价逊昆山玉，攻错还能使玉妍。

## 石桥澄碧

溪流百折出山冈，恰值潆洄架石梁。
坐处澄清人可鉴，渡时夷坦步容翔。
闲情莫濯沧浪足，胜日宜流曲水觞。

咫尺回龙佳境近，双虹会合射时光。

## 象鼻流泉

曾闻巨兽鼻丰隆，怪石玲珑状略同。

外曲权奇躯自巧，中空呼吸气常通。

流膏时有津资物，远贿曾无齿害躬。

却笑历山耕纵力，何如此处涕洟功。

## 洞水喷云

洞壑深沉底莫猜，水泉喷薄溅山隈。

飘来百斛珠成颗，散去千层雪作堆。

疑是激湍奔溘滪，宛同瀑布挂天台。

石门佳气称名胜，此景还应美独推。

注：以上为轩峰八景，载于芳村《猷阁湖印徐氏宗谱》。

## 猷阁纪游词

名山大川固多异，观一邱一壑，亦擅胜致。猷阁地非通都，姓实巨族，风俗淳庞，至者如入桃源，峰峦秀丽，历历如登雁岩。予也踪迹重游，曾过徐氏园林，江山犹识，莫赋苏公赤壁，遂以为陈迹，因述以记鄙怀，不足怡情，徒资捧腹云尔。

## 满庭芳·望八面山

蹑屐探幽，摩崖作记，一生志在岩阿。篮舆深入，忽到万山窝。惊睹峰开八面，列屏障，势壮山河。仰止处，飞来苍翠，满目尽烟萝。　　迤逦环数里，远观缥缈，近望嵯峨。好振衣千仞，磅礴婆娑。呼吸上通帝座，料咫尺相去无多。拟绝顶，携将谢朓，诗句朗吟哦。

姚士湖：字锦川，号芸阁，浙江衢州常山县城大东门人。清乾隆元年（1736）举人，授福建永定知县。归里后，与同志徐二崑、邵柄元等倡修文昌阁。

## 不厌亭

竹色连云杳，泉声拂鸟飞。
来游常不厌，坐客已忘机。

## 沐鹿泉

听声尚有泉，寻梦已无鹿。
爱尔绝清涟，弹冠思一沐。

## 砚山春望

架上残书懒再寻，春风吹我入遥岑。

平生惯有湖山癖，当境还同笔砚心。

弄色幽花开广陌，变声时鸟唱高林。

最怜涧底红丝石，常与诗家伴醉吟。

## 忆崆山旧游四首

### 其一

京华荏苒叹萍漂，故我依稀鬓欲凋。

缥缈杏林春事改，苍茫烟寺故山遥。

未经书剑飘零惯，忍使林峦意兴消。

几日愁深归思切，只凭幽梦叩松寮。

### 其二

松风谡谡竹疏疏，犹忆当时啸咏余。

清磬一声僧定后，轻鸿几点月生初。

茶瓜解渴因消暑，藜火分光为检书。

自是平生爱静寂，敢云仙侣好楼居。

### 其三

当年逸兴正飞腾，好友还从方外增。

酒后探奇无俗侣，花间觅句有诗僧。

曾修白社何方醉，重演西江几代灯。

料得定余应北望，楚燕云树隔层层。

## 其四

草绿王孙苦未归，一春花事与心违。

鸡窗夜雨蕉心长，鹿苑斜风柳叶稀。

锦筝解来雏渐老，梅花落后子应肥。

故园风物空相望，惆怅都门独掩扉。

## 忆崆山五首

### 其一

云树苍茫入眼惊，故山朋旧最关情。

酒从待月楼头把，诗忆听鹂石上赓。

嵇阮疏狂空作客，机云潇洒定寻盟。

更阑一榻联萧寺，犹记秋窗夜读声。

### 其二

燕台迢递盼南天，万里崆山在眼前。

一派泉声清洗耳，四围山色压吟肩。

### 其三

幽亭处处足依栖，人在禅房竹径西。

槛外秋声高枕入，峰腰岚气远林迷。

何缘莲社拚轻别，长忆岑楼省旧题。

萝月松风应笑我，幽窗无复对谈鸡。

## 其四

朋簪犹盍上方无，细雨清樽隔座呼。

鹿梦渐遥花寂寞，鹤云如见影清癯。

相逢漱石情何限，自客燕山兴每孤。

鸿雁不分乡国异，天涯犹未倦长途。

## 其五

石径逶迤法界偏，支公白榻久流连。

睡余饱饫伊蒲供，醉后闲参玉版禅。

半局残棋邀旧雨，一炉活火煮新泉。

回思往事真如梦，肠断燕山薄暮天。

## 重建漱石亭

重构当年榭，仍依翠壁间。

凉生松竹韵，地僻水云闲。

引鹿花临槛，盘霄鹤到山。

至今岩畔草，犹带旧时斑。

## 拱绿亭

曲径松篁里，凭阑眺望间。

风来泉自响，云去岫常闲。

浓碧烟中树，空青霁后山。

幽栖宜豹隐，未许漫窥斑。

## 问庄亭

何处堪疏放，空亭水石间。

情同孤鹤懒，兴比片云闲。

古洞虚涵月，长林静倚山。

逍遥庄叟乐，莫叹鬓毛斑。

## 赤雨楼

一楼红树密，作雨晚晴间。

霜落栏干冷，秋高夕照闲。

漱溪云外瀑，峭壁寺旁山。

处处余秋色，霞铺入眼斑。

编者注：漱石亭、拱绿亭、问庄亭、赤雨楼均在石崆山严华寺。

陆进：生卒年不详，字荩思，仁和（今属浙江杭州）人。岁贡，官温州训导。工制举业，尤嗜诗，著有《巢青阁集》。

## 草萍驿

百里崎岖路，行行历草萍。

山深云寂寞，秋老树凋零。

旅饭炊烟起，肩舆过客停。

当垆有好女，独酌倚疏棂。

## 同友再过草萍驿用前韵

三载章江客，相过又草萍。

襟期同浩落，踪迹独飘零。

野火飞云接，秋林暮雨停。

垆头人不见，何处醉雕棂。

许钺：生卒年不详，字靖岩，号石兰，钱塘（今属浙江杭州）人。清乾隆三年（1738）举人，官广州同知。著有《积厚轩稿》。

## 拱绿亭

绿暗连天碧，亭临空翠间。

云流千竹逸，风静万松闲。

春爱溪边水，秋怜寺外山。

清襟时对此，忘却鬓毛斑。

## 赤雨楼

秋杪凭栏望，霜林古寺间。

一行征雁急，数点白鸥闲。

偶读登楼赋，时看落帽山。

支公共茶话，香蒟鹧鸪斑。

包彬:生卒年不详,字文在,号朴庄,又号惕斋,江苏江阴人。清乾隆三年(1738)举人。著有《朴庄诗稿》。

## 龙山五首

### 其一

凌晨出郭门,清景足娱目。

悠悠晴空云,片片出虚谷。

霜叶落未尽,鲜红映朝旭。

风拂岩际松,过耳涛谡谡。

径转鏄溪平,华茂湛水木。

中流一苇杭,笑看凫雁浴。

前路屡曲折,在舆苦局促。

道傍得精庐,小憩林间屋。

遥望菱湖村,炊烟荡微绿。

野人具盘餐,山蔬间粱肉。

仆从欢一饱,去去穿林麓。

### 其二

谷口清风吹,林间路微白。

纡回度石梁,山腰划开辟。

两旁谁曾剖,中广上下迫。

形如剖大瓮,请君从此入。

山从头上起,泉向眉边出。

波流绿参差,照见天容窄。

危途螺旋纹,斜上百千折。

洗心有孤亭，憩石意良适。

听泉清心魂，闲数涧边石。

削若刀剑攒，奔若虎豹逸。

累累瓜垂蔓，呀呀蟾蚰舌。

珍珠与珊瑚，肖形何琐屑。

山僧具杯茗，细啜消烦渴。

微闻仙梵音，花宫隐深碧。

## 其三

山行疑路尽，仰见青莲宇。

乱石当寺门，横斜卧豺虎。

绿抽石镈竹，其根绝纤土。

瑶草色斑斓，香风吹石乳。

入室境弥幽，云阴静廊庑。

修藤垂百尺，几席窜苍鼠。

鼓兴陟岑楼，万峰列如堵。

烟横秀木攒，冈断白云补。

涧边萎众芳，玉茗花正吐。

祛然冰雪姿，微香飘缕缕。

此中坐移日，清淑到肺腑。

## 其四

探幽兴不穷，路转寺门右。

雨余山路湿，侧足敢驰骤。

嵥嵲千人岩，鬼工为琢镂。

初进坳堂形，气暖若含酎。

窥其旁正黑，飒飒阴风吼。

缘壁伛偻行，踣前惊踬后。

怪石骇心魂，仰面石齿斗。

此境难久留，出险神犹督。

谁携茗具来，掬泉散浮沤。

茶烟袅孤细，微有白云逗。

石花点新绿，气与涧芳糅。

幽鸟啼一声，林际残阳漏。

缓步归山房，暝色敛群岫。

## 其五

空山遥夜静，岋岋闻饥乌。

起行天宇净，泉声清可娱。

青松耿疏影，石壁俨画图。

仰面见圆月，忽讶蚌吐珠。

梢梢风动竹，清韵飘笙竽。

入室不能寐，幽幔一灯孤。

窗前林木黑，山鬼纷挪揄。

五更疏钟动，嘈嘈隶人呼。

出门何惝恍，穿云首归途。

细雨岩际洒，空翠湿衣襦。

默从井口下，百步屡盘纡。

霜浓石梁滑，登顿蹋舆夫。

朝光渐敞朗，徘徊过菱湖。

回望蒙蒙烟，千峰青模糊。

詹绍治：生卒年不详，字廷飏，号卧盦，浙江衢州常山同弓乡胡村人。清乾隆年间贡士。性嗜学，工词赋，著有《五经辑要》《南湖草》《卧庵薰弦集》。

## 忠简孤冢

箕尾升仙葬绿螺，忠魂烈魄壮山河。

至今犹说相公墓，风雨潇潇涕泪多。

## 昭庆寺

到此尘嚣净，虚堂万象涵。

听经花点首，入定鸟和南。

雨久黄梅熟，春深玉版参。

老僧偏好客，留款伴清谈。

## 游石崆憩问庄亭

石径环城南，溪回绕岩际。

行行亭午时，松飙袭人袂。

钟磬出梵宫，静寂山门闭。

楼高飞鸟回，远接长天势。

山翠日入佳，岸云尚明媚。

秋色从西来，林峦分秀丽。

幽亭转清回，篸筱影摇曳。

泉咽水龙吟，筇引穿幽砌。

物象归净域，了悟卧轮偈。

泠然澄我心，裙屐聊倦憩。

## 登北郭心树亭

行行出北郭，回首忽惊愕。

金碧环参差，其上耸秀削。

复道穿幽岩，仄径跨短杓。

俯视带金川，涓涓只一勺。

怪石嵌嵚崎，鬼斧神工凿。

盘回鸟道间，杖履憩亭阁。

咫尺小有天，洞开非复昨。

始信点顽头，扶舆任磅礴。

君拍洪崖肩，胸襟贮磊落。

潇洒米南宫，鞠躬足亦躩。

眼前即景游，屐齿须同着。

沧海纳须弥，何用望寥廓！

## 赠彤弓徐氏旧居

百灵高耸天尺五，下有偃王之祠宇。

迂回冈阜效其灵，犹作彤弓历终古。

一条水玉急如弦，四望翠屏整若堵。

山村白屋是谁家，偃王贤裔启兹土。

诗书礼乐贻孙谋，科甲人文绳祖武。

宛然天上半月形，凹处藏来三万户。

又若江南一小京，左蟠龙蛇右踞虎。

帝王都，神仙府。

我生从不到其间，见此能无一伛偻。

仁里共欣仁寿多，德门遥占德星聚。

何当崛起继簪缨，一为天家挽强弩。

## 龙山

深山大泽卧老龙，修鳞十丈潜奇踪。

夭矫出没不可测，蜿蜒变化摩天空。

一朝破壁飞腾去，声振裂石曲径通。

连蜷层崖耸绝壁，复道纡回光生隙。

寒泉泪泪跨玉虹，中有铁拐仙人迹。

又有幽亭称洗心，巉崖崒嵂鸣山禽。

我来挈伴思倦憩，悠然习静涤烦襟。

杖履追步行彳亍，洞府宏开豁心目。

半空飞下钟磬音，指点云山藏梵屋。

踞虎蹲狮气象雄，平地秀削青芙蓉。

淬剑吼鸣惊出匣，香烟袅袅锁炉峰。

炉峰周匝蹑危磴，竹树葱茏晓雾暝。

高攀桂子梯青云，欲问姮娥呼不应。

洞天福地悬丹额，左揖癯仙右诗伯。

吁骇登临阅几重，扪萝济胜携阮屐。

远公好客开白莲，斋供同参玉版禅。

有酒不须攒眉去，陶公陆公俱登筵。

宝马钿车观如堵，天遣六丁辟门户。

探奇穴险穷青冥，含讶高嵌撑玉柱。

尘侵遥隔蒲团坐，花雨缤纷顿参破。

老僧三笑出虎溪，订约来年须一过。

## 登文笔峰

塔影悬青霄，孤标薄寒雾。

卓锡云嶂开，凛凛风回互。

石磴盘空虚，上耸丹梯步。

片云天际来，晚带斜阳度。

俯视倾碧流，苍茫霭林树。

野岸多清旷，百里如指顾。

佳气郁葱葱，庭阴连薄暮。

宝殿何玲珑，瞻拜生馀慕。

森森气象严，雄镇金城固。

突兀凌斗墟，代谢乘新故。

万籁俱萧然，静里了可悟。

归来月影清，草露湿芒屦。

## 四贤祠怀古

宋室南迁国事纷，中原俶扰不可论。

决策亲征抗金虏，忠简之绩谁与伍？

赖有范魏共周旋，虞渊取日仗诸贤。

讵知运祚嗟难复，顿使英雄长痛哭。

烈魄贞魂誓不二，身殁祸延嫁后嗣。

崇朝移檄索遗书，抗法存孤良非易。

贤哉翁尉灭遗迹，昂然挺身膺祸谪。

独力保护完三仁，千载英灵蒙德泽。

四贤庙祠建白龙，天人胪奓鉴此忠。

翠阁栖云表劲节，苍松插汉凌高风。

荒祠颓圮芳踪歇，箕尾仙升遗碑碣。

至今石窦声淙淙，古洞嵌空常不没。

烟墟凭吊故依依，驿路遥临接翠微。

那得俎豆常馨享，登临瞻拜仰余徽。

## 黄冈十景诗（选其八）

### 北嶂连云

北枕巉岩气逸群，等闲出岫见氤氲。

山居别自无持赠，赖有霏霏一段云。

### 南山隐雾

晓望烟岚锁碧山，就中文豹泽毛斑。

纷胜不籍张楷作，只在朝霏夕霭间。

### 瀑悬千尺

山下潆流时出泉，如何搏激越峰巅。

瀺濛珠雨喷千尺，不数匡庐瀑布悬。

## 株林茂郁

峭壁盘回积翠阴，平峦葱蒨霭珠林。
暂停谷口便忘暑，枝上流莺自在吟。

## 祠享四贤

三贤归隐处危疑，却有翁丞暗护持。
箕尾身骑天上去，至今犹剩四贤祠。

## 山寺晨钟

萧萧静掩息芳踪，忽听山僧夜半钟。
百八声残破昏晓，兴携游屐上高峰。

## 毗庐叠石

不羡生公聚石徒，仰天搔首脱毗庐。
明明净澈山中雾，顶上圆光一佛图。

## 莲洞清幽

洞僻青莲静且比，翩翩仙鼠自夷犹。
前溪尚有飞花片，泛出人间赚阮刘。

编者注：以上黄冈十景诗载于何家《上党鲍氏宗谱》。

倪国琏（？—1743）：字子珍，又字西昆，号称畴，一作穗畴，仁和（今属浙江杭州）人。清雍正八年（1730）进士，官给事中。工诗书，善弹琴。

## 常山舟次遇琴友马御穆将游鄱阳即事书赠

星徽远俗调，枯桐无艳声。

世间知者稀，君胡抱此行。

自闻弹清散，六年梦秋馆。

梧叶下琼琤，一夜闲阶满。

君行定何之，我遇若有期。

临流为古弄，愿君勿复辞。

玉弦何泠泠，船窗澄虑听。

如云蠡水阔，复见楚山青。

杨度汪：生卒年不详，字勖斋，江苏无锡人。清乾隆元年（1736），由拔贡举鸿博，授庶吉士，改江西德兴知县，著有《云逗斋诗集》。

## 至常山乘小舟七十里到华埠，
## 山水奇峭更胜于桐川，喜而赋此

小艇分行去，受人不满三。

与鸥争聚散，对月各沉酣。

景入非非想，幽难一一探。

兹游殊得趣，未便忆江南。

徐射斗：生卒年不详，浙江衢州常山人。清乾隆三十四年（1769）、
三十八年（1773）两次参与修建学宫。

## 慕仙亭

杳霭东明麓，危亭俯碧湍。

风雷空幻迹，樵牧出烟峦。

履向虹桥寄，泉从石窟剜。

仙踪何处觅，恍在白云端。

詹仰祖：生卒年不详，浙江衢州常山县城后园人。清乾隆时岁贡。

## 球滩晾雪①

三秋曾过石潭边，云满晴滩玉满川。

乍觉沙明疑有月，谁知岸白却非烟。

竹经细雨丝偏净，山带斜阳石自鲜。

一片晴空真雪景，由来妙绘未能传。

编者注：①球滩晾雪乃球川镇昔时一景。

裴瑞兴：生卒年不详，字公纪，浙江衢州常山县裴村人。清乾隆
三十三年（1768）举人，曾任安徽太平县训导。

## 忆北门胜游

嵚崎怪石小方池，心树亭前玉佩移。
一味莼羹堪载酒，秋风那不动人思？

## 清献读书岩

香岩曾记读书来，石径深幽遍绿苔。
花语一时人坐久，冷香吹上旧琴台。

## 定阳十景

### 两塔争雄

匹帛丛花映碧溪，摩空七级影双齐。
未能抛却题名处，欲步青云可有梯？

### 榜山列屏

春树声催出谷莺，秋高呦鹿满山鸣。
剧怜烟雨迷离处，浓淡如初写姓名。

### 白龙双洞

当年龙蜕此中藏，前后洞云拥晓妆。
更爱秋深红叶好，上池流向下池忙。

## 西峰夕照

秀绝人寰第一峰，凭高晚眺意无穷。
山城花柳春如锦，了了都归目击中。

## 清献书岩

香岩曾向读书来，石径清幽遍绿苔。
琴鹤一帘书万卷，知他花落与花开。

## 贤峰拥秀

北高峰耸说贤良，春日花开岩壑香。
中甫当年读书处，清风千古不能忘。

## 石门佳气

非烟非雾郁重重，早晚丛苔带雨浓。
朝旭曈昽将出海，犹教人讶白云封。

## 球川晾雪

幅员数里锦为城，破竹为丝满地明。
似月似霜还似雪，一川白得可怜生。

## 招贤古渡

有人抱璞隐岩隈，野渡微波日溯洄。
何处蒲轮古城外，圣朝今又筑金台。

## 回龙高桥

凌空夭矫影涵波，晴涧未云龙若何？

有柱难题司马句，空教岁岁执鞭过。

---

邵志谦：生卒年不详，字屺云，一字炳元，浙江衢州常山坑头人。清乾隆时贡士，任汤溪县教谕，曾被聘为常山县幕僚。著有《竞辰山房诗集》《同怀集》《邵氏庭宪》《常山逸志》等。

## 招贤古渡

夹岸苔深抱绿杉，急滩汹涌势能函。

江天雁影人千里，茅店鸡声月一帆。

路接荒村低落照，治留故址倚层岩。

垂纶谁似磻溪叟，会见征书木凤衔。

## 武当别峰

城南卓立一峰开，绝肖名山拱秀来。

掩映双尖朝雾合，参差万井暮云堆。

丛祠蒿目飘黄叶，书阁伤心长绿苔。

一往情深随俯仰，半闲亭畔独徘徊。

## 严坑幽谷

灵境何如海外山，远公独辟乱峰间。

烟横石磴疑无路，风送鸣泉别有湾。

峭壁芳藤时滴翠，悬崖瑶草欲流殷。

几时卜筑邻蓬岛，野鹤闲云共往还。

## 清明忆弟梅屿弟有绝命诗四首

绝命词章痛骨深，弥留友爱独关心。

与君再世为兄弟，白首双双相对吟。

## 定阳书院即事

道脉有真传，表章力匪易。

定阳越一隅，渊源殊足纪。

朱子寓北陬，张吕后先至。

化泽深以长，流风尚可指。

遥遥数百年，遗迹苍苔蔽。

鸿儒经术优，书院嗣芳轨。

月随朔望余，聚讲士济济。

心传宗紫阳，道貌堪仰止。

指示透根原，印证若符契。

大义悬日月，讲章彻阴翳。

谁夺戴生席，盍各展素诣。

论难弥不厌，往复有深味。

无恃种哗功，实行敦践履。

紫阳统绪新，自是永不坠。

东莱与南轩，一线咸攸系。

理学自昌明，宁仅士风起。

细儒幸亲炙，珥笔志盛事。

试问吾师谁，南国至圣裔。

## 石门里赵忠简公墓感怀六首

### 其一

天净千崖高，郊穰肃秋意。

延缘遵修畛，石门现佳气。

丹黄乱云霞，岫壑集灵异。

松杞冷萧萧，名臣闭幽隧。

幽隧感人深，我尤念前懿。

### 其二

外王儒业宏，趋庭绍遗泽。

诲人善达材，文武优经国。

四维倾一柱，只手扶半壁。

六龙临江秋，安危系社稷。

君子自尽瘁，谗人胡罔极。

### 其三

侨寓乐山川，山川僻且幽。

花竹山亭暮<sup>①</sup>，草萍村驿愁。
岂不羡高蹈，忍忘君国忧。
后进能知者，启沃积诚流<sup>②</sup>。

## 其四

宰相一投荒，江南俄诏谕。
哀哉寄生君，始终塞贤路。
汪黄乍冥诛，长脚胶漆固。
脑后二胜环，小朝安若素。
经营首荆襄，一误容再误。
空余山河气，凛凛壮国祚。

## 其五

白首怅余生，丹心誓九死。
三寸谪臣棺，首邱汾川沚。
并州作故乡，孤魂长霣涕。
覆巢祸未央，钩党大狱起。
岳岳英贤尉，恻恻殿元谇。
遂令幽僻区，鬣封耀桑梓。

## 其六

谁效林虑令，俎豆昭风劝。
露凉秋草泣，鲰生香茗荐。
恨不铸乌金，屈膝罔两见。
东楚瘝应蕃<sup>③</sup>，翁仲石已烂。
惟公大义敦，密章录遗献<sup>④</sup>。

沆瀣乔云孙，崇祠切营建⑤。

何日见突兀，息壤自旦旦。

作者注：①于黄冈山建独往亭。

②喻子才过常，见公语。

③六世孙箢翁，总管泗州，家焉，守墓遂无人。

④入相，乞追录伯温公，得赠秘阁修撰。

⑤邑旧有祠。

# 阳关

西去阳关天一涯，星罗郡县属瓜沙。

雕盘绝碛谁传箭，马蹴飞霜半作花。

幕府仍开唐室制，毡庐已易汉人家。

三危山下春光度，大将曾闻旧建牙。

编者注：收录于《两浙辖轩录》。

# 通仙庵

谁是庵中仙，空虚本一派。

幡影静风中，磬声出花外。

# 青栗潭

秋光澄碧潭，搋搋霜剥栗。

称我邱壑情，水木两萧瑟。

## 温泉

蹩沸泉声细，一勺迥澄绝。

凉燠元无心，肯作因人热。

编者注：收录于《汤溪县志》。

---

龚大钦：生卒年不详，字惟昊，号诚斋，西安县（今属浙江衢州）人。清乾隆戊子年（1768）副榜举人。著有《诚斋诗集》。

## 榖水

错疑濯锦水波融，滑笏纹轻绉好风。

霞绮散归浮石外，雨丝掠过绿溪中。

晴拖岭脚浑如带，影落桥头未断虹。

最爱夕阳光掩映，片帆斜挂半江红。

---

邹方锷：生卒年不详，字豫章，号半谷、笠溪，金匮（今属江苏无锡）人。清乾隆二十七年（1762）举人。善为散体文字，工行楷，著有《大雅堂集》。

## 晚泊

绿藻潭中弭小棹，乱云堆里有人家。

篷窗一夜吟风雨，开遍山南荞麦花。

## 晓发常山

晓色冲烟起，晴云四望开。

泉声一径曲，岭树万重回。

地接衡庐远，人从吴越来。

崎岖山下路，清露湿莓苔。

徐三秀：生卒年不详，浙江衢州常山县城水巷人，徐长泰之父，受到荫封。

## 金川

几曲金川水，穿城岸岸秋。

源从龙洞发，波合石溪流。

堤筑悬飞瀑，桥空漾画楼。

不知城市里，尽可泛虚舟。

## 漱石亭

亭瞰此山隈，径随曲涧回。

檐端飞瀑雨，水底响晴雷。

林鸟迎人啭，山花绕槛开。

寺僧能爱客，煮茗自擎杯。

徐长泰：生卒年不详，浙江衢州常山县城水巷人，子金位。丽水训导，生活于清康熙年间。著有《读史记异》《漾翠轩诗集》等。

## 读书黄冈山四首

### 其一

搴衣陟高冈，石磴盘青壁。

险尽觉身尊，群峰低于舄。

瀑布溅空流，遥见上方宅。

一径指云端，少憩七星石。

岿然山堂开，小子出迎客。

远公延坐谈，崄巇尚动魄。

新景俨旧游，寻梦若朝夕。

### 其二

环冈皆峻峰，直出云之上。

缘径达僧庐，奇观不胜赏。

眼旷无拘束，川原任指掌。

崖谷隐深幽，天地转宏敞。

绝顶毗庐石，异兽见来往。

刳竹接飞泉，泠泠余清响。

到此陋尘居，翘然一俯仰。

### 其三

信宿高山颠，触景多奇异。

云碎始有天，云碍常无地。

天地入云中，万象随所置。

远峰抹微痕，明灭失其次。

龛外轩窗开，晨光五彩备。

空际幻阴晴，远近非一类。

山僧为我言，喜我记其事。

涉笔兴无穷，境外余深意。

## 其四

宿云晴不开，天风何浩浩。

苍桂识年深，枯梅恋春早。

所见无近物，世代焉能考。

昔贤留芳踪，羹墙悟至道。

佚事访山僧，清论惬怀抱。

有松枝可煮，有兰香可宝。

悠然与云期，肯向尘中老。

## 劝蚕为邑侯孔公作

蚕为龙精世所爱，丝抽金碧价更倍。

缫成黼黻辉庙堂，民间亦得奉台背。

二月春风马头生，桑叶青青陌上横。

挈筐采入蚕房去，叠翠铺茵五色成。

常本浙东凋瘵邑，男虽勤耕女不织。

家家启视杼轴空，闾阎那得人赡给。

犹幸环封鏬地多，种桑比屋莫蹉跎。

捐金置种劳大令，殷勤还作劝蚕歌。

吮毫我亦兴忭舞，叹息神君真慈父。
足食兼思足民衣，会看桑阴遍场圃。

## 劝农为邑侯孔公作

民间作息自关心，高下原田翠羽临。
几处讴歌兴夏谚，一番温谕胜商霖。
风吹衣襦春秧动，水满平畴绿树阴。
暂憩道旁亲父母，何妨载酒喜同斟。

## 苦节篇为伯母韩氏作

悲哉老母八十余，备尝辛苦历居诸。
母仪能使乡闾重，苦节何人不嗟吁！
忆自二十守霜帏，抚育双雏孤不飞。
大者免怀小者乳，岂忍离此同夫归？
饮冰啮雪日复日，雁行次第皆成立。
成立岂意不终养，垂暮先雕双飞翼。
呱呱满堂泪血痕，昔哺孤儿今哺孙。
泪眼已枯血已竭，彼苍者天那可论？
纵镂青史标清节，空冥何处吊贞魂？

徐金位：生卒年不详，字石溪，一字西垣，浙江衢州常山县城水巷人，子达仁。清雍正乙卯（1735）拔贡，官湖南桂东知县，署常德粮府，调河南新野、夏邑等县，历任十一县，兴利除害，有惠政声。著有《焚香偶纪》。

## 赠石崆寺僧志参

定阳古石崆，琳宫广数亩。

周遭郁崇冈，石濑环腋肘。

立师初结茅，上人嗣其后。

诗如唐文畅，作字摹小柳。

昔余此读书，雅称方外友。

云来酌茗碗，月上诗脱口。

比年均作客，间阔日已久。

我乍北方归，师来自江右。

欢叙风雨情，推敲户屡叩。

罗列斋厨珍，芋栗杂莲藕。

兴来蹑林亭，自午忘及酉。

岩深仙子窟，何必江湖薮。

白鹤去不返，古松仍蚪蟉。

总角犹眼前，倏忽成老叟。

富贵草头露，吾道自不朽。

山林有余闲，虚向红尘走。

## 议事台

昭烈英风盖三国，百宁驻跸建王图。

草庐三顾起卧龙，南阳诸葛信相孚。

欲伸大义扶汉室，凛凛丹心贯虹日。

当时兄弟说关张，更有徐庶推良弼。

台上君臣共指挥，荐贤早定三分术。

蜀中勋业未全泯，荒台青草又逢春。

环庭老树参天碧，门前午马空辚辚。

花开花落几经秋，宫扇风微起暮愁。

凭吊感今古，览怀忆壮游。

君不见当年先主谈兵处，唯有寒蟾照水流。


## 邓禹台

荒台带白水，古木余寒烟。

策杖扶炎汉，奇勋迈昔贤。

功名殊不易，竹帛岂徒然。

览古为登眺，清风满眼前。


## 再过南明山寺

麦陇秧畦曲径通，翠微深处隐琳宫。

石梁依旧晴虹影，绀殿重新太守功。

雨湿春云千嶂霭，山衔落照半城红。

欲携谢朓惊人句，长啸崇冈彻远空。

## 栽桑篇

栝州本浙西南鄙，斗次分野千余里。

山谷高深民鲜少，田庐荒塌乏生理。

国家休养数十年，户口殷繁非昔媲。

但惜土无嘉产出，安得丰脲尽纨绮。

古传宅舍环栽桑，繄惟此事亟当拟。

缅彼西陵始蚕织，女工由来同作息。

男操耒耜收场功，妇治曲簿完内职。

君不见鸳湖苕溪蚕事忙，家家妇女勤食力。

采桑林下听搏黍，浴茧滩头浮鸂鶒。

栝州隙地颇称多，未见栽桑但杂植。

杂植何如桑厚利，蚕成瓯娄通道至。

争相购售利什佰，欲佐本富须巾帼。

## 少微阁

少微分野阁巍然，指点星光霄汉连。

天上遥传多处士，人间偶谪即瀛仙。

址开岚岫思关尹，额映云霞想米颠。

无事频登纵一眺，犹余槛外万家烟。

编者注：以上三首载于清雍正《处州府志》。

## 汉台朝雨

光武台荒水自流，于今功业几经秋。

晓烟笼树如含翠，朝雨侵池似带愁。

曙色未开山籁静，轻云初散日光浮。

凭虚为吊当年事，惟有床花陇上关。

## 内苑春云

春光如画日迟迟，内苑乡云锁殿墀。

瑞霭鸾翔呈淑气，翩跹凤鬐若游丝。

纷纷初讶轻烟起，郁郁还疑香雾垂。

三月宫花开似锦，当年吟得是新诗。

## 雁浦秋风

江浦秋深水泊天，雁声嘹唳叫空烟。

芦花摇曳看难定，红蓼高低起复眠。

飒飒晓侵霜叶坠，疏疏遥送客帆悬。

还将玉露妆秋艳，卷尽浮云待月圆。

## 弹湖芳草

弹湖春水接晴川，萋萋芳草春风前。

昔日蛙声久不鸣，只只芳草为流连。

一湾翠色粘天碧，满地青荫映月圆。

最是梁园花落后，新红万点更堪怜。

## 龙沟夜月

龙沟伏龙龙已飞，夜来明月犹依依。
潺潺流水起愁思，皎皎银汉增光辉。
春暖落花和浪静，秋深黄叶隔林稀。
澄波如练侵霜色，一片清光接翠微。

## 蔓山晴雪

朔风凛凛吹彤云，飘落琼瑶满山浒。
侍臣衣上咏花明，谢女庭前歌絮舞。
举头不见蔓荆山，恍疑人在蓝田圃。
却喜春风到眼前，长安日近恩光溥。

## 古渡烟笼

草色迷离古渡头，晓烟如翠护芳洲。
舟横野渚无人到，花落客塘空自流。
隔岸春山凝黛绿，沿径碧水泛晴鸥。
最怜堤畔青青柳，万缕千丝分外幽。

## 淯水湍波

二水环流抱义阳，盈盈如带达襄江。
帆樯匝地连云动，桃柳沿径夹岸香。
灌溉自知民利赖，疏宜应念禹功长。

每想制锦无奇绩，常课农桑带月忙。

## 关庙晋楸

汉家事业久成尘，卫汉忠精尚未泯。

古庙只今遗旧迹，晋楸犹自护新春。

神旗风动侵朝雨，老干年深长绿茵。

千载勋名如一瞬，却留湍水为潾潾。

编者注：以上载于清乾隆《新野县志》

徐达仁：生卒年不详，字璋亭，号沧屿，浙江衢州常山县城水巷人，徐金位之子。清乾隆三十三年（1768）举人，任杭州昌化训导。著有《四书释义》。

## 游龙山（四首）

### 其一

洛水归乡国，西山访故人。

花宫遥恋胜，兰若旧留宾。

野树屯云湿，春苗带雨新。

龙岩何处是，觅路绕芳津。

## 其二

屈曲龙沟出，团圉别有天。
池分溪路外，亭覆小桥边。
仙足侵岩破，胡卢印石圆。
只疑李铁拐，来往驻前川。

## 其三

侧足散林邱，芳菲绕殿幽。
奇峰千绣佛，怪穴百琼楼。
衣湿莓苔滑，崖悬心胆柔。
却如乘小艇，畴昔武陵游。

## 其四

竹外斜阳没，松间好月来。
清阴疑洞府，空翠入楼台。
寒兕呼烟断，惊禽扑水回。
拂衣光炯碎，兴趣亦悠哉。

## 游龙山

竹外斜阳淡，松闲好月来。
清阴疑洞府，空翠入楼台。
野鹿冲烟断，惊禽扑水回。
拂衣最高处，兴趣亦悠哉。

费雄飞:生卒年不详,字于九,号丰山、费士桂子,原籍钱塘(今属浙江杭州),定居西安县(今属浙江衢州)。为诗力追唐音,尤精书学,行楷皆能入能品,有古君子之风,著有《养素堂稿》,曾结菱湖诗社。

## 新塘寄同社诸友

诗酒年来意气深,柳条难缩别离心。

惯看姑蔑莺花好,无那新塘烟雨侵。

霁日清明怜赛会,异乡寒食想知音。

相思流到菱湖地,如见群贤共醉吟。

陈圣洛:生卒年不详,字二川,号且翁,西安县(今属浙江衢州)人。清乾隆间衢州诸生。著有《桐炭集》《候虫集》二集,采入《两浙輶轩续录》。

## 偕月闲上人游桂岩

我闻八万二千修月户,铲削蟾窟如青铜。

应手斩落七宝屑,霏霏吹堕东山东。

堆琼积玉变山骨,依然嵌空如偃月。

岂知原有桂子藏其罅,至今岁久成林樾。

年年开落在空山,牧竖樵夫竞攀折。

光岩老僧称近邻,金粟如来证旧身。

我挟仙凫远相访,把酒登高发兴新。

一径穿云穷崒屼,虬枝老干纷葱郁。

嵚崟空洞气高寒，泠泠坐我蟾蜍窟。

我欲结茅赋招隐，漫山增植千万本。

更刊月窟老根株，编插周遭当篱槿。

秋高馥馥飏天风，吹送大地穷檐破孤愤。

不独才士尽熏香，且免阴翳蟾光有亏损。

## 衢州竹枝词（选一）

今年上巳喜晴明，菱角塘头听晓莺<sup></sup>①。

转过保和楼外去，城隍山上看风筝。

编者注：①菱角塘即古菱湖。

陈圣泽：生卒年不详，字云嵝，号橘洲，西安县（今属浙江衢州）人，清乾隆、嘉庆时期人。著有《橘洲近稿》《中晚吟》。

## 石崆寺

旧说崆山寺，清幽与世偏。

蹑云从此日，入梦已多年。

石露山容瘦，林深鸟语圆。

欲寻支许意，来借竹房眠。

冷碧怜芳草，清阴爱女萝。

棋枰敲谷口，樵斧答岩阿。

跨涧泉声壮，登楼山色多。

唯应从此后，一岁一回过。

叶闻性：生卒年不详，字逢原，号竹巢，西安县（今属浙江衢州）人。清乾隆辛酉年（1741）拔贡。著有《自娱集》，采入《两浙辅轩录补遗》。

## 宿龙山寺

倚杖层峰顶，和云宿上方。

鸟归岩树暝，茶煮石泉香。

灯影当窗乱，风声入夜狂。

梦余还得句，空院觉更长。

## 与徐古斋再过龙山宿僧寺

逶迤山路短筇支，又是秋风黄叶时。

岭抹寒烟僧舍杳，松围古磴女萝垂。

一林竹影传清梵，半壁禅灯读旧诗。

此夜连床谈在昔，心期唯许白云知。

## 和陈二川叠石歌

万朵青云起东海，化作蓬山色不改。

颓洞时有蛟龙窟，紫烟日射生光彩。

何时秦王振鞭喝，一片飞腾失所在。

从兹飞去二千年，鸥蹲鹄立菱湖边。

朝雾嘘灵气，暮雨长苔钱。

磊砢含寂寞，道旁长弃捐。

独有菱湖先生却下拜，拂拭异向草堂前。

草堂潇洒绝嚣尘，奇石得地生精神。

骨骼昂藏奋鬐鬣，气象历落多狰狞。

崮为北苑笔，黝窅郭家皴。

雷雨有时至，氤氲作轮囷。

复兀傲置身游圆峤，环列竹与梧森阴互窈窕。

凤梧邀月明，龙竹带风啸。

石罅透光景，莹莹来清照。

君不见，

苏家木山三峰列，中峰魁岸殊陡截。

两峰环峙俱凛然，势非阿附俨壮栗。

即今石山亦似此，卑者蹲伏尊者峙。

翠峦玉笋尽班班，翘犀插笏罗阶陛。

不信但看云雾起，飞向十洲三岛里。

宁复寻常耳目间，肤寸为霖天下雨。

---

程万钟：生卒年不详，字帝锡，浙江衢州常山观音阁后人。清康熙三年（1664）进士，清康熙十二年（1673）任介休知县。著有《树滋堂稿》《瓿余草》。

## 登超霞台<sup>①</sup>（一）

好景迎人逸兴偏，峥嵘怪石立中天。

笑看白鹭千林雪，踏破苍苔满地钱。

半沼碧莲香阵阵，一团芳草色芊芊。

登临共有烟霞癖，坐对山僧听讲禅。

编者注：①超霞台，在金川门（小南门）山巅，是詹莱建造。

## 登超霞台（二）

超霞此台古，绿尽草芊芊。

佳句无颜谢，清风慕偓佺。

修蛇偶当路，老鹤不知年。

坐久忘归路，斜阳听竹泉。

## 绵山叠翠

簇拥高峰百雉头，闲来览胜上层楼。

云开列嶂苍如滴，雨过千峦翠欲浮。

不尽天风空外度，无边野色望中收。

更怜晓际流霞净，点点青螺一带秋。

## 源水流膏

狐岐蓊郁涌源泉，流到春深更沛然。

谁作三渠分圣水，尽将千顷注绵田。

闲中夜静天河落，石上朝看瀑布悬。

无事桔槔同雨路，此方岁岁卜丰年。

## 抱腹栖云

洞穴巉岏杳翠微，幽栖人迹到来稀。
晚风斜卷烟生牖，夜月空朦雾满衣。
世外红尘浑寂寞，山中瑶草自芳菲。
欲寻旧路苔封尽，一望苍茫何处归。

## 牛泓应雨

崒嵂南屏阻眺临，数泓水出半山阴。
扪萝路绝千般峻，吐雾渊涵百丈深。
崖壁旧留高士迹，风云常慰老农心。
好将祀事龙湫上，岁岁绵田待作霖。

## 峰房泉涌

乳泉倒注下蓬壶，源自何来永不枯。
断续丝丝悬素缕，参差点点落明珠。
影涵碧沼晴云乱，响彻空山夜月孤。
坐觉诗脾清欲涤，冷然真是半尘无。

## 狮岭霞光

层岩虚厈出山腰，曙色岚光互动摇。
返照初浮丹阙影，回峰连挂赤城标。
清焱拂拂吹余绮，寒雁飞飞缀绛霄。

云过岙将仙客去，天然图画更堪描。

## 回銮香刹

千年古寺隐高峰，路入烟萝翠几重。
选胜可能缘走兔，留题曾忆驾飞龙。
山门历历环青黛，梵院沉沉响暮钟。
为问当时回驭处，只今惟有白云封。

## 兔桥仙引

为觅真栖杳霭间，千寻绝壁阻追攀。
只因灵兔开仙径，引得癯禅到佛关。
花发云岩空灼烁，泉飞石乳自潺湲。
洞天别有桃源路，不许风尘共往还。

## 汾曲秋风

秋深木叶落汾河，满地芦花飞白絮。
远村牧笛闻清籁，叹息武皇横楫处。
曲岸风来水欲波，几行雁阵下青莎。
近浦渔舟发棹歌，夕阳箫鼓奈愁何。

## 虹桥望月

长虹亘卧水云端，山月空蒙照石栏。

银汉映来千岫黑，清光流去一川寒。

谁家砧杵秋先报，何处谯楼夜未阑。

桂影婆娑衣欲湿，几回疑作步虚看。

编者注：后十首载于清康熙《介休县志》。

邱嘉穗：生卒年不详，字秀瑞，一字实亭，上杭（今属福建龙岩）人。清康熙二十九年（1690）乡试中举，曾官广东归善县令，曾参修《上杭县志》。著有《东山草堂文集》《诗集》等。

## 晓发钱塘江随常山熊太姻翁撤闱还署

山城仙吏校书回，鹢首铜钲带晓催。

霜染秋林红岸岸，露浮村树白堆堆。

迎人越嶂江头出，送我沧波海角来。

把盏与公时一笑，愿同桃李及时开。

## 桐江舟中纪呈熊太姻翁

云扫岩岫拥晴岚，潋荡仙舟映碧潭。

壁照寒花金色灿，江澄秋水镜光涵。

开篷尚作蝇头楷①，撤棘时挥麈尾谈。

鸣鹿近传横艇过，应教夹毂万民瞻②。

作者注：①公手书门人墨卷楷法如经生时。
②公捧檄入闱时舟抵杨笔浦有鹿横江雨渡。

## 谒常山学追和罗昭谏原韵

巍巍道范百王师，茂草盈庭那复知。

梁木摧颓栖蝙蝠，门墙寥落窜狐狸。

云开金阙朝真宰，月涌珠宫礼大悲。

此邑人文称鹊起，忍交数仞独凌迟。

## 将抵定阳喜晴有赋

江潭秋水映清波，幽鸟朝来已解歌。

绝壑云归飞积絮，遥岑雨歇涌层螺。

烟扉橘圃苍黄甚，霜染枫林紫翠多。

共识神君饶胜事，安排春酒庆阳和①。

作者注：①时值秋杪已近小春。

## 常山旅馆有怀署中蒋永清孔宣臣熊侣诜诸君

风雨曾同李郭舟，天涯知己邈无俦。

惊心岁月悲行役，回首江山叹滞留。

晓霁踏残红叶寺，秋空望断白蘋洲。

顿教咫尺成千里，杯酒何当共唱酬。

## 定署客窗与孔峻年话别

耿耿青灯夜吐芒，敲残棋子话联床。

逡巡去住人千里，寥廓飞鸣雁两行。

雪满关河惊岁晚，云连闽越忆途长。

今宵徒倚中庭月，挥手临歧欲断肠。

---

王应玙：生卒年不详，字鲁玉，浙江衢州人。清康熙壬子年（1672）拔贡。

## 赠定阳徐定山开锡宰杞邑

黄绶初承宠，驱车出凤城。

仁风嘘百里，化雨洽群生。

征礼曾无献，忧天恰有情。

圣朝崇抚字，梧掖听迁莺。

---

严谨：生卒年不详，字子衡，号叔和，浙江嘉兴桐乡人。历官贵州石阡知府。著有《清啸楼集》。

## 薄暮舟发常山

之江东去暮云深，到此清流惬素襟。

叶叶轻帆随岸转，亭亭落日傍山沉。

滩声呜咽流归梦，鸟语绵蛮和醉吟。

今夜月明来故国，可堪胜景负登临。

金志章:生卒年不详,字绘卣,号江声,钱塘(今属浙江杭州)人。
清雍正元年(1723)举人,历官直隶口北道。著有《江声草堂诗集》。

## 常玉山行

田水声中过竹兜,绿秧千顷午风柔。

层青叠翠浓于染,一路看山到信州。

甘禾:生卒年不详,字周书,号爱庐,江西奉新人,甘汝来之子。
清雍正四年(1726)举人,官兵部主事。著有《爱庐诗钞》。

## 由常山至玉山舍舟就陆冒雨斯征嘅然成咏

浙东河断常山口,六丁难夸开凿手。

肩舆一径循山行,埋却日车雨师走。

秋峰对面失层青,十里五里迷长亭。

三旬不雨此日雨,短后之衣嗟零丁。

剑匣书囊尽泥涴,独客悲吟有谁和。

百里宿店我仆饥,看尔烂熳楼下卧。

我心兀兀思故乡,来朝唤尔问牖郎。

楼上开衾见怀玉,早烟收候翠眉长。

王维埈：生卒年不详，山东章邱县监生。清嘉庆十四年（1809）
署常山知县。

## 常山县署花厅

何必寻芳到野穑，荒衙建舍在山陉。

四围树色侵衣碧，一带岚光入目青。

花纵无名却烂熳，竹因得月尽珑玲。

偶逢公暇还留客，唱罢新诗醉醽醁。

## 常邑筑城于山

兴来小阁豁胸襟，片片飞花春莫禁。

树色山光看不厌，虽然城市亦山林。

陈珐：生卒年不详，字士竹，江西金溪县人。清嘉庆十六年（1811）
任常山知县，曾主持纂修《常山县志》。著有《赐锦堂诗钞》八卷，其
中卷四乃其在常山为官时所作。

## 砚山

俯视须江一万家，砚山石气酿红霞。

居人指点坑新老，声价端溪一例夸。

## 木棉岭

木棉岭上绿杨风，吹得山花旖旎红。

行到半山回首望，栖云亭在翠微中。

## 金村道中

经时劳案牍，出郭且看山。

树茂分浓淡，峰多自绕环。

碧尖茶得气，青眼柳开颜。

一服清凉散，途中半日闲。

## 马车道中

麂眼篱边转，浓阴又一村。

社翁孙作杖，田户妇持门。

菜麦欣交茂，阴晴听细论。

花红樵子担，春已满郊原。

## 由朱家渡至箬坞

鸟道蚕丛果不殊，舍舆徒步倩人扶。

花藏春涧堆红锦，石束泉流跳白珠。

三月阴时疑雨骤，万峰缺处补云孤。

行过谷口频回首，镜色岚光半有无。

## 题刘晴峰看山书屋图

虚堂西畔屋三间，户内琴书户外山。

山向吾曹青可爱，春如人意绿初还。

果然此地能舒眼，博得先生为解颜。

我亦西园图里客，看云倚石总相关。

## 送汤春桥别驾归吴兴

### 其一

菱湖分袂岁华迁，乘兴朝来访戴船。

顾我愧非安道侣，如公不让子猷贤。

胸襟恬淡容如佛，律格高超句欲仙。

自是芝兰投气味，已忘官爵并忘年。

### 其二

荒署留宾一榻清，菜根滋味各真诚。

岚朝霭暮同餐饭，牧唱樵歌入品评。

鸿爪有痕都可画，白驹在谷不胜情。

相思相见相珍重，瀫水苕溪欸乃声。

## 题兰竹便面赠汤春桥

竹到干霄颜不改，兰因入室气相忘。

就中著个他山石，砥砺深时玉有光。

## 劝农二章

### 其一

春来布谷一声声，犁月锄云课雨晴。

自是力田能有岁，科同孝弟重西京。

### 其二

秋成俯仰乐团圞，似觉赢他长吏安。

我自田间来作吏，先知稼穑最艰难。

## 西峰寺

何处古烟霞，西峰夕照斜。

藏春藏不尽，樵子一肩花。

## 白龙洞

洞门深邃锁青苔，闻有白龙去复来。

出岫云容疑带雨，在山泉水殷其雷。

一朝人合同堂祀，四寓公皆旷代才。

今日瓣香寻故址，登高览古几徘徊。

## 朝阳峰

畅永楼高一大观，芳春览胜且凭栏。

菜花黄到三衢界，麦子青过几里滩。

阁占山灵宜奉佛，天开诗境孰登坛。

年年让与诸名士，消受清凉六月寒。

## 傅觉轩先生招诸同人集石崆寺看牡丹
## 归途口占二首

### 其一

花发已经旬，兹来及令辰。

看他真富贵，愧我自风尘。

石气含山润，天香入酒醇。

东风勤爱护，如爱此邦人。

### 其二

化工知有约，连日许晴舒。

客饱先生馔，春随长者车。

问庄人已往，修祀意何如①。

乘此看花兴，相将过野庐②。

作者注：①时将立四贤祠于赤雨楼下。

②是日，顺道至汪氏园看牡丹。

## 因公至东乡寓于芳村汪氏延绿山房，
## 归途口占三首

### 其一

一邱一壑小壶天，位置亭台得自然。

触拨故园梅竹思，书堂也筑傍祠边。

## 其二

诗书孝友识家风，群从追陪喜意融。
话到菜根滋味好，长官原与秀才同。

## 其三

酿雪光阴望雪心，归途六出上衣襟。
桑麻慰我还同慰，陇首停云寄一吟。

# 题烈妇江汪氏传后

## 其一

恨不从夫向九泉，安排死日在生年。
舅姑已殁儿无有，肯把零丁累母怜。

## 其二

壮夫志节荩臣心，贤父贤兄泪满襟。
恸定说真汪氏女，名门风教动儒林。

# 定阳留别四首

## 其一

好作清溪看此间，群峰绮丽水湾环。
民淳似古堪藏拙，车从如云却少闲。
膏雨几曾滋百谷，仙风容易别三山。
炉香惭愧闾阎意，颂祷明珠合浦还。

## 其二

蹊山重建四贤祠，赤雨楼前寄所思。

此地劝农陪父老，齐声修志得师资。

一书成后人初去，两试秋闱卷再披。

何日西窗仍翦烛，餐予鹤俸细论诗。

## 其三

花县人家翠霭中，北楼新起望穹隆。

全城脉络中央土，一塔云霄太古风。

节重有祠留硕果，义高无垄欲飘蓬。

敬恭桑梓邦人福，岂是书生举坠功！

## 其四

将离入咏各肫然，授我壶浆寓我廛。

多感班联如伯仲，喜于乡国得仁贤。

慰亲叨奉和平福，祝邑频占大有年。

春色二分看未半，不教春去此流连。

# 四贤祠二首

## 其一

一代忠贞彦，高风合建祠。

林峦三月暮，霜露四贤思。

仰止原无极，灵兮实在兹。

登楼看赤雨，视昔倍华滋。

## 其二

当日钦名位，千秋见性真。

精神都契合，磨涅孰缁磷。

名教纲常系，椒馨俎豆新。

群贤欣毕至，俱奉瓣香人。


## 次姚心甫同年韵即送别

县是山乡亦水乡，孝廉船趁桂风香。

荒厨一饭匆匆别，迟我寒？话莫忘。


## 遇雪新安大洪岭写景

雪海复云海，千山白玉封。

游仙如梦觉，塔半一声钟。


## 题梁弓子凤麓读书图<sup>①</sup>

### 其一

一面钱江两面湖，湖山佳处日伊吾。

平泉凤麓今三世，又听清声起凤雏。

### 其二

司成作记铁生图，水木清华绝世无。

我亦有园归未得，年年风雨梦菰芦。

作者注：①凤麓在严谷山，胡敬《梁弓子凤麓读书图后记》有"严谷之胜，既传以图"云云。

# 题空山听雨图邮寄韵香上人时宿雨初晴群山如画沅湘载咏湖舫挥毫山谷有云东坡他日见此应笑我于无佛处称尊也

## 其一

三绝原来海内传，画兰咏絮浣花笺。
不须天女殷勤问，原是蟾宫谪降仙。

## 其二

好向华严法界寻，拈花独见妙明心。
只今一样阶前雨，听向空山意便深。

## 其三

座中应有木樨香，尽日帘纤殿角凉。
老我只从茅屋赏，何年相见话潇湘。

# 送路春田之官常山

## 其一

定阳春水绕城偏，曹会雄关久帖然。
君去以清呼一叶，我来忆别又经年。

愧无善政堪相告，幸有新编可共研①。

桃李成阴花满县，栽培重赖使君贤。

作者注：①新修邑志已告成。

## 其二

明朝南浦意如何，百二春归尚绿波。

碧水丹山萦昔梦，白驹清酒听行歌。

薰风送客情何极，旧雨逢君问者多。

为语江淹才已尽，劳劳冲剧废吟哦。

---

汪上彩：生卒年不详，字葆园，号景袁，遂安（今属浙江杭州淳安）人。清嘉庆年间贡生。著有《培桂山房诗钞》《葆园诗续》。

## 球川纸①

定阳西望行径偏，山重水复纷人烟。

水能清洁称造纸，至今得者夸球川。

杉皮矮屋两岸布，截筠剥楮投池泉。

椎塘杵屑竹帘细，制随手出高糊粘。

厥工数定七十二，各随事异精而坚。

纱窗玉版大小判，用关科举尤纷然。

麦光比素蚕茧样，擅奇总借流涓涓。

剡溪之藤定此逊，蔡伦旧法何人传？

多材那必尽球出，假为生计心力专。

名驰他邦贾客运，兔毫濡染溪墨鲜。

城南况有砚山砚，岁久剖凿峰无全。
文房四友此居二，舟装担荷常喧阗。
嗟哉良工心独苦，慎勿剪截轻抛捐。

编者注：①摘自《淳安古诗词》。


## 升庵徐年伯老先生八旬大寿

红叶林中进寿觞，垂纶不羡渭滨长。
柳家法肃推公绰，司马年高重伯康。
翠壁丹崖千丈耸，兰荪桂萼满阶芳。
华筵最是开颜处，人瑞新为国典光。


## 寄怀锦斋学长先生

草长江南鹦又飞，吟香一别怅依依。
会怜诗酒三年密，程对云山五里违。
帐外风和栽董杏，庭前日永戏莱衣。
独惭远道循陔意，寸草何能说报晖。

编者注：以上两首载于芳村《猷阁湖印徐氏宗谱》。

汪致尧：生卒年不详，字唐卿，号秋士，原籍钱塘（今属浙江杭州），侨居衢州，清同治时人。著有《听秋吟馆诗存》。

## 送家景仙廷杰至定阳别后感赋

抵掌谈心乐有余，一朝分袂恨何如。

玉虫独照山中梦，锦鲤难逢江上书。

安稳片帆行羡子，萧条孤馆闷愁余。

几回顾影增惆怅，数尽更筹泪染裾。

武新安：生卒年不详，字静圃，山西太原人。清嘉庆十六年（1811）署常山知县。

## 定阳留别

家传耕稼遗书香，明明祖训弗敢忘。

初志思观上国光，经纶却愧无文章。

继为禄仕奉萱堂，一朝奉檄来古杭。

吏治未谙心芒芒，个中昕夕费参详。

以勤补拙拙堪藏，以俭养廉廉不伤。

加以小心与慈祥，尧舜之民不可殃。

春仲权篆莅兹常，喜见闾阎善且良。

为茧丝乎为保障，安得清讼俾偕臧。

兴寐公庭莫或遑，曲直敢谓尽彰彰。

文坛正拟识琳琅，试期未届瓜期忙。

迄无善政继甘棠，清风作颂何克当。

嘉宾应与鼓笙簧，检点琴鹤整行装。

耆老绅士晋壶觞，临河一别促风樯。

跂而望者如堵墙，云山回首犹彷徨。

黄曾（？—1850）：字菊人，自号瓶隐生，钱塘（今属浙江杭州）人。清道光十二年（1832）举人，官直隶香河知县。好吟咏，著有《瓶隐山房诗钞》等。

## 紫阳山飞来石歌

紫阳山头境胜绝，何年飞来石兀突。

坤灵盘礴螭肠结，离龙当门骨为热。

苔衣簇绣色光洁，棱棱秋气霜华刷。

精英内孕灵髓澈，尖风作势欲颀颉。

初疑越阳老松变，倏忽虬鳞莽莽蟠孤窟。

又疑玉绳结解星精跌，太白峰头张两翮。

不然武城一夜震雷拔，惊起鹰头出山穴。

又不然作桥填海秦法烈，神人鞭石石流血。

黠者逃之作屼嵝，游人摩挲认瑰谲。

蹴之以足势欲活，石似有言不能说。

神耶妖耶两无决。

君不见，霜鸿雨燕非顽拙，常山鹊印是谁掣。

天地精华受自物，混沌有窍石有魄。

观此令我疑顿析，手携蕉片坐幽凸。

芳萝紫翠烟痕涅，夕影鸦翻红一抹。

张祖基：生卒年不详。直隶拔贡，清道光十四年（1834）任常山知县。

## 留别定阳诸生

屏山定水护词坛，入眼森森玉笋攒。
莫以新妆投世好，要凭双手挽狂澜。
含咀四子心如发，根柢六经义不刊。
更有良言堪记取，作文容易作人难。

汤肇熙：生卒年不详，字绍卿，江西万载人。清同治二年（1863）进士，清光绪八年（1882）任平阳知县。著有《出山草谱》八卷。

## 初过叶溪岭

是日，舆过井头，闻老父呼余且云：好官回家也。不禁为数行泪下。

过此常山路，芹阳地与邻。
一官如梦断，百姓更情亲。
岂有微恩逮，空怀壮志伸。
寄言辞父老，予亦故乡民。

## 重过叶溪岭

荒亭系马记勾留，有客题诗续旧游。

一见溪山新眼界，便多情事注心头。

黄童白叟曾相识，野鹤闲云得自由。

乐岁风光真个好，秋风禾黍遍平畴。

---

王梦龄：生卒年不详。天台县增生，清同治七年（1868）署常山训导。

## 留别诸生

### 其一

离踪自此又飘蓬，千里云山一望中。

剩有青箱键夜月，惭无绛帐启春风。

梦华空付隍间鹿，爪印重留雪后鸿。

生恐宣尼方见责，佯狂何敢泣途穷！

### 其二

九龄风度季鹰才，曾到峰头万八来。

绕室芝兰心独契，盈门桃李手亲栽。

情深附骥同行挈，喜溢登龙笑语陪。

多谢郇厨频设馔，为君饱德饫深杯。

## 其三

文通武略数同寅，矫矫英姿尽出尘。

愧我头颅今是昔，知君肺腑旧如新。

笛声怕听阳关柳，归思偏萦故里莼。

一事令人易惆怅，从无不满意中人。

朱凤毛：生卒年不详，字竹卿，号济美，浙江金华义乌人。清同治十二年（1873）拔贡，历署常山、新昌、龙游等县学教谕，奉化县学训导，清光绪十年（1884）选授寿昌县学教谕，一生以教育为职，位居小吏。著有《虚白山房诗集》四卷、续集一卷，《虚白山房骈体文抄》二卷。

## 离燕篇

离燕篇者，为宋常山义妇王琼奴作也。琼奴名润贞。年十四，通诗词，妙音律，四德兼备。叠遇坎坷，死节最烈。事详《宋诗纪事》《剪灯杂志》、常山县旧志，不载列女中。陈志仅采名媛玑囊数语入杂记，亦无有咏之者。墓在异乡，事隔数代，美才奇节，湮没不彰，可慨也。为赋一诗，取润贞所作词中语，命之曰离燕篇。

妒花风雨斗春好，燕子未归春已老。

北去愁同鹧鸪飞，南来更比征鸿早。

新巢才定不多时，半面东风遽别离。

今日空门歌紫额，当年曾说系红丝。

红丝吹幕江南路，粉额涂黄腰约素。

常山清代诗词集 | 339

水样芳龄比丽娟，玉人小字宜琼树。

联珠唱玉擅歌行，摘粉搓酥妙倚声。

月下吹笙招彩凤，花前度曲啭新莺。

新莺乳燕偏殊众，鸩媒争说冰人梦。

绿绮求凰任尔弹，绣屏射雀知谁中。

请君题画各挥毫，若个先成夺锦袍。

南郭果然逃滥窃，东床从此得诗豪。

谁言伺隙晨风疾，双燕处堂仍遐逸。

待阙鸳鸯不羡仙，填桥乌鹊方涓吉。

此时画阁得春多，此际盈盈欲渡河。

只道终身占花月，那知平地起风波。

风波转瞬天涯渺，郎戍辽阳妾岭表。

一生断送可怜虫，万里分飞同命鸟。

何处云山是故乡，千行珠泪九回肠。

瘴云谁共蛮蛮倚，塞月空教燕燕望。

寄人篱下凄凉色，不料鹐鹍苦相逼。

贱妾由来有故雄，武夫岂许求新特。

梨花庭院旧楼台，别恨喃喃细诉哀。

遮莫海天漂泊久，双双犹盼早归来。

刀环未卜音尘绝，忍死吞声自呜咽。

戍妇歌谣黄鹄风，流人刁斗元菟雪。

未了仙缘一线牵，捧符刚到岭南天。

徐郎破镜欣才合，王谢乌衣痛不还。

乌衣那更遭罗网，例竟门中合欢杖。

纵使沉冤雪覆盆，抚膺一恸何堪想。

回首香闺识面初，檀奴会试女相如。

红笺小幅缄空札，锦字新篇答报书。

无端远谴来边鄙，孤身几堕樊笼里。

红颜薄命妾何言，忍累藁砧由我死。

狄草蛮花惨不春，哀蝉落叶总伤神。

余生涕泪心头血，故国关山梦里身。

择婿翻多无限恨，覆巢空有未亡人。

早知如此家山破，悔不当初问水滨。

临流肠断箜篌曲，墓上应生连理木。

鸳冢冰霜北阙褒，鹃魂风雨南荒哭。

生不双飞死并头，玉京孤燕共千秋。

斜阳细雨埋香地，犹是年年说旧愁。

---

吴震方：生卒年不详，字青坛，浙江嘉兴石门人。清康熙十八年（1679）进士，官至监察御史，罢归，后复原职，且得御书白居易诗。著有《晚树楼诗稿》《读书正音》《岭南杂记》。

## 自兰溪抵常山

兰茝春风香，知发兰溪渚。

片帆翔空明，轻舟自容与。

弥楫息龙邱，粼皴潋水流。

不寐见明月，劳人生百忧。

所忧非一身，容子请具陈。

今日三衢道，昨年百战尘。

城下牛马墙，屹然作边疆。

重臣支半壁，不减张睢阳。
朝廷纪勋烈，父老犹能说。
为指征战处，每每动悲咽。
可怜锋刃馀，八口无宁居。
良田半污莱，城郭存丘墟。
我劝贤守令，殷勤字百姓。
有口为谁陈，有耳孰肯听。
行行向常山，车马愁跻攀。
潺湲别客耳，满目惊荒残。
此地更狼狈，焚掠祸尤最。
守将先倒戈，巍然犹拥旆。
城中荆棘路，旧日繁华聚。
春花千样红，亭台亦无数。
回首兴废时，奭然心不怡。
天狗堕地死，妖芒扫靡遗。
三年屠赤子，疮痍犹未起。
用一宜缓二，庶得供耘籽。
其如迫军兴，年年更预征。
疲氓筋力尽，始克奏才能。
我若终此歌，和者应无多。
歌成三太息，当奈客愁何。

李瑞钟：生卒年不详。安徽石埭监生，清光绪七年（1881）任常山知县。编修清光绪版《常山县志》。

## 过三衢山望容车山①怪石歌

噫吁嚱！

奇峰怪石森叠嶂，三百余步恣还向。

此中大有仙灵踪，云霞万叠储心胸。

碧玉莲花辟双洞，玲珑岩翠滴残冻。

山风吹堕梵呗声，孤僧化石凿幽空。

何年托钵入山来，枯禅趺坐余劫灰。

上有四时不凋之奇树，下有千年不朽之苍苔。

噫嚱！海枯石烂天无恙，历劫全空寿者相。

翼飞拱植状难图，永与山林作屏障。

编者注：①容车山，在三衢山东面。

## 西高峰怀古

漫空积翠锁深重，半岭苍烟半岭松。

薄暮荒原磷火碧，当年故垒血霞红。

城头落照翻危石，郭外晴岚堕晚钟。

野老耕余认残戟，只今犹说战西峰。

## 孔家坞泉

南渡风趁下，斯文总不偏。

三衢遗胜迹，一脉契真诠。
洙泗源流远，诗书教泽绵。
只今凭勺水，旷古接薪传。


## 北门远眺

卓立层岩冷翠融，石门佳气障前空。
阿谁夺得江郎笔，输与贤良第一峰。


## 鹭鸶山①

轻烟飞堕翠微巅，点点苍苔渗碧妍。
两翼高掀低古涧，一拳独立耸江天。
洞门西去双龙隐，城阙东回百雉连。
卷勺有灵余断础，岩前竹露泻涓涓。

编者注：①鹭鸶山，在文笔峰西麓。


## 石门佳气歌

噫吁嚱，云为雨，雨为云，孰隆施是胡为乎？郁郁复纷纷。噫吁嚱，一出西，一出东，孰呼吸是胡为乎？郁郁复葱葱。君不见，峨峨城北挺高峰，贤良佳气蔚其中。此山岝崿屹立不相让，奋为奇气撑晴空。雨旸一任随元化，东驰西骤争神工。阴阳舒散各殊致，茫茫元气含空蒙。

## 游常山长歌

我闻昴毕散精冀并壤，屹立浑源森万象。覆压数千余里中，孤撑三千九百丈。何时蜕形缩影走东南，飞堕浙西林莽苍。①携得仙草护神门，种遍岩阿滋荣养。吸来太元一勺泉，凿顶成湖波洸漾。②中有巨鱼锁石环，绝似鹅湖绝顶不可以竞上。③登峰恐被白云留，停车应邀紫阳赏。群峰西来乍奔趋，森森罗列齐瞻仰。名儒讲学曾此过，七虎堂开风月朗。我欲其中辟精庐，遥接芳徽嗣余响。何当重开听雨轩，朱吕张陆遗规仿。名山一席此中尊，英贤济济环几杖。培植良材作栋梁，山灵欣欣为挂榜。④君不见兰台府侧紫微宫，人文蔚起著述工。定阳山色曲阳景，宝典搜罗填心胸。⑤

作者注：①《春秋元命苞》，昴毕散为冀州，分为赵国，立为常山。
②《神农本草》，常山有草名神护，置之门上，每夜叱人。今常山相传有仙人采药处。
③鹅湖亦在山顶。
④邑有挂榜山。
⑤兰台、紫微，北岳五名山之二。北岳在曲阳，即常山。杜台卿，曲阳人，著《玉烛宝典》一书。

江成锷：生卒年不详，浙江衢州常山江家村人。会稽训导。

## 春日游溪上吴山寺

吴山传古刹，登陟兴无穷。

杂树缘崖碧，繁花映岫红。

峰高人径小，谷暗鸟鸣融。

踏破重云路，悠然色相空。

---

胡廷纶：生卒年不详，浙江衢州常山人。庠生。

## 冰溪八景

### 金川

玉看方旋珠看圆，何如兹水号金川。

有人结屋昭溪曲，静听金声落枕边。

### 虹桥

长虹一带跨云霄，幻作冰溪广济桥。

病涉行人多祝颂，不同挈贰有时销。

### 澄潭

万顷碧潭宝鉴开，虚含万象绝尘埃。

扁舟载酒闲来往，明月清风亦快哉。

### 章山

三峰如笔插天青，正对冰溪作翠屏。

照槛山光多秀丽，人文蔚起藉山灵。

## 白云山

白云山上白云浮，风起云归山露头。
翠削芙蓉称耸拔，应随岳□列公侯。

## 通衢

驿舍邮亭大路开，风尘车马日相催。
青山绿水相迎送，颖向山阴道上来。

## 练洲

芳洲如练绕村斜，洲上居民数百家。
父老耆英常结社，岁时歌舞庆年华。

## 凤山

圣世来仪圣世鸣，而今化作一峰清。
见山始识文明代，击杖兴歌乐太平。

---

严际昌：生卒年不详，字而大，号味邨，仁和（今属浙江杭州）人。钱塘诸生。著有《存存堂稿》。

## 过常山次藕香原韵

夜雨愁行役，朝晴喜见山。
肩舆从北郭，曲道向西湾。
地势连三省，重防设两关。

渐看迟日暮，飞鸟倦知还。

---

顾震：生卒年、籍贯不详。

## 题璩氏烟云别墅

别墅烟云径，名公旧讲堂。

小山分桂雨，矮屋剩蕉香。

鸟熟窥人下，林深坠果忙。

惭无摩诘笔，添写辋川庄。

## 竹蔗

似竹，色碧，味甘。

青鸟自东来，投我青瑶枝。

琅玕教着实，翠箬还裹皮。

云是脾家果，甘温补土宜。

中田子母种，不数无风奇。

此中有佳境，嚼齿甘如饴。

忆我初来时，庭前荐露葵。

芙蓉江上水，晓夜萦离思。

寒窗开冻色，转眼秋风驰。

泠泠青女冰，照耀金谷卮。

感君惠数挺，如锡甘露滋。

森如列琼竹，苦削艰手披。

老饕饫不厌，更用乞以诗。

直欲呼蜜杖，相看醉后持。

招作浇书伴，一醒红玉肢。

## 食葛谣

采葛南山阳，洗葛东厨下。

汤官灶婢说火功，长井市儿索高价。

堆盘一种香味甘，紫芋红姜俱可谢。

信彼南人不识酥，北人煮簜徒自讶。

露剧风日干，咬咀上药架。

讵嫌执爨劳，只恐发汗怕。

岂知燥湿异功能，譬比麦花分昼夜。

贪夫果腹意怡然，酒肠宿腻凭君化。

寒杯未许苴蓿盘，余味入□逍遥炙①。

为君欲典鹔鹴裘，开醒好伴银船泻。

作者注：①唐同昌公主有逍遥炙，素食也。

樊树型：生卒年不详，字殿则，浙江衢州常山县绣溪人，附贡生，树绩弟，富而好施。

## 游龙山遇雨复晴

倏忽风飘雨，龙山信有龙。

悬岩飞瀑布，夹岸吼苍松。

径滑留仙迹，林疏透远峰。

归途新月上，回首白云封。

徐鲲：生卒年不详，字抟九，浙江衢州常山塔山下人。廪贡，国子监肄业期满，候选训导。

## 招贤古渡

定水渌，定江长，行人问我古津梁。

溪流之东四十里，招贤渡口横浮航。

左界古县右浦口，下接信安上开阳。

沧波浩渺从西来，云帆十幅荡桂桨。

我来溪上招舟子，登舻羡彼清溪水。

溪水清涟百尺深，淡荡光风浮白芷。

牛头獬豸高峨峨，岚影波纹两迤逦。

滩头白蘋间红蓼，点点但见沙鸥起。

竹篱茅舍各成村，拍手相招烟云里。

扣舷高歌独怀人，伤心极目春千里。

## 双尖叠翠

城南之山真奇谲，双尖峨峨峰并列。

仙梯鸟道盘萦回，岚光掩映互明灭。

人言此山万丈高，望之浑如削精铁。

飞泉瀑布银花浮，往往六月洒急雪。

我来平底窥天门，中有当关虎豹蹲。

蜿蜒百折到绝顶，俯视群岫如儿孙。

君不闻江郎三爿石，霞壁锦屏苍藓积。

又不闻烂柯一线天，松门石磴翠阴滴。

孤撑螺髻争送青，就中疑有仙人迹。

仙人不见山之阿，层峦崒嵂垂藤萝。

深谷云屯雨丝幂，幽崖草暗烟痕拖。

雨雨烟烟相荡摩，随风浓淡双婆娑。

## 球川晾雪

球川方絮莹而洁，名重三都天下绝。

截取陆海苍龙孙，削以金刀搥以铁。

漂去时惊茧色新，练来应辨布头裂。

日高昼永晒盈江，云膜堆堆浑似雪。

我来独立白石滩，正值三月柳絮残。

柳絮飘残冻已解，平畴深处犹生寒。

云笺造制原非偶，几回曾把枯皮剖。

硬黄鸦青亦精华，终逊琅玕可耐久。

岁岁球川种石田，穷巷不见黄犊牵。

公家不催赋役钱，村中鸡犬尽安然，瘠土胜似桃林边。

## 严谷甘泉

定阳之北有严谷，石径盘纡峰隐伏。

传言此地涌灵泉，挹彼注兹刚一斛。

昔年我从谷口来，但闻林间漱戛玉。

云根泻出清泠泠，酌言甘之香芬郁。

不知疏凿几千年，石发苔衣岩窦穿。

秋雨色浮竹叶绿，春风浪暖松花鲜。

溅来跳珠手可掬，练光岚色连云烟。

君不闻洛阳宫中有醴泉，饮者能教痼疾痊。

又不闻骊山山下有温泉，浴之可令尘埃捐。

造化机缄自不秘，灵脉分来岂偶然。

此泉浑如百榼酒，琼浆玉乳醇味厚。

酿成不用曲蘖香，沆瀣醹醋旨且有。

我生不欲饮贪泉，吸此恍然涤宿垢。

何时借得流霞杯，持献南山天子寿。

## 定阳十景之六

### 西峰夕照

西高之峰峰何崇？峭然笔卓摩苍穹。

屈曲盘旋至绝顶，俯视众壑空蒙中。

是时落日挂树杪，断霭斜阳正缭绕。

城中晚炊浮烟齐，随风缥缈入云杳。
牛羊下来樵子归，昏林点点投栖鸟。
双溪漾洄流霞红，明媚仿佛秋江晓。
登山须穷千里目，桑榆何妨援戈逐。
半竿余晖丽林麓，几声清钟出梵屋。

## 两塔连云

山城逦迤环山溪，水色茫茫山色迷。
十里传闻铃铎响，高标双塔连云齐。
遥望华构耀雕栏，中流砥柱回狂澜。
不知何时藏舍利，夜灯点点来江干。
峨峨两塔插天际，浓淡烟雾互摇曳。
阴阳变态空蒙中，华盖双擎时启闭。
云帆日送盈江风，林麓初开万壑霁。
登彼丹梯呼天门，飘飘乘此凌云势。

## 石溪雪浪

石溪溪水漱湔湔，洒诸石崆之山前。
浩波微茫混元气，石上飞来百道泉。
涛声砰□击魂磔，巨鳌昂头西入海。
银河濯出青芙蓉，跳珠百斛翻霜彩。
我来正值烟云浓，野花岸草多春容。
便欲浮槎泛月窟，力鞭怪石驱神龙。
石态峨峨虎豹立，张牙舞爪疾风冲。
目不停注耳细听，芥蒂一洗平生胸。

## 白龙双洞

怪石块礌豁洞天，中有骊龙抱珠眠。

洞门虚敞数弓地，洞穴幽深万丈渊。

阴阳离立乾坤辟，奇偶相生上下连。

高架石梁潏烟雨，泠泠泻出清流泉。

泉声滴沥响不断，白龙掉尾横天半。

一片遥看银竹垂，雄飞雌伏凭谁判？

我欲攀龙登天路，寒潭淼淼无人渡。

洞深岩高石壁青，白日忽惊天晦暮。

龙公龙母呼不应，一声霹雳兴云雾。

## 石门佳气

怪石门开何诡谲？陡然独向半山裂。

霏微元气含空蒙，镕成一片平江列。

独立清江对清流，万顷寒波轻素浮。

带雨随风冒古渡，截断山腹连山头。

归来别浦应留住，散去平城曾似雾。

朝朝写意清溪间，迷离彷佛武陵路。

路边无数春花明，石门不锁无人行。

数峰江上常青青，舟子迭送柔橹声。

## 清献书岩

清献公居孝悌里，讲学定阳空山里。

忆昔穷经石宇开，岝崿幽岩遗古址。

荆公执拗世所知，台官望之尽披靡。

惟公参政弹青苗，凛凛不避权贵抵。

作宰成都风节清，户祝家尸遍遐迩。

焚香告天留芳图，冰心铁面著丹史。

东山兀峙何崔嵬，清风明月安在哉？

思公不见重徘徊，但闻渔笛隔滩来。

---

邱瑞龙：生卒年不详，湖北黄陂县岁贡生，候选训导。

## 游清献书岩

《洞霄图志》：宋元丰己未，赵清献公抃再帅钱塘，抗章告老。岁甲子八月，忽来游山，谓道士沈日益曰："近梦入真境，宫阙巍峨。有数道士相讶。"询之，曰："此洞霄宫。"既觉，思之，两典是郡，未尝至此，故冒暑来。今观泉石楼观，与梦中所见无异，岂仙圣有缘邪。留诗曰：龙穴藏身稳，泉源抚掌清。红尘人绝离，白日世长生。我分谙冲寂，谁能顾利名？梦中休指笑，又作洞霄行。苏轼《赵清献公神道碑》：晚岁习为养气安心之术，翛然有高举意。

洞霄何处渺云隈，瘦马遥遥踏藓苔。

一带烟霞常护拥，四山猿鹤共追陪。

危崖雅称焚香坐，真境曾经入梦来。

我欲安心学公步，岩前高筑告天台。

## 洗心亭

水流清似我，方寸湛虚明。
洗涤翻多事，沉涵总不惊。

## 七夕偶成

世人争乞巧，我独养吾拙。
北斗罗此胸，南箕翕其舌。
迂谈多龃龉，长途梗蹉跌。
奔驰骨屡摧，动作肘频掣。
忝为一字师，谬许万人杰。
橐笔定阳乡，磨墨砚山铁。
中庭肆滥竽，前车警覆辙。
讲学宋儒宗，著述商彭窃。
定谕千载遥，持平寸心决。
彤管胪贞操，青史记忠烈。
乾坤炳丹心，草木蘸碧血。
鉴别凛冰清，光照如电瞥。
书法准权衡，题名耀绰楔。
辞期简以明，意必赅而切。
咨访广搜罗，去取慎剔抉。
飒飒风雨临，森森鬼神列。
寸念不容私，片长何敢缺？
记挂鄂渚帆，竟踏庐峰雪。
浣胮出西江，冻足涉东浙。

春生百树尖，月上三衢凸。

金精伏火余，玉宇新秋节。

夜色如水凉，星光耀珠缀。

绮罗针阁陈，瓜果广庭设。

蟾兔月月圆，牛女年年别。

难与素娥言，应共黄姑说。

天帝钱未偿，支机石亦劣。

智巧果何存，庸愚竟相悦。

乞求略无灵，拜祷诚空竭。

不如恣豪饮，守拙高清洁。

嗟嗟巧宦途，尘劳何时澈？

---

徐廷玮：生卒年不详，清光绪年间常山县学廪生。

## 金川雪浪①

买得小渔舟，金川逐浪游。

银涛随桨落，写出一江秋。

编者注：①金川雪浪一景，在县南山背岭下。

## 石门佳气

佳气郁重重，双扉夹断峰。

雨晴如可验，何必问山农。

## 西峰夕照

西峰森卓立，足底白云浮。

古寺藏深谷，钟声出涧湫。

## 白龙双洞

峭壁千寻立，神龙出没间。

至今双洞迥，流水自潺潺。

## 挂榜山①

一幅翠屏连，天然蕊榜悬。

寄言云路客，到此必争先。

编者注：①挂榜山，在县东五里。

## 四贤祠怀古

行行出城西，怅望昔贤祠。

斜阳散丛薄，但见荆棘篱。

父老为予道，人事有迁移。

请君一寓目，石崆溪之陂。

巍峨新气象，楼头赤雨滋。

几度沧桑改，荒山余址基。

俎豆繄何寄？令人动遥思。

林峦依然是，庙貌倏离披。

南渡衣冠剩，西台风雨悲。

高风卓今古，永为邑人师。

谁为辟崇宇？继起肃坛壝。


## 哭姑母殉难

易挫非坚石，可折非精铁。

志士尚孤忠，妇人重大节。

烈哉吾姑母，闻之肝胆裂！

恨贼齿穿龈，骂贼舌嚼血。

视死如鸿毛，头颅顿裁决。

不作萧艾荣，但学金玉折。

义烈激风霆，贞操亮冰雪。

朝廷颁荣褒，彤史芳名列。


徐云鹏（？—1877）：字琴友，号秋亭，浙江衢州常山县城水巷人。拔贡生，清光绪三年（1877）春，选授五品衔授嵊县学教谕，未及赴任而殁。


## 定阳八景（选六）
### 石门佳气

奇峰怪石忒峥嵘，佳气薰蒸一抹横。

非雾非烟看欲活，宜晴宜雨总难评。

独饶葱郁空尘相，长与贤良继盛名。
两扇当关迟过客，王孙也合下车迎。

## 武当别峰

别有文峰入望中，茗亭高插武当宫。
霞蒸石壁遥飞赤，夕照金川近映红。
孤耸七层森宝塔，平陵万户俯鸿蒙。
游人到此胸怀旷，一杵钟声附半空。

## 招贤古渡

济川从古仗良材，博得贤声处处该。
河畔马嘶随渡转，滩边鹄立待船来。
空余雪浪三篙险，远想云程万里开。
杨柳依依凭唤客，橹声遥向月中回。

## 白龙双洞

层岩十丈喷灵湫，鳞爪依然意态遒。
危石陡开双洞迥，荒祠高压一川流。
春添碧浪浮金鸭，烟锁苍苔护玉虬。
神物不知何日返，长留遗泽荫田畴。

## 西峰夕照

城西突兀起□□，夕照斜翻万丈红。
樵径全消朝雾湿，林峦犹带晚霞烘。
苍松影落岩俱静，青霭岚飞翠亦空。
倏忽不知天已暮，东明山外月光笼。

## 严谷甘泉

严谷原多胜迹传，白云深处涌甘泉。

天开灵境千盘曲，客爱流觞一味鲜。

竹木穿岩阴郁郁，清冷激石泻涓涓。

底须泛棹寻蓬岛，尽把琼浆作寿筵。

汪文隆：生卒年不详，浙江衢州常山芳村人。附贡生。

# 芳村十二景（选三）

## 炉庙钟声

炉峰突起水中央，收尽源头几许长。

寂寂空山敲夜月，随风吹到读书堂。

## 寺潭唤渡

东潭澄碧水西流，来去全凭一叶舟。

傍晚人归招渡急，鸣榔惊起两沙鸥。

## 岑山积雪

雪满高冈霁影浮，漫空积霰糁金瓯。

阳回大地春初遍，却笑岑山尚白头。

徐烈：生活于清康熙、雍正年间，号雪村，浙江衢州常山球川人。清雍正岁贡生。博学多识，孔公秋岩修辑县志，其采访之功居多。著有《四书集要》《雪村小草》《竹林纪闻》《邑乘补遗》。

## 宋畈耕云

农郊十里绿浮浮，雨足春田土脉柔。
上畈流泉下畈接，家家驱犊向西畴。

## 社潭钓月

径尺鲈鱼秋正肥，长竿独坐碧苔矶。
社潭日暮沙鸥去，风卷钓丝带月归。

## 衢山叠翠

烟收林外雨初晴，仰见层峰耸太清。
三瓣芙蓉分翠色，我州佳气此山名。

## 石寨流泉

苔草青青环石上，山空但觉水声响。
谁言流水少知音，中有高人能自赏。

## 奇岩石磬

一缕荒烟阅道心，清风不再幻空林。
忽来洞口传幽音，半似书声半似琴。

## 古庙金钟

古刹云峰佛火燃，残钟报罢起村烟。
一声敲出峰头月，常照蒲牢不记年。

## 南洞甘霖

双峰如髻烟鬟碧，上有灵湫龙所宅。
雨脚南来六月天，片时沟水盈三尺。

## 前溪春涨

村南村北一川迢，两岸桃花夹断桥。
三月鱼龙多鼓浪，乘风直破浙江潮。

## 西峰夕照

西寺峰高夕照中，天光云影转玲珑。
一城晚炊烟齐白，双涧流霞水映红。
鸟带斜阳归古树，樵担暮霭踏残虹。
数声清磬林皋外，又见银蟾挂远空。

# 白龙双洞

步出西门向绿畴，白龙喷雨有灵湫。

先贤祠宇空双洞，几姓园亭枕一流。

石气含腥鳞甲润，炎威变态水云秋。

凌霄坪上高凝睇，迢递山城一望收。

# 招贤古渡

不见征书下锦川，偏闻古渡号招贤。

放翁憔悴题诗处，古县苍茫落照边。

野店花开人卖酒，长堤烟锁客呼船。

天涯只此滩流急，倘有伊人自在眠。

# 天马山房①

月明今夜好，更听读书声。

未觉秋萤冷，能添竹籁清。

喧时心自静，断处意还生。

疑共寒蟾影，随风散满城。

编者注：①天马山房，在西门内天马山前。

# 永安桥

两岸青山一水迢，桃花三月涨春潮。

何缘谷口通樵客，恰好沙湾架石桥。

## 丽泽泉

空里忽钟声，钟声何处歇？
两泉各得之，清影疏林樾。

## 劝蚕为邑侯孔公作

人各谋生理，所贵衣食耳。
男耕女还织，王道从此始。
定阳山谷间，充赋惟耘籽。
家有盈盈女，不识蚕何似。
贫者如冻蝇，富者耀罗绮。
何人足远谋，难免公私累。
我侯耽儒术，治行效前轨。
既作劝农歌，又辟蚕丛市。
买得桑万株，分植各都里。
满院尽栽桑，不羡桃与李。
桑柔蚕自肥，蚕熟桑应美。
莫道买新丝，补疮疮难起。
当年诸葛庐，遗谋全在此。
豳风诵懿筐，禹贡充包匦。
少宽家国计，亦足代举趾。
所以耕织图，并许染画史。
还看身上衣，尸祝西陵氏。

# 劝农四言六首为邑侯孔公作

## 其一

诞降嘉种，粒我烝民。孰能辟谷，而守其真。
乃播乃获，利亦有因。时不可失，告我农人。

## 其二

物土之宜，或黍或稷。高高下下，毋荒厥殖。
帝念民依，艰哉稼穑。乃逸乃谚，何以得食。

## 其三

四月维夏，暑移南陆。万物洁齐，元化渊穆。
百谷权舆，畚锸云逐。愿乘节候，戴犁而宿。

## 其四

老农忧国，当计长久。荒谷无多，丰年亦偶。
如何新畬，而不终亩。彼流亡者，毋乃游手。

## 其五

人亦有家，云谁告匮。租亦屡蠲，无为希冀。
不自力田，公私并至。纵受人怜，能无内愧？

## 其六

芜田一顷，不都不鄙。有舌可耕，无亩可履。
劝农使者，示以芳轨。馇斯粥斯，亦曰苟美。

### 定阳书院即事

定阳本汉县，理学肇南宋。

初来汪玉山，赵塾端所重。

嗣以朱紫阳，经行过鹿洞。

东莱暨南轩，风雨山城共。

茫茫五百年，此时谁继踵？

吾师圣人裔，吏治尚弦诵。

坠绪续当年，讲舍营松栋。

数椽临大道，圜堵何其众。

遗像肃当中，瓣香聊作供。

每当朔望后，济济罗章缝。

指点语亲切，此心如谷种。

何处着根荄，视听言与动。

休从纸上寻，吾道惟日用。

闻言各自领，有难亦频送。

夙昔事探讨，微言少折衷。

赖此表章力，夜来慰清梦。

尽道蜀文翁，治行堪伯仲。

而我复何言，风月恣吟弄。

汪日炯：生卒年不详，字淑丹，号真庵，浙江衢州开化人。著有
《吉川文钞》《诗钞》等。

## 奇岩石磬

巍巍绝壁倚云间，娆袅藤萝未敢攀。
一磬高悬临万壑，孤峰挺秀映千山。
风来作响鸣林木，雨骤添音振佩环。
莫讶天台声隔岸，迹存人去路幽闲。

## 古庙金钟

森森古庙起何年，共与花村岁月绵。
喜雨但看苔色润，报晴更得铺声宣。
有时发响千农急，尽日念虚万象悬。
莫笑追蠡拘俗见，几经寒暑貌犹全。

## 前溪春涨

春来把酒独登楼，雨足郊原溪水悠。
种竹尚须傍薮泽，灌花何必决渠沟。
泉凌危石时平岩，日照轻波好泛鸥。
圣代应多高士卧，倦看花落逐东流。

吴一桢:生卒年不详,又名一祯,字志行,钱塘(今属浙江杭州)人。著有《筠轩诗存》。

## 草萍道中

路入溪山曲,迢迢一径偏。

断云依野树,怪石锁寒烟。

鸟影千林隔,猿声两岸连。

旅怀何处甚,风雨浙东船。

朱光照:生卒年不详,字寿湖,号湘亭,江西崇仁人。清嘉庆十三年(1808)进士。

## 玉山道中

篮舆晚出草萍关,夕照空林一鸟还。

今夜梦魂归未得,玉山回首隔常山。

曾朝漠：生卒年不详，号定阳洞口居士，浙江衢州常山人。邑庠生。

# 宋畈乡双溪口村风景诗四首

## 玉峰挹秀

青峰瑞气霭门庭，雾卷长江水不停。
确肖书案平座列，子孙应最读三经。

## 金谷生香

百亩田中水色清，花得金谷鸟鸣声。
渔翁樵子琴歌乐，好使农工勤力耕。

## 山石腾辉

两山排闼送青来，奇石峥嵘一鉴开。
好像画屏重叠叠，云霞气喷出琼台。

## 松竹交荫

老松古竹几千年，荫庇坟茔瓜瓞绵。
培得龙鳞同凤尾，英雄励志起群贤。

汪镜升：生卒年不详，浙江衢州常山宋畈人。

## 路亭上憩

山重水复锁飞云，疑抵瑶台王母垠。

忽遇路亭真雅整，暂留倦客涤尘氛。

回龙屈曲腾朝雾，飞凤倚斜噪夕曛。

询及此村谁姓氏，始知中甫子孙分。

赵翼（1727—1814）：字云崧（一作耘崧），号瓯北、裘萼，晚号三半老人，常州府阳湖县（今属江苏常州）人。清乾隆二十六年（1761）进士，官至贵西兵备道。著有《瓯北诗话》《瓯北集》。

## 常山道中①

古路依山辟，参差柳影疏。

川原分楚越，水陆绾舟车。

旅店房分鸽，担夫迹贯鱼。

近南时令早，三月已耕畲。

编者注：①载于《瓯北集》。

詹金策：生卒年、籍贯不详。

## 寻石崆山水源

石涧缘何泻，因来步崆山。

欲寻泉滴滴，试听水潺潺。

高浪悬松表，清流入寺间。

溯源今得索，参逗智仁关。

许文耀：生卒年不详，浙江衢州常山县城新街人。清光绪元年（1875）举人，署余姚县学训导。

## 上巳偕友登慕仙亭

慕仙亭畔快同游，高俯长江远接畴。

三日好邀朋共集，一年从此禊还修。

岩泉满勺螺痕泻，石榻悬崖雁印留。

羡煞右军多韵事，诸君应不让风流。

## 立夏前一日偕友游华严寺

东皇底事去迢迢，无计留春约伴邀。

古刹寻花扶碣断，山僧试茗汲泉招。

携锄订我迟分竹，匼圔怜伊剩尺蕉。

笑煞石崆山下路，卅年至此是今朝。

## 哭北乡鲁里徐君丽照姊丈

庭训有薪传，诗书苦勤读。

弱冠游簧宫，蜚声推名宿。

伯仲吹埙篪，友朋喜征逐。

高堂多色笑，时披老莱服。

潜心入岐黄，乡里起危瘵。

人似古之狂，春和复秋肃。

忆昔避桃源，相对坐茅屋。

风雨夜联床，分韵吟飞瀑。

不料去秋间，一酌不再复。

依依两不舍，送我东程麓。

发逆从西来，旌旗遍山谷。

大江何茫茫，奋身葬鱼腹。

搔首问苍穹，斯人何不禄？

春早杜鹃声，聊作招魂哭。

~~~~~~~~~~~~~~~~~~~~~~~~~~~~~~~~~~~~~~~~~~~~~~~~~~~~~~

詹英敏：生卒年、籍贯不详。

## 次书院许先生游石崆原韵

山外崆山山下陬，沿溪几度曲通幽。

僧因结客常悬榻，石为听经自点头。

活水池流泉并洁，苍虬松与竹交修。

一从才士题诗后，赤雨楼同黄鹤楼。

周恭先：生卒年不详，字平山，一字素芳，湖南新化人。清乾隆三十一年（1766）进士，官建水知县。

## 和吴兰柴过常山作

太行东下俯苍冥，正定城高压井陉。

万里河山归睥睨，百年烽火静郊坰。

远帆落照滹沱水，匹马秋风麦饭亭。

欲访居人寻旧事，酒帘垂处柳青青。

张景渠（？—1873）：字翼伯，江西上饶人。清道光十二年（1832）进士，入国史馆为编修。清咸丰年间，历任无锡、吴县知县，浙江署宁绍台道员。著《烬余诗草》。

## 草坪

侵晓篮舆稳过山，草坪中划界乡关。

沿途无限峰峦绕，行尽峰峦见市阛。

郑炎：生卒年不详，原名渠，字清源，号雪杖山人，秀水（今属浙江嘉兴）人。清诸生。著有《雪杖山人集》。

## 肩舆自常山抵玉山

沿山浙水通，巉岩淬生铁。

畏途盘皓带，云峦四围合。

担夫怒争道，矫若蚁斗穴。

水窠疥我足，蹒跚行彳亍。

静闻竹鸡语，滑滑行不得。

数钱买笋舆，竹夹双板阔。

白日翳阴云，泠然御风疾。

绕田树青枫，万绿暗阡陌。

四月齐插秧，古涧来汩汩。

烟火稠草萍，立石分楚越。

兀兀屏风关，青草蔓古辙。

下窥金鸡岭，俯身生战栗。

岫远翠眼明，沙圆水性急。

飞渡东津桥，残城吞海月。

孤鹤唳晴空，天山同一碧。

行吟陟岵章，一唱几太息。

黄昏下三板，独卧不成夕。

## 常山旅次闻笛

谁家幽怨入新篁，客枕酸声梦苦长。

四月梅花何处落，半堤杨柳此宵凉。

愁深直恐青山裂，韵冷遥怜玉指香。

一自李谟偷谱后，便随铃雨怨三郎。


## 衢州

三衢天堑险，巨浪触浮桥。

担米农归集，为炊女出樵。

青霞冷玉佩，红友暖诗瓢。

若共顽仙弈，能忘斧在腰。


谈印梅：生卒年不详，字缃卿，归安（今属浙江湖州）人。南河主簿孙亭昆之妻。著有《九疑仙馆诗词稿存》。


## 望江南·寄碧梧姊①

相辞去，佳节过常山。风雨正侵游子袂，杯盘强进客途餐。烟锁柳条寒。

编者注：①原有七首，今只录一首。

樊之祢：生卒年不详，浙江衢州常山招贤镇五里樊村人。

## 山居杂咏四首

### 夏日游钟秀禅院

萧寺临峰耸，来游古木苍。

人烟迷橘柚，幢影入池塘。

佛面千潭月，神威一剑霜。

炎天瞻礼罢，欲界顿清凉。

### 秋日过招贤古渡

侵晓履霜出，津边一叶浮。

丹黄分橘色，断续笑村讴。

小市鱼盐急，平沙鹰惊休。

山川来爽气，洗涤在三秋。

### 登白马山言志

白马何时到，群山塌地低。

笑经仙掌掴，故逐北风嘶。

寺古蜘蛛绣，山空鸟雀栖。

此间通帝坐，云路欲攀跻。

### 上峥嵘山吟诗

雄高据郡城，吴将昔屯兵。

万堞环疆险，群山入眼明。

树繁红叶乱，村远白云生。

借问归来后，谯楼鼓几更？

黄琯：生卒年、籍贯不详。

## 泉鸣幽涧

幽涧泉琮琤，入耳声不杂。

惟有斋时磬，穿林自相答。

张时风：生卒年、籍贯不详，清乾隆三十四年（1769），以学正录用。

## 秋夕寄怀恕轩

祖饯旗亭触热行，清宵怊怅岁时更。

征鸿呖呖添秋思，落木萧萧杂雨声。

两地别离今夕梦，一窗灯火旧吟情。

何时贳酒山楼上，指点江帆话旅程。

## 重九日寄怀苇田

爽节贫家有底忙，科头箕踞读书堂。

闭门转笑登山俗，对菊偏宜煮茗香。

荒径定无人送酒，高台知有客思乡。

今朝得免催租至，一榻吟成兴未央。

---

郑铉：生卒年、籍贯不详。

## 石姆岭

曲曲洼流缓缓行，两涯怪石动吾情。

景多琢句诗难就，山半斜阳又促程。

---

王锡黻：生卒年不详，字绣南，浙江衢州常山县里仁坊人，邑诸生。著有《历代崇正好异鉴》《历代尊行诋斥录》《井居随笔》等。

## 游紫竹山

不到精篮四十年，重寻幽境意翛然。

小桥宛委通山趾，石磴回环出树巅。

庭际古松还旧识，竹间好句又新镌。

远公为我弛持戒，醉唱深秋黄叶天。

# 石榴花①

一树石榴花，荣落何不一？

荣者多结子，落者不结实。

虽然不结实，人人皆爱惜。

爱惜复爱惜，落瓣红的的。

编者注：①此诗为其子王滋藩逝后，托梦而告之。

王滋藩：生卒年不详，浙江衢州常山人。邑廪生，受知学宪雷公。多病，年二十余而殁。著有《匏石碎稿》。

# 送秦明府荣迁

昆仑五色羽，栖我碧梧枝。

盛德苞辉光，文章灿陆离。

欣欣于飞鸟，饮啄恬其宜。

岂识仁灵恩，百族忘戏嬉。

阊阖振天风，鼓翼从此辞。

众雏失其庇，徊翔有余悲。

太平扬淳化，四国待羽仪。

惜哉藩篱鷃，崔巍不可追。

紫云击九千，寥廓系人思。

## 竹屿先生招饮次韵二首

### 其一

海内飘萧野鹤姿，十年拓落负明时。

云山忽下陈蕃榻，把酒弹棋况旧知。

### 其二

照眼庭前玉树新，青萍会见跃奇神。

他时杖履施行马，剥啄重来花下人。

樊树典：字殿敕，号惇斋，浙江衢州常山绣溪人，善诗词。

## 春日游龙山

我是旷然清幽客，每爱岩居多闲适。

一朝携手步龙山，歌笑浑忘道阻隔。

峰回涧曲石径通，云断谷深天宇辟。

上耸绝壁十丈高，突兀嵌空悬危石。

中间虹影板桥斜，罅漏涓涓千古碧。

偶依亭北亦爽然，云外疏钟心虑释。

忽然竹径一僧来，揖客款留梵天宅。

攀藤曲折上青霄，但见玉屏对几席。

鸟唤觞飞堪醉春，兴催诗就颇入格。

须臾归路何处寻，依稀斜阳西山夕。

袁士灏：生卒年不详，浙江衢州常山圆通寺前人。清光绪时恩贡生，就职教谕。

## 招贤晚眺（三首）

### 其一

澄澈空江万里天，渔翁打桨入秋烟。
捕鱼初罢腥风散，几个鸬鹚上钓船。

### 其二

枫叶茅庐晚饭香，荻花举火有新霜。
炊烟一带江村暮，无数归鸦趁夕阳。

### 其三

渡头杨柳碧如梳，叱犊人归尚荷锄。
隔岸阿谁呼正急，满江渔火上灯初。

## 西峰古刹

危峰耸翠逼晴空，一簇楼台拥梵宫。
曲涧恍从修禊引，憩亭聊为看花通。
池平水漾溶溶月，林静窗开面面风。
最是晚来无限好，乱峰都倚夕阳红。

## 宿汪家淤

荆扉双敞僻尘嚣，陡觉山林胜市朝。
绕舍梅花撑破屋，横溪枫树挡平桥。
鱼羹嫩煮瓜初熟，兽炭香煨芋半焦。
端的农家有真乐，更深灯火话良宵。

## 晚步塔山（四首）

### 其一

乘兴登临每日斜，楼台脚底灿云霞。
分明笑指洪冈畔，碧瓦红栏即是家。

### 其二

迟迟帆影贴云行，高坂低畴接壤平。
两分菜花三分麦，青黄相间一齐荣。

### 其三

回首城南起暝烟，晚鸦归树夕阳天。
通江桥外东明麓，一座危亭认慕仙。

### 其四

积翠浮空孤塔擎，四围山色黯春城。
徘徊未忍穿云去，月子纤纤钟一声。

## 木棉岭

木棉花里隐层岩，岩树簪抽石隙衔。

鸟道盘空通竹苇，猿声夹路荫松杉。

云浮亭影天如笠，雨逼岚痕翠上衫。

薄暮野庵清磬发，随风吹堕碧巉岩。


## 哭汪师台世钟公殉难①

阴风惨惨鼓音绝，万炮雷轰飞瓦屑。

黄巾扑城兵弁逃，只有儒官能死节。

死节由来青史褒，忠贞气薄云汉高。

堂堂公服坐不屈，睨视性命犹鸿毛。

欲战无权守无力，讵为拍刀心少恻。

誓将碧血填山邱，千古宫墙生颜色。

果然无愧镇贤关，骂贼不辍摧心肝。

剩得常山舌犹在，可怜温尉须如攒。

少妇亦知争大义，殉夫就刃同天地。

须臾身殒绿珠楼，阶草庭花都溅泪。

贼退寻尸委旷园，先轸面目疑生存。

孤儿隔绝呼天泣，海阔天空谁招魂？

忽闻飞舰来东浙，扶衬商量作归计。

含酸桃李哭吞声，遮道纷纷营奠祭。

忆昔春风被讲筵，而今毅魄化云烟。

令威已去音尘息，大节重昭日月悬。

他年祀典酬恩厚，两行俎豆三升酒。

圣门于此添一班，多士固应齐俯首。

作者注：①时公子在籍肄业，得公凶闻，号泣奔丧来常，哀毁尽礼，
扶枢还乡。诸生泣送，不胜悲悼。

## 春日偕吴君宝书徐君显周游龙山

昔时龙化神卫护，霹雳一声震云雾。

千崖万壑俱剖然，五丁凿破玻璃路。

中宽上窄小有天，依稀鳞甲犹蜿蜒。

棱棱烈岫攒锋剑，玉虹跨涧流清泉。

藤萝黏树依绝壁，嵚崟倒挂飞来石。

为问当年何处仙，葫芦深印苍苔迹。

行行且止休复休，复道纡回盘磴邱。

咿哑古木山鸟唤，如闻招我岩洞游。

我来洞口心觳觫，三步两步防滑足。

赖燃松炬入幽深，鱼贯伛偻忘局促。

须臾含笑出洞来，猱升前导后追陪。

记循旧径穿林麓，憩坐炉峰恣喧豗。

寺钟晚动声如哄，斜阳闪闪千峰送。

炊痕孤起香积厨，远公留客修斋供。

登寺黄昏蝙蝠飞，霜皮溜雨松十围。

仰见苍鼠窜人影，星月璀璨烟霏微。

夜深就卧倏惊旦，归途遥指菱湖岸。

老僧送我下山门，岚翠缤纷云烂漫。

徐瑞麟：生卒年不详，字廷瑞，浙江衢州常山里择人。

## 招贤古渡

垂垂绿柳隔清溪，古渡经行路不迷。

野店萧疏依水次，渔人信宿傍村西。

天涯帆影休轻过，树里莺声自在啼。

无恙东风人去后，一篷星月系长堤。

戴光曾：生卒年不详，字松门，号水松，又号谷原，浙江嘉兴人。清嘉庆甲子岁（1804）贡生，官至河工同知。工书善画，尤以画松著名，素爱藏书。

## 常山道中

燕雀忽无声，苍鹰下越城。

秋风见毛羽，落日万山横。

余思铨：生卒年不详，字衡选，号枚斋，浙江衢州人。清乾隆、嘉庆年间诸生。

## 叠石

此石何年叠，甚于累卵危。

飞仙如可作，移下赌围棋。

樊侟：生卒年不详，浙江衢州常山招贤镇樊村人。

## 夕阳樵唱

归樵竞唱北山前，日落争从小径穿。

巷有不谈王道士，相逢相笑各纷然。

## 萧寺梵音

巍焕金田踞小丘，萧林古木映寒流。

中宵万籁无声处，梵呗笙歌入耳幽。

## 古渡舟横

参差旅店傍清溪，白浪浑如万马嘶。

正欲前村寻逸事，小杭横渡漫提携。

## 平林烟绕

环村橘柚小溪阴，闲步平原作意吟。
落照西斜天欲暮，炊烟一带绕平林。

## 寒灯夜织

淅沥西风乍夜寒，阶前蟋蟀叫更阑。
可怜月暗灯光灺，犹自机声透玉栏。

## 疏漏晨吟

碧纱窗外透晨光，犹剩青灯照卷黄。
岂为区区温饱计，佐君先要试三场。

## 半岭云联

层峦都被白云笼，暧逮浑如接太空。
牧竖只愁迷曲径，宁知高士托其中。

## 一天霞断

落日西沉起晚霞，丽天绛色最光华。
遥空碎锦无人拾，收向丹青一卷纱。

**编者注**：以上为龙溪八景，摘自《博龙溪樊氏宗谱》。

陈谟：生卒年、籍贯不详。

## 金川书屋

幽居非远僻，小筑傍城西。

披竹云迷径，垂纶月满溪。

亭空山色古，花密鸟声低。

坐到忘机处，悠然世外栖。

## 常山晓发

清秋晓露湿征衣，月落山前曙色微。

曲径疏林人影乱，栖乌阵阵欲惊飞。

## 悠然亭

亭外松风漾碧波，泉流曲曲小桥过。

雨余水鸟闲来去，不碍山翁钓绿蓑。

张紫芝:生卒年不详,字鹭山,一字秀山,浙江杭州人。著有《律吕图说》。

## 同人游龙山并入观音洞

兹山洵幽邃,涧泉流涓涓。

仄磴遵绝壁,藤萝相纠牵。

秋高木叶落,行屐为迁延。

孤亭一错坐,洗涤尘心缠。

四山木樨发,香风祇树传。

探奇入古洞,如彼窅冥间。

森森石攒簇,跻躐松炬然。

仙鼠飞拍拍,嵌空若激穿。

钟乳流不竭,象物如神镌。

将非大小酉,别有壶中天。

安能挈胜区,一策秦王鞭。

## 和孔明府龙山十景韵(之一)

一溪绿折泻寒泉,翠壁丹崖万丈悬。

指拟上方何处是,钟声遥在白云边。

邵树基：生卒年不详，浙江衢州常山人。

## 游石崆山

路向青峦入，行行水一湾。

树阴森夏绿，花笑驻春颜。

有地皆栽竹，无窗不见山。

山僧能好客，伴我白云间。

姚玉霖：生卒年不详，字时若，浙江衢州常山大东门人。清郡廪生。淹博经史，工诗文，试辄高等，乡闱屡荐不售。

## 登西高峰

抠衣登绝顶，凭眺独徘徊。

天马从西至，翠屏向北开。

晨钟来古刹，晚角起城隈。

眼界真空阔，愧非作赋才。

许申琼：生卒年不详，字淇园，号竹涛，浙江嘉兴海宁人。清乾隆五十三年（1788）举人。

## 常山途次口占

舟行连日厌通津，一辆篮舆稳寄身。

江水尽头初得路，诗情浓处正逢春。

山田放犊催耕早，茅舍盘蜗问俗频。

倦眼莫愁花隔雾，喜沾微雨洗清尘。

詹文焕：生卒年不详，又名文启，字维韬，号石潭，西安县（今属浙江衢州）人。清雍正十年（1732）举人，官至工部主事。著有《四书合讲》。

## 卷勺山房①

投老谁教任作闲，桥东重构屋三间。

平冈峭石纹如绉，小涧寒流曲似环。

堂构依然王谢宅，宝田争说鹭鸶山。

何当落月劳清梦，烟水苍茫一叩关。

作者注：①寄题定阳邵氏卷勺山房，有怀主人并示方子岱浩。

方岱浩:生卒年不详,浙江衢州开化人。清乾隆二十七年(1762)举人,曾任兴宁县令。

## 与石潭同宿定阳卷勺山房

菱刺磨成芡实圆,草堂归筑小桥偏。

傍崖细剔如拳石,引水还分一勺泉。

烧烛检书朋友共,对床话雨弟兄联。

鹭鸶山下乌衣巷,凭眺西峰仰昔贤。

郑桂堂:生卒年不详,字琴浦,晚号蕉鹿主人,浙江衢州人。清道光甲辰岁(1844)恩贡。著有《琴浦隐书》,收于《隐林》和《百二十家谜语》。

## 定阳寓斋与张丈宴如应大二梅话旧即次其纪事原韵

君子长别离,既见心乎爱。

为诉频年游,奔驰各相背。

此乡逢荐饥,致慨民色菜。

吾曹乃欢聚,举杯自警痗。

欲补荒政书,拯救力未逮。

残梅送余寒,清影共酬对。

四山围孤城,云气春霭霭。

酒酣斫地歌,悲愤填五内。

谁怜爨桐焦,遑惜唾壶碎。

屠龙技终穷，画虎巧难绘。
犹荷皇天慈，栽培及愚昧。
千里饥驱来，推解得侪辈。
定阳有贤主，慰劳一而再。
张公我父执，松乔标胜概。
应予总角交，经畚勤笔末。
联章谱凯歌，关情到边塞。
大抒经济言，寄托更有在，
幸兹春雪肥，麦田藉沾溉。
移粟戢哀鸿，穷檐免称贷。
太平复祈年，秋社可报赛。
少陵广厦心，讽诵感且佩。
男儿读万卷，岂与物同块。
扬眉但识韩，乘兴聊访戴。
笑彼利名客，车尘哄市阓。
转怜昨泛舟，险滩风力代。
急浪喧中流，惊骇不可耐。
到岸酾酒贺，利涉了无碍。
安危争须臾，得失随进退。
今夕容高谈，平生识狂态。
民物各有思，裙屐堪结队。
来朝约胜游，山灵扫青黛。
试问溪边人，几村忙水碓。

周日簋：生卒年、籍贯不详。

## 挽傅邑侯

碧草凄凄映晚霞，淡烟冷落夕阳斜。

魂归隔断三春雨，泪滴催残四月花。

清白何人如太尉，安贫有子近西华。

可怜旅馆凄凉处，飒飒悲风隐素车。

王宠：生卒年不详，浙江衢州常山里仁坊人。

## 白云寺（二首）

### 其一

入山数里俗尘遥，樵路纵横现数条。

犬吠隔林知寺近，好从田畔度低桥。

### 其二

山湾零落白云封，野树丛中挺古松。

老衲当年颜已老，云光尚照旧高峰。

佚名:

# 题壁诗

妇,常山人也。当此白刃如霜、人人茅靡之际,而从容就义。出于妇人,虽寥寥数语,冲口而出,堪与日月争光矣。

## 其一

欲将脆骨抵狂澜,祸到全身死不难。
寸缕芳魂何所寄?一轮秋月照孤峦。

## 其二

拼命非无骨肉恩,妾身宁肯为污存?
谁怜薄命传家信,含泪难禁带刃吞。

## 其三

抬头犹见燕成窝,怨妾无家可奈何?
一死身轻谁为殡,好将白骨葬清波。

编者注:康熙甲寅,妇为贼所掳,将犯之,不屈死。题诗六首,仅存其三。

佚名：

## 常山旅邸壁间

南国伤谗缘薏苡，西园议价指蒲桃。

惟余白发存公道，近日豪家染鬓毛。

有约未归蚕结局，小轩空度牡丹春。

夜来拣尽鸳鸯茧，留织征衫寄远人。

汪彭龄：生卒年不详，浙江衢州常山芳村人。附贡生。

## 赵公岩

山石巉岏洞壑深，扶筇结伴此登临。

云翔似舞当时鹤，滴溜如听旧日琴。

百里遥峰形杂沓，千年古木气萧森。

空留往迹怀前哲，独立崇冈挂杖吟。

## 谒赵忠简公墓

石门山色何峥嵘，上有云气连佳城。

白云不散墓常在，樵童牧竖皆知名。

丞相缘何到此地？衅由南渡争和议。

栽竹烟霏独往亭，敲钟月落永年寺。

襫被萧然少过从，南荒一窆更难逢。

生前纵脱鲸波险，死后谁为马鬣封？

墓门镌石崇明代，岂徒庙祀高宗配。

石麟翁仲立斜阳，古木丛花遮翠黛。

身骑箕尾近千年，几人酹酒到山巅？

十载伤心游幕府，端明学士真拳拳。

状元雨实相公雨，两登上宰宁无补。

气壮山河何处寻？山上白云自今古。

王登贤：生卒年不详，字其秀，号慕庭，西安县（今属浙江衢州）人。

## 游保安寺

萧然古刹倚秋林，飒飒西风感客心。

鸦舅满山堪入画，龙孙行地未成吟。

醉余且枕刘伶瓮，睡起聊披宋玉襟。

策杖归来日已夕，一声孤雁过遥岑。

王琮：生卒年、籍贯不详。

## 赠詹廷初肇

百行孝为本，躬行有其人。

伟哉詹处士，孝心一何纯！

慈亲属暮景，二竖良为屯。

母病日已剧，子忧日未伸。

撼心望寥廓，矢心辞已陈。

刲股然臂香，只为骨肉亲。

儿痛既不惜，但愿康母身。

危病果平复，感格动神明。

报施谅不爽，福履绥有因。

酡颜介眉寿，逍遥任吾真。

忘情弃轩冕，素志甘隐沦。

卓然齿德尊，里闬谁能伦？

宜哉邑大夫，礼为饮乡宾。

养老见书翰，累牍墨花新。

装潢束牛腰，题咏皆荐绅。

续貂惭蹇劣，鱼目知混珍。

为君歌此曲，丕变风俗淳。

詹大纲：生卒年不详，浙江衢州常山人。

## 吊杨节妇徐氏

妇道贵节义，永为风化称。

投崖与断臂，一一遗佳名。

杨门有烈妇，志抱寒泉冰。

强寇触其庐，刃首良可惊。

危言夫已伤，即视生为轻。

勇烈自中发，入井同泉清。

香魂不沉溺，帅气升苍冥。

嗟彼庸妇人，颠沛惟涕零。

乞怜以求生，仅为儿女形。

君今见正气，耿耿日月星。

虽死犹不死，千古留芳声。

常俗亦已美，有君烈且贞。

纲常喜独负，允足为亲荣。

愿作国家祥，四海同升平。

愿作天下瑞，山岳钟其灵。

编者注：选自清康熙《衢州府志》。

德源：生卒年、籍贯不详，僧人。著有《北山草》，其诗始见于清雍正《常山县志》。

## 紫港野渡

野渡江波阔，轻桡早晚风。

人家深树里，城郭淡烟中。

白草迷秦月，青山绕汉宫。

前途知几许，回首夕阳红。

## 丰堤白雨

濑浅涛声急，滩长雨气寒。

山田祈实粟，老衲亦加餐。

县古农功重，年丰梵贝安。

金川名胜地，烟水自漫漫。

李鉴：生卒年不详，武林（今属浙江杭州）人。

## 钦教寺

天涯何处慰离愁，与客闲寻物外游。

几夕青霜初著树，满溪黄叶尽随流。

山中古寺僧劳落，堂下清斋我暂投。

不为云门曾有约，也应留恋上方幽。

## 净觉庵

行尽西溪水一湾，轩峰峰下有禅关。

白云静掩千竿竹，清磬时飘十笏山。

题壁那知游客雅，摩碑方信老僧闲。

后园一径还幽绝，踏遍苍苔未肯还。

宋俊：生卒年、籍贯不详。

## 挽徐蛰庵①

兀坐看浮云，一纸投遗状。

未识蛰庵名，仿佛见形像。

夙昔号清门，传经发遐想。

遁迹在岩阿，精神何倜傥？

行年八十四，浩气仍独往。

委蜕如化工，斯言诚不枉。

鸢鱼亦何为，莫泥诗句上。

真性无去一，天空秋月朗。

编者注：①徐蛰庵即徐洪瑝。

佚名:

## 游石崆华严寺

首夏风日嘉，晻暖淡初旭。

空烟散林端，浅水界城腹。

南郊路迤逦，幽景纷攒簇。

何年辟招提，绀宇峙山麓。

峭壁插阴崖，修篁杂丛木。

上有漱石亭，下有泉沐鹿。

水细流涓涓，岩悬一溪瀑。

野衲导我前，欣然具茗粥。

钟声摇远岑，梵音出古屋。

徘徊冲襟怡，潇洒尘虑伏。

缅维立涛公，布金志遗躅。

何当遂诛茅，石栖亦此卜。

邵丰：生卒年、籍贯不详。

## 颂邑侯胡观澜德政录（十之一）

襟拂风光草掩初，成群湿湿乐耕余。

还宜逸士耽清旷，好设蒲鞲读汉书。

项端：生卒年、籍贯不详。

## 登百灵峰

插汉高峰号百灵，巍巍俯祝万山青。

降神也合生申甫，好与王朝作翰屏。

姚炳乾：生卒年不详，常山县学廪生。

## 赠北泉寺僧

步向空山绝点尘，清闲自在悟缘因。

最怜风雨潇潇夜，一盏残灯伴此身。

## 同人招游北泉寺观牡丹

### 其一

为访名花得得来，同人载酒共追陪。

今年却喜花供赏，半正开时半未开。

### 其二

山斋曾借佛楼居，三十年前此读书。

今日重来花解语，也应怜我鬓毛疏。

邵志丰：生卒年、籍贯不详。

## 里樵歌有序

里择徐之洪，小字天寿，樵夫也。读书仅记姓名。时感
切于民生疾苦，先畴不盈十亩，岁歉谷贵，售其二。徒步走
阙下，欲上书平谷价，谒御史台，勉受其牒，温语令归。乙亥，
蝗患特甚，复鬻所剩田之半，进牍长吏，易米附官廥以平粜。
又亢旱，独登塔山神祠前，裸跪赤炎中，拜祷数日，背为之焦。
暮年方娶，竟以不聊生卒，妇挟婴儿改醮。

> 补天片石贻自古，误落人间作樵夫。
> 寸心矢愿何太奢？欲将万民疾苦身为补。
> 二亩硗田生事微，斥卖徒步来京畿。
> 谷为民天乞平价，贵人噢咻戒令归。
> 咄哉飞蝗肆然作，数亩复捐填大壑。
> 但求源源济民饥，遑恤我后谋生错。
> 长跪袒肤祷亢旸，炎歊裂脊心皇皇。
> 天能付汝胞与志，不能庇汝万民乐太康。
> 吁嗟乎，不获予辜寄悯恻，博济安能家户给？
> 元诗郑图得君三，直令圣贤扼腕佛愧泣。
> 磊落一生空诸有，身死婴孤随去妇。
> 状君生平桑梓傅，仁心佣骨析薪手。

吴云溪：生卒年不详，归安（今属浙江湖州）人，清乾隆间太学生汪彭彬妻。幼喜读书，通文翰，著有《宜兰诗草》。

## 定阳张宜人于闰九月归省
## 与姑姊妹宴园中即席偶作

前度归省睹玉容，天教闰月又相逢。

菊迎白露花争艳，枫染丹砂叶较浓。

疏雨入林香橘柚，夕阳临水印芙蓉。

闺中不作登高会，也向荒园倚晚松。

## 吊定阳张宜人节烈

香名更胜上凌烟，传遍深闺共可怜。

千古冰肌埋净土，一轮明月皎秋泉。

沈虹：生卒年不详，字卫梁，一字渭梁，号蓬庄，长洲（今属江苏苏州）人，清雍正举人。撰《蓬庄诗集》

## 亲兄弟

客行常山道，路逢徒旅群。

肩任以为业，雁序何纷纷。

人持木一竿，随行若瘤赘。

借问此何物？答云亲兄弟。

力尽赖以扶，身危得所倚。

兄弟苟不存，他人空自为。

闻言心恻然，顾乐伤其义。

人生骨肉天性亲，嗟哉何忍戕同气？

君不闻田家紫荆树，君不闻姜家大枕被。

嫌隙易开悔莫追，粟布之谣可流涕。

我成此曲寄世人，此曲人传莫轻弃。

莫轻弃，亲兄弟。

黄文：生卒年、籍贯不详。

## 战西峰

定阳城西挺高峰，老松苍翠皆尘封。

干戈骤拥如聚蜂，虎瞰狼视窥城中。

城中寂灭军令肃，箭垛分陈俱静伏。

须臾待得暮气深，拥出山头军一簇。

卷动绿旗云绕谷，手把藤牌弓近镞。

炮声响处鬼神惊，阵前风卷红巾速。

城里欢呼唱凯还，鲸鲵并就辕门戮。

峰前老人为我言，昨夜战场先鬼哭。

徐德彰：生卒年不详，浙江衢州常山县城塔山下人。

## 四贤阁怀古

但见龙岩势岿嶙，何处更寻四贤阁？

高栋想是傍龙飞，金碧辉煌亦共跃。

萧萧木叶堕空山，缕缕闲云绕洞壑。

流风自逮千年遥，对景何必增萧索。

地僻芳声遍九寰，秋高精气横碧落。

废兴成毁宁有常，胜似瑶璇巢燕雀。

携筇归步夕阳斜，回首神留天际鹤。

佚名：

## 暮春访棣皋紫竹山寺松下小饮

久欲共君聚，忽忽暮春天。

朝闻鸟声唤，催我入山巅。

山头古寺围松竹，主人读书春昼足。

山前鸟语不闻声，为我剥啄扣扉促。

知君静者趣偏长，嘲弄风月纷琳琅。

从君索得一把玩，但觉齿颊余芬芳。

君言久阔相思甚，宜踏山野共吟饮。

松阴拂石置壶樽，坐看落花飞如锦。

残花烂漫繄可嘉，肯以不饮辜韶华。

枝头好鸟复嘲嘛，却来伴我声咿呀。

鸟歌我吟吟且呼，对此兀兀倾百壶。

山居地僻罕客到，日与诗酒交欢娱。

嗟予驽骀岂足伍，狂吟那可惊风雨？

主人磊落真人豪，醉后轩轩笔飞舞。

君言欢会莫浪过，自愧谫劣无能何！

强从君命岂得已，思以菲句先瑶歌。

霞飞夕照寺钟催，抛樽欲起尚徘徊。

他时从游还可卜，更把君诗松下读。

---

詹培英：生卒年不详，浙江衢州常山人，清嘉庆末岁贡。

## 登百灵峰

蹇崿自古称灵峰，辉联奎璧开琳宫。

徐君生钟大峨秀，昆友颉颃遗芳踪①。

复阁烟沉坛罗域，光芒万丈腾高空②。

仰凭突兀辟灵宇③，南翔回雁参祝融。

作者注：①西岳殿祠宇宏敞，明彤弓山徐参议海、参政金陵偕
同人步庙谒神，有诗，今亡。
②庙寻毁，里人时见白马、白羊驰逐山坡，夜则火焰
腾空。
③庚午捐建。

曹秉钧：生卒年不详，字仲谋，号种梅，又号水云，浙江嘉兴人。清乾隆年间岁贡生，在山阴任教官。工画梅，书法仿苏轼，得跌宕之致，著有《水云老人诗钞》《种梅诗钞》。

## 赠常山何云津顾撰宁两学博

自昔论文友，何颙与顾欢。

喜君联讲舍，邀我对秋山。

道出羲皇上，人亲风月宽。

一灯同话旧，江上雁声寒。

赵熊诒：生卒年、籍贯不详。

## 送孔秋岩之任常山

新捧除书日月边，拊循百里正需贤。

家承北海饶经济，地接西江蔼诵弦。

竞巧茧丝宁政拙，纷来案牍费精研。

锋车看骋骅骝足，前指康庄快着鞭。

须洲：生卒年、籍贯不详。

## 送孔秋岩之任常山

同谱于今二十年，师门三渡接渊骞。

醇醪每饮周公瑾，经笥常开边孝先。

水落桐江清映骨，山分闽峤翠连天。

此中坐啸知何似，不看飞凫也道仙。

徐文驹（？—约1723）：字子文，号耿庵，鄞县（今属浙江宁波）人。清康熙四十八年（1709）进士。著有《燕行小草》《师经堂集》。

## 送孔秋岩之任常山二首

### 其一

日拥扶桑海上红，文昌新入浙河东。

天回太末山川好，路接西江岭峤通。

月落孤城闻谢豹，风清高阁看飞鸿。

登临到处挥银笔，黄绢题碑又蔡公。

### 其二

雁塔当年取次看，曲江曾许附鹓鸾。

青灯夜雨论心晚，白雪阳春和句难。

天地有情来抚字，东南何计去凋残？

文章盖世兼经济，仿佛长沙策治安。

- - - - - - - - - - - - - - - - - - - - - - - - - - - - -

徐京：生卒年不详，字西存，浙江衢州常山人。著有《艺菊简易》，附《菊名诗》一卷，计108首。

## 黄色二十八种

### 佩兰菊①

应共三闾佩楚江，而今香色两无双。
淡交如画还如水，更惬同心在北窗。

作者注：①改名。长阔瓣，花大，中突起兰蕊攒聚。

### 黄牡丹①

青帝何如白帝花，随身袍色不须加。
纵然老圃秋容淡，欧九而今说那家。

作者注：①古名。花大，起楼。

### 金绣球①

千瓣针神入赋情，堪教掷地试金声。
封姨为我催铃护，禁止花间蹋跼轻。

作者注：①古名。圆满厚大，无心。

### 金芍药①

藉甚声名近侍人，缤纷四月殿余春。

羡渠博得凌霜操，花后无花本色真。

作者注：①古名。厚大，无心。

## 金石榴①

来时较晚与霜缘②，试问春英孰及肩。

轻绿丛中金点点，红裙不妒更生怜。

作者注：①改名。厚大，无心。

②孔绍安咏石榴花诗：只为来时晚，花开不及春。

## 金台莲①

陶周相见共称奇，此种幽情耐思维。

叠叠风霜君子度，重重水月逸人姿。

作者注：①改名。莲瓣，花大，起楼。

## 陆地金莲①

不辨波仙与地仙，潘妃步步印苔钱。

一生只羡风霜蕴，千载何须水月缘。

作者注：①改名。莲瓣，厚大，无心。

## 金芙蓉①

使君岂作芙蓉主，瘦损文官揖曼卿。

应是仙花欣自对，拒霜依旧傲霜英。

作者注：①古名。厚大，无心。

## 萱菊[1]

多渠得寿学忘忧，历尽风霜更健道。

漫道佳人还采佩，假年我亦效其尤。

作者注：①改名。形、色均如萱草，最大，无心。

## 艮震莲[1]

花分仰覆色中央，瓣瓣看来易理长。

况乃小过贞且吉，濂溪思与话联床。

作者注：①改名。莲瓣，上下分开，厚大，无心。

## 金佛座[1]

七宝才人品物妍，逸民风度共翩翩。

庄严漫拟如来座，归院红灯照地仙。

作者注：①古名。莲瓣，厚大，无心。

## 金宝相[1]

色相庄严玉宇临，一篱圭月印禅心。

圃前遮莫西风动，自在悠扬丈六金。

作者注：①古名。圆满，厚大，起楼。

## 黄佛手[1]

幽人说法胜牟尼，消受风霜我辈师。

手是雷同之物耳，擎拳竖指忒矜奇。

作者注：①古名。半管长阔瓣，微卷俨若佛手，花大，无心。

## 剪秋罗①

罗衣不是九秋衫，宾主从穷一德咸。

贫也须知非病也，风霜惠好出尘凡。

作者注：①改名。瓣如剪碎，厚大，无心。

## 金指甲①

前生曾否守平原，爪透霜天正气存。

善世善身分仕隐，令人篱下忆忠魂。

作者注：①今名。瓣如指甲，花大，无心。

## 金管①

簪笔原宜注起居，篱间抱膝竟何如。

天知五美隐君子，宠德毛锥锡自书。

作者注：①改名。齐管瓣，厚大，无心。

## 金针①

巧擅针神属阿谁，鸳鸯绣出总堪师。

剪裁秋卉风华满，暗度与人人未知。

作者注：①古名。细长针瓣，厚大，无心。

## 金丝宝笄①

丝丝入扣费精神，谁称斯笄二八春。

犹忆谚云狮项事，解铃人是系铃人。

作者注：①改名。细管长瓣，俨若宝笄，花大，起楼。

## 黄罗伞①

隔是柴桑寄傲人，篱间喝道不谐因。

花王岂下征贤诏，入谷鸣驺起汝身。

作者注：①古名。外长管瓣，中突起细管，管口如桂花，最大。

## 金如意①

晋人风味尚清娱，篱下提携适俗无。

堪笑季伦骄蠢甚，浑将铁物碎珊瑚。

作者注：①今名。半管长卷瓣，花大，无心。

## 金塔①

题名逸士列重重，雁塔犹标许敬宗。

璨影依稀金管授，宠书姓氏尽潜踪。

作者注：①今名。半管长瓣，花大，起楼。

## 金锁甲①

一年花事似军行，披却戎衣殿众英。

几讶吴宫娘子队，西风阵里见师贞。

作者注：①今名。长管瓣，管口有对钩，中间突起细管，管口如桂，花大，无心。

## 黄鹤翎①

白云千载武昌城，羽化陶家故国轻。

洵是幽居三径好，霜皋一唱尽和鸣。

作者注：①古名。厚大，无心。

## 金孔雀①

几疑媒致幻霜篱，不但梳翎已午时②。

群美缤纷风动彩，俨然光怪斗离奇。

作者注：①古名。花厚大，无心。
②花谱数种名凤毛。

## 黄波斯①

渠不平鸣欲傲谁，曰骄青女及封姨。

河东铁案翻全力，扬尽卿卿八字眉。

作者注：①古名也，今名金狮，不若依古为佳。波斯产狮，古
名即是意，瓣婆娑下垂，花大，起楼。

## 金蟹①

青女何能锉汝锋，幻成鳞甲傲苍松。

非关直道花间少，怪底秦时浪受封。

作者注：①今名。外管瓣，管口有爪，中突起管，管口如桂，攒聚，
花大，无心。

## 金蟹爪①

无弦操度履霜琴，或者幽人写素心。

一曲蟹行声寂寂，陶潜去后少知音。

作者注：①今名。半管长瓣，瓣口有爪，厚大，无心。

## 金蜂房①

檄文篱下仰花神，小物能知第一伦。

叠叠装成金世界，联居采献一班臣。

作者注：①今名。大管瓣，管口玲珑，厚大，无心。

# 白色三十种

## 百花魁①

蕊榜抡元若个才，一头地出破秋开。

文章裁就贞先满，还起三冬领解梅。

作者注：①古名。管瓣，瓣口如梅，平头圆满，花最大。

## 玉牡丹①

荒径乔松共后凋，晚成富贵色无骄。

宦途省识浑如寄，天上浮云是白描。

作者注：①古名。见黄牡丹注。

## 白绣球①

雪白梅香蕴一团，却于九月绽枝端。

受风似引狮猊舞②，五柳先生作剧观。

作者注：①古名。见金绣毬注。
②花谱数种名狮.

## 玉盘盂①

七十余花两寺株，其间一朵拟盘盂。

婪春怎似婪秋盛，悉赛中州玉鼠姑。

作者注：①古名。花厚大，无心。

## 白芍药①

使君却米赋归辞，偕隐芜园慰所思。
千古山人衣是白，白衣宰相广陵枝。

作者注：①古名。见金芍药注。

## 白莲花①

君子花开君子花，庐山色相漫矜夸。
先生另结东篱社，衣白人来兴较赊。

作者注：①古名。见陆地金莲注。

## 白西番莲①

西来法相自然金，况毓三秋气味深。
最上一乘空是色，何须受采艳春阴。

作者注：①今名。长条莲瓣，花大，无心。

## 百合菊①

何妨美种作�粮，不止延龄第一香。
却米归来无巧妇，先生乃积好撑肠。

作者注：①改名。长阔瓣，层层包裹，厚大，无心。

## 三学士①

史载杨家学士三，逸才兼品出青蓝。
而今释褐弹冠去，燮理阴阳百职参。

作者注：①古名。花厚大，中起三四蕊。

## 绿衣郎君[1]

畴弹绿汁染衣裳，花榜应抡及第郎。

对品芙蓉霜下映，素娥开镜别行藏。

作者注：[1]今名。初开微绿包，厚大，无心。

## 梅雪妆[1]

调雪和梅试逸妆，诗人再莫费评章。

三分一段无输逊，香有白兮白有香。

作者注：[1]古名。管瓣，瓣口如梅雪，厚大，无心。

## 绿珠菊[1]

明珠一斛重前身，金谷楼头答季伦。

畴昔寿名今寿世，南山作颂颂佳人。

作者注：[1]改名。管瓣，瓣口明亮如珠，花大，起楼。

## 懒梳妆[1]

那有星霜菩萨蛮，乌云勤绾让红颜。

视余惟懒才相称，好列蓬头仙子班。

作者注：[1]今名。长细瓣，微卷下垂，厚大，无心。

## 四面佛[1]

是仙是佛是从穷，双管难描色是空。

香爇旃檀拈几瓣，尊前面面插篱东。

作者注：[1]今名。四面圆满有蕊，厚大，无心。

## 寿星眉①

十二图中老健身，庞眉潇洒更仙真。

从来不策朱门杖，只伴羲皇以上人。

作者注：①改名。外针瓣，中突起筒瓣，筒口如梅，厚大，无心。

## 万卷书①

尽是人间未有书，北窗终日带经锄。

牙签万轴花神掌，馋杀山房众蠹鱼。

作者注：①古名。长卷瓣，厚大，无心。

## 玉指甲①

天然玉笋自纤纤，那许残红上指尖。

袖卷寒篱饶逸兴，尽教青女夜霜严。

作者注：①今名。见金指甲注。

## 白玉楼①

簇簇玲珑软玉堆，花神结构费疑猜。

依稀天上琼楼现，赚得人间赋手来。

作者注：①今名。层层起楼。

## 玉连环①

畴将圆物试嘉宾，甲坼枝端碎化神。

云是宠妃花叛甚，壶中曾有举锤人。

作者注：①古名。半管卷瓣交互，厚大，无心。

## 玉玲珑[①]

瓣瓣玲珑几载镌，将毋一叶宋人然。

凡工不及神工巧，屈指秋光九十天。

作者注：①古名。半管瓣，管口玲珑，厚大，无心。

## 银针[①]

不绣鸳鸯不绣花，青囊国手擅陶家。

漫将甘谷同象顶，却病清于解渴茶。

作者注：①古名。见金针注。

## 白凤毛[①]

寄傲羲皇逸品高，悠然一枕卧霜皋。

著书不在子云下，篱侧于今有凤毛。

作者注：①改名。半管长阔瓣，厚大，无心。

## 白鹤翎[①]

皓皓仙禽下玉楼，修翎梳处更风流。

凌空飞舞如迎客，作对孤山处士俦。

作者注：①古名。见黄鹤翎注。

## 白鹦鹉[①]

经翻贝叶悟潜藏，素影依然不改妆。

莫辨枝端谁解语，白衣还讶羽仪香。

作者注：①今名。长阔瓣，厚大，无心。

## 雁来宾①

书罢长空揖弟昆，序宾序主款柴门。

满篱秋色笺裁锦，大块文章假爪痕。

作者注：①改名。长阔瓣，厚大，无心。

## 鹅毛菊①

晋人著作独陶文，书法超凡是右军。

双璧合来希世品，花神著意养鹅群。

作者注：①古名。半管长阔瓣，厚大，无心。

## 鹭丝毛①

雪花六出隐春锄，飞寄霜丛亦子虚。

凡骨脱来仙骨瘦，偃丝莫慨食无鱼。

作者注：①改名。长管瓣，管口另抽片瓣，厚大，无心。

## 白波斯①

佳人胆落吼河东，无臭无声迥不同。

借问仙花能乃尔，答云色相我皆空。

作者注：①古名也，今名玉狮。见黄波斯注。

## 羊裘菊①

从来石隐是仙流，鹤氅王恭逊一筹。

谁似披身安且燠，富春曾记子陵裘。

作者注：①改名。长卷瓣，下垂，厚大，无心。

## 白蜂房①

莲贪结实秀房英，渠为谁来计玉成。

是室是粮凭聚族，顷教白屋出公卿。

作者注：①今名。见金蜂房注。

# 红色十八种

## 千叶桃①

径下何人恨未销，绛丹轻换艳天天。

知渠只傍名流帽，那助唐妃鬓上娇。

作者注：①今名。长阔瓣，厚大，无心。

## 武陵桃①

柴门虽设日常关，无路桃源即此间。

洞口径前花一色，渔人何事觅湾湾。

作者注：①今名。半管瓣，厚大，无心。

## 红绣球①

仙子云停处士扉，绣成葩彩映秋晖。

少焉队队裙莲动，蝴蝶满园历乱飞。

作者注：①古名。见金绣球注。

## 红芍药①

婪尾三春真也幻，翻阶九月是还非。

千盘玛瑙凌青女，一网珊瑚映白衣。

作者注：①古名。见金芍药注。

## 红莲花①

观止东篱名士多，先生莲幕可如何。

南齐宰相夸清丽，只个嘉宾泛绿波。

作者注：①古名。见陆地金莲注。

## 千叶莲①

见说当年太液池，宠妃正是色骄时。

风流天子开篱宴，解语雌黄信口谁。

作者注：①今名。莲瓣，厚大，平头，无心。

## 锦心莲

文光万丈吐霜天，醉月飞觞赋几篇。

千古逸才皆锦绣，肯教白也独称仙。

作者注：①古名。外莲瓣，中起筒瓣，筒口如锦，厚大，无心。

## 红西番莲①

簇簇瞿昙色相天，花中隐士释中仙。

从今指点西来意，傲得风霜即是禅。

作者注：①今名。见白西番莲注。

## 九品莲①

名并西天物外参，嫣然色相赛瞿昙。

涅槃于我归轮转，每度风霜出径三。

作者注：①改名。莲瓣，层层上叠，厚大，无心。

## 红松针①

径下松针好作钗，丝丝色染绛霜开。

翻风千叠桃花浪，谁羡秦封作栋材。

作者注：①今名。针瓣，花大，无心。

## 醉八仙①

酒能养性说仙家，幻戏枝端饮兴赊。

主醉欲眠宾不去，朝朝那管夕阳斜。

作者注：①改名。花厚大，中起七八蕊。

## 虞美人①

此是闺中铁汉子，垓前眷眷返魂耳。

霜凝馥郁露凝颜，两度春秋长不死。

作者注：①古名。外大瓣四五层，中起筒瓣，瓣口如桂，厚大，
无心。

## 醉杨妃①

千古红颜出醉乡，瘦妆几见逊肥妆。

两姨如解朝酣酒，也倩人扶睡海棠。

作者注：①古名。半管长瓣，厚大，无心。

## 火炼金丹①

炼霜根柢劲高秋，未必花神取柞樀。

指示丹成须九转，个中作合细推求。

作者注：①古名。红色长阔瓣，花大，以有心见称。

## 丹凤毛①

先生潜德载秋郊，五美增辉现九苞。

得所北窗真乐土，羲皇共侣永营巢。

作者注：①今名。见白凤毛注。

## 红波斯①

分明瘦损傲霜姿，忽现红妆拟挟雌。

我见仙英犹欲怕，畴能不作有情痴。

作者注：①古名也，今名红狮毛，不若古名为佳，见黄波斯注。

## 红蜂房①

瓣瓣玲珑染绛霜，朱楹丹槛列成行。

莫嫌开国规模小，一朵红云捧玉皇。

作者注：①今名。见金蜂房注。

## 大红袍①

衣黄衣白自年年，近赐绯衣九月天。

虽未姓名通仕籍，客卿恰好位篱仙。

作者注：①古名。色深红，厚大，无心。

# 褪红色九种

## 华山桃①

不由种核说华株，今见寒篱信彼殊。

九月浪翻二月浪，肯教枫叶檀红于。

作者注：①改名。长阔瓣，厚大，无心。

## 玉楼春①

白帝犹怜太瘦生，晚妆国色对春城。

若教百卉今相见，有不甘心奉盛名。

作者注：①古名。见黄牡丹注。

## 剪春罗①

使君乐道汝安贫，恰好罗衫称葛巾。

衣白倘来同漉酒，韵于对月影三人。

作者注：①改名。见剪秋罗注。

## 海棠春①

露结霜凝彼此情，吹求好事作何评。

称誉不借无诗重，色相宁教有恨轻。

作者注：①古名。色娇，花大，无心。

## 美人莲①

不见幽姿见净姿，采莲仙子入丛时。

杨家解语应三舍，浪说文君亦未宜。

作者注：①改名。莲瓣，层层包裹，厚大，虽有心包藏在内，
色最娇。

## 出水芙蓉①

莲说曾评隐逸班，令人宛在溯幽间。

来年思欲逢君子，知是花开几月间。

作者注：①改名。浅粉色莲瓣，微带水波，花厚大，虽有心无妨，
每开立蒂。

## 粉光莲①

陆地英开水国英，晚香一美也同情。

非关貌似称君子，妖冶昌宗浪得名。

作者注：①今名。见陆地金莲注。

## 粉西施①

不知秋思在谁家，惹说东溪效若耶。

千古冶容畴逸韵，颦眉人见亦惊嗟。

作者注：①古名。色娇，半管瓣，厚大，无心。

## 粉波斯菊①

娇态婆娑亦类狮，佳人放胆待威仪。

世间尽有河东种，底不如花一样宜。

作者注：①古名也，今名粉狮毛。见黄波斯注。

# 紫色十种

## 紫牡丹①

世人谁解爱清癯，衣紫凉天认鼠姑。

千古荣华看晚节，魏家国色傲霜无。

作者注：①古名。半管长瓣，花大，起楼。

## 紫玫瑰①

清和月里说离娘，历夏经秋嫁菊庄。

抑亦花神犹爱女，而今国族聚重阳。

作者注：①今名。长阔瓣，花大。

## 紫荷花①

节届重阳始见登，俨如丹转紫光腾。

无端径下荷风动，丽草仙人竞上乘。

作者注：①古名。见陆地金莲注。

## 紫鸡冠①

似谈似斗似栖埘，还似催花莫背时。

纵使畦前饶逸品②，几曾独立在霜篱。

作者注：①古名。半管长瓣，花大，起楼。
②菊名鹤翎有数种。

## 梦笔生花①

千古文人笔一枝，问渠乃梦受何时。

寸心花采霜毫苗，扫却争春无限姿。

作者注：①改名。细尖管瓣，中突细筒，筒口如锦，花大，无心。

## 紫龙爪①

函关佳气拟仙踪，爪露端倪欲化龙。

风雨满城应有意，扶枝碧叶象云从。

作者注：①今名。屈曲管瓣，管口有四五爪，花虽中大，奇种也。

## 紫鹤翎①

乘轩讵少紫衣颁，想像仙仪不等闲。

最恨军谣轻薄甚，秦兵胆落八公山。

作者注：①古名。见黄鹤翎注。

## 交颈鸳鸯①

霜下针神另样工，崔家吟咏让篱东。

文章册册罗文体，尽在双栖结想中。

作者注：①改名。长卷瓣交互，厚大，无心。

## 双飞燕①

宾雁来时归未归，一年一度恋柴扉。

于今几个陶明府，有底人家带伴飞。

作者注：①古名。每花中起二蕊，外瓣斜转如飞燕之翅。

## 紫灵芝①

窗外西风朱露结，篱前皓月紫云停。

还如古体天然帖，拓就将疏汝性灵。

作者注：①改名。半管卷瓣盘旋，厚大，无心。

# 间色十三种

## 水仙菊①

仙子遥临捧五经，柴门又至白衣醵。

先生从此多沉醉，柳外残阳兴未停。

作者注：①古名，又名金盏银台。外大瓣纯黄色，中管瓣纯白色，厚大，无心。

## 金带围①

姓氏何曾列缙绅，酿成佳兆为谁春。

知君一德腰金器，兼善从来独善人。

作者注：①古名。半管瓣，底层红色，中层黄色，顶层粉红色，花大，起楼，奇种也。

## 樱桃菊①

霜篱寄傲作花仙，谁咏枝辞动乐天。

艳艳唇脂犹似昔，纤腰何处觅婵娟。

作者注：①改名。管瓣，外粉色，管口内深紫色，厚大，无心。

## 暗章莲①

剪芰裁荷索解稀，恶其文著是耶非。

枝枝表里分浓淡，不忘风人赋䌹衣。

作者注：①今名。莲瓣，瓣外粉色，瓣内红色，花大，无心。

## 檀色莲[1]

㫃檀寸寸慰芳缇，古貌还谁解品题。

知己区区陶处士，迩来仅博一濂溪。

作者注：[1]今名。见陆地金莲注。

## 二姚菊[1]

二美同居各气高，自他秋意两陶陶。

江东姊妹分归好，除是娥皇锡衮褒。

作者注：[1]改名。半粉半黄分开，较二乔菊远甚，细管瓣，瓣口剪碎，厚大，无心。

## 月华菊[1]

彩云护月朗澄空，想像仙姿镜碧丛。

群美翩翩相掩映，簪联佩接广寒宫。

作者注：[1]改名。外瓣粉红色，中瓣白色，厚大，无心。

## 紫绶金章[1]

腰金衣紫信翩翩，应是花间重隐贤。

三径任荒无一蝶，北山文怎到篱前。

作者注：[1]古名。长阔瓣，每瓣有黄绿线，厚大，无心。

## 旧朝衣[1]

三秋会适授衣时，未必章身亦固辞。

心契敝裘齐矮相，卅年俭德耐人思。

作者注：[1]古名。长管瓣，厚大，无心。

## 高丽锦①

青女文心锦绣夸，篱头朵朵织奇葩。

东夷贡使如相见，自喜彰身竟是花。

作者注：①改名。长阔瓣，红黄间杂，厚大，无心。

## 僧衣褐①

庐山未见汝传灯，品压菩提树几层。

三笑虎溪应驻锡，启予不耻句无僧。

作者注：①古名。管瓣，厚大，无心。

## 锦荔支①

径岭何曾谱牒通，美兼三五受苍穹。

檎榴博得难兄弟，不逐飞尘驿骑中。

作者注：①古名。红黄间杂，圆满厚大。

## 锦蝴蝶①

梦里蹁跹绕径前，香魂栩栩宿花仙。

幻情若遇诗人赏，定赋风流三百篇。

作者注：①古名。外长阔瓣，中管瓣，管口如锦，厚大，无心。

高冈：生卒年不详，浙江衢州常山县城东淤人。任太平县学训导，前由左爵相克复杭湖案内，保奏知县。

# 咸丰乙卯三月粤寇窜常之球川邑侯李莲塘衣冠端坐矢志殉难后贼由间道逸去危城获安因纪其事

## 其一

誓扫欃枪气万千，雄才直压李青莲。

狼烽彻夜西江逼，蛇阵盘空北郭连。

但使赤眉归烬断，拚将碧血洒荒烟。

崇祠他日应虚待，一瓣心香接四贤。

## 其二

春寒幕府夜沉沉，羽檄争传寇已深。

半篋衣冠忙自摄，一灯风雨苦相侵。

孤城安堵环周垒，静夜虚堂护宓琴。

曙色朦胧回首处，阶前玉树伴森森。

夏苏：生卒年、籍贯不详。

## 邵子祠

河洛间气钟，绝代真儒起。

精心述周孔，奥抉先天旨。

大宗袭庖牺，一气实祖祢。
商瞿且就祧，余悉享尝止。
田何十二篇，衰微亦支庶。
何况焦与京，螟蛉祝其似。
渊乎皇极篇，万古发蒙翳。
私淑如程朱，皆足称苗裔。
矧其子姓贤，起敬式闾里。
再传至建炎，扈跸始南徙。
临安几流离，常山奉庙祀。
灰劫复百年，谁欤剪棘枳。
廿五世嫡孙，八十一衰齿。
龙钟老广文，清泪滴如水。
曰仰惟祖考，尚鉴予小子。
守先人敝庐，际圣代文治。
苟祀典复光，自风雨足庇。
惟三衢世家，有曲阜孔氏。
惟让德可风，为先圣嫡嗣。
击柝与之闻，楷模应更迩。
勖哉两儒宗，相望高山峙。

徐廷栋：生卒年不详，字枚士，号鸿泉，浙江嘉兴人。清雍正七年（1729）拔贡，官广东知县。著有《晚香堂诗》二十六卷。

## 三衢道中

漱水纹如织，沿洄逆上难。

沙鸥矜野逸，松鹤避清寒。

茅屋依枫橘，江船聚石滩。

旧游谁复在，孤月冷相看。

社塘氏：生卒年、籍贯不详。其所著《傥溪八景》原载傥溪《魏氏宗谱》

## 傥溪八景

### 黄冈景仰

一山高万谷，矗立北联西。

发脉从峰顶，钟灵尽傥溪。

四贤蕴藻馥，三宦胆肝齐。

莫说违和议，亡臣身分低。

### 旧址兴怀

殷宦当年府，犹存此日基。

门无阀阅旧，坊有薜萝垂。

许国殊周至，谋孙何弃遗。
堪钦贤柱石，荒草满丹墀。

## 合港环村

傍水有人家，参差夹两浪。
溯流分北西，欣赏皆廉让。
古木绕村烟，茅庵落野圹。
江天一目收，风景无穷偿。

## 石虹锁翠

深山硙礧石，营就窟成三。
枕麓关屏嶂，横波吸远岚。
波光人跨马，桥畔月沉潭。
若借云霓看，凡夫未许探。

## 金川渔笛

放艇乘佳兴，持竿值霁初。
纶宽随急浪，笛响恐惊鱼。
短曲宫商叶，扁舟行止徐。
桃源凝有路，渔者益欣如。

## 斑领樵歌

领幽葱木盛，斤斧往还迎。
薪以无忧采，吟因忘倦成。
山空音岩扬，兴发担松轻。
自是陶唐世，衢歌乐太平。

## 书屋闻钟

萧斋傍古刹，门对其青山。

钟有因时响，功无问鬓斑。

欲售寒士志，莫学老僧闲。

仆仆身名事，都来梦觉关。

## 西峰拱秀

峰高影卧洲，未许众山俦。

秀色从南毓，华光向北浮，

青空月挂树，寒逼雾吞楼。

恐为纶巾碍，宁云步斗牛。

魏守经：生卒年不详，字亦权，号一泉，山西人。清道光十二年（1832）举人。著有《悔不读斋吟稿》。

## 白龙洞

石洞穿山根，地脉钟神秀。

入洞数丈余，灵渊泻寒溜。

探奇必鼓勇，彻底思穷究。

忽惊巨石立，秋雨蒙蒙逗。

探首更向前，如两矢夹脰。

顿觉凉侵肌，盲风生石窦。

深沉不见底，阴森暗白昼。

回踪寻绀宇，依山成结构。

俯临水满溪，仰看云出岫。

卧听松涛声，萧萧和猿狖。

郑光璐：生卒年不详，字绅玉，号兰坡，西安县（今属浙江衢州）人，郑光瑛弟。清乾隆年间岁贡，候选训导，著有《慎修堂稿》，采入《两浙輶轩续录》。

## 晚过定阳溪

断云片片逐归鸿，独立船头酒正中。

柔橹一声新月上，秋光无数蓼花红。

汪致高：生卒年不详，字泰峰，号亦园，清乾隆时西安县（今属浙江衢州）人，考授州同。著有《亦园诗稿》。

## 定阳溪返棹

### 其一

半肩行李懒囊书，小醉篷窗午睡余。

何声一声惊梦觉，钓船呼客买鲈鱼。

## 其二

三五茅檐也是村，夕阳鸡犬隐篱根。

白沙渡口青青竹，林外人归半掩门。

## 其三

远树微茫接暮烟，依稀渔火映江天。

谁家一笛梅花曲，风满清江月满船。

## 题五叔定阳园亭

安乐于今别有窝，考槃还赋硕人薖。

汉阴抱瓮机忘尽，濠上观鱼兴转多。

吟处花香飞笔砚，醉时月影挂松萝。

竹林少日蒙青眼，怅望云山奈远何。

许灿（1833—1897）：字衡紫，一字恒之，号晦堂，浙江嘉兴人。诸生。著有《梅里诗辑》《晦堂诗钞》等。

## 草萍

山行始辨色，出郭迷遥村。

清霜澹茅屋，残星光在门。

盘空荡寒气，迎面来朝暾。

蛇行抱冈曲，忽若赴壑奔。

远怀彡溪古，近睇玉斗尊。

仙踪渺何在，暮暮风沙昏。

荦确石径仄，漆林郁以繁。

严关设险地，废弃秋树根。

野水落孤鹭，空嵌号饥猨。

草萍日卓午，尘颊添酒痕。

行矣青竹兜，寂寞伤吟魂。

## 常山

出门忽千里，弥旬挂江席。

方舟大于车，坐卧抵安宅。

常山船交会，争上困迫窄。

势遏奔涛回，汗漫昧所适。

急篙拄溪沙，回舵避滩石。

巨纟亘挽不前，进寸还乃尺。

未老筋力疲，江湖溷踪迹。

仰羡南征鸿，冥冥振霜翮。

---

詹嗣曾：生卒年不详，字鲁侪，浙江衢州人，詹熙之父。清同治十二年（1873）拔贡。著有《扫云仙馆诗钞》。

## 游保安禅院

精舍西山里，频年客到稀。

潭龙知梵韵，岩虎伏禅机。

泉响穿僧榻，云痕上佛衣。

大千无乐土，合掌愿皈依。

---

王玮：生卒年、籍贯不详，清代常山知县。

## 三柏垂阴

祠中森列三珠柏，群羡家声问乔木。

历尽风霜与艰辛，神常宁静形常肃。

## 双樟列翠

古木村边合，森森护石桥。

岂无三柏节，须辨七年条。

汉郡曾为号，宋王羡不雕。

耐看枝叶茂，知是报清朝。

## 东坞春云

晓来开户望春山，变化无端瞬息间。

燕子翻空人元岫，黄鹂唱彻景云闲。

## 西郊秋色

红色周原景色赊，山人送客上公车。

饯行惜别无长物，且喜枝头有雪花。

编者注：以上四景诗源自《王氏宗谱》。

郑庆云：生卒年不详，字汉章，浙江衢州常山人。

## 三柏垂阴

先贤手植三珠柏，合抱成阴长翠碧。

两行鼎立喜干霄，取义同槐恒不易。

编者注：此诗源自《王氏宗谱》。

王之纪：生卒年不详，号星斋，浙江衢州常山上源人。

## 三柏垂阴（百韵）

古柏何年植，蟠根问数奇。

毵繁元巳日，瓣裂杪商时。

尘外高操见，庭中旧爱遗。

炉峰吾欲写，阆苑孰能移。

每合双樟盖，还遮两水湄。

曳梢和欸乃，疏干傲凄其。

直出华林瑞，应呈太出奇。

平泉因宛转，德裕迎纯熙。

鼎峙长存性，霙摧肯易姿。

夸温鸾凤庇，笑宴梧桐坠。

海峤生灵石，龙须护古祠。

父兄严揖拜，子弟仰威仪。

但觉润膏降，忽惊孝泪垂。

坊前多荫蔼，砌畔列参差。

敢拟南台景，偏加北位支。

端严常伴棂，绮靡自辉楣。

屋角重重隐，廊腰曲曲迤。

栖鸟娱耳听，作栋待肩仔。

葆素无终极，完真竟若斯。

六陵流韵远，七泽漫淹迟。

职以苍官任，威将魑像欺。

馥芬融麝腹，翁郁屈虬枝。

计续分名号，容颜已整治。

俨然新甫出，奚啻冀邦宜。

莫向康干置，且教上刹滋。

督邮详应对，丞相避倾危。

耐雪娱张湛，经霜羡恺之。

崔嵬蒸嫩日，偃蹇濯轻霏。

宜父曾传术，飘蓬尚未衰。

参天皆黛色，拔地尽霜皮。

耸秀宗功显，全贞世教维。

遇穷犹点缀，临变竟安绥。

羃绵堪除蚊，铜柯竞走螭。

有风鸣野鹊，愿尔逐茅鸱。

众木欣攸附，群雏获所资。

俭才俱面赏，绛志只心知。

玩阅参军画，研寻内史诗。

香闻珠子盛，精聚玉衡司。

李子先防盗，田公后得师。

惨舒从并运，阖辟亦兼施。

俗众羞陈尸，老鳞必绝埤。

童童情宛尔，寂寂夜何其。

寺内疏钟间，枕边短笛吹。

露霭添蔆蓻，风扫渐躩跜。

丑坐聆萧飒，寅阶配肃只。

寒通凉月出，气接密云披。

漏滴增恂痛，屯营引宪疑。

丸丸凌□□，凛凛入厬屩。

雾宿形笼桷，轮斜影绕楮。

汉廷薰馥郁，孔庙泽沦涟。

挂剑非无意，泛舟定属谁。

魂销桑氏铁，门憩穆王旗。

大谷留佳境，小乘讫远陲。

杈枒撑上下，寻尺辨高卑。

要绍迷清樾，环句暗达逵。

后凋欣屹屹，受命永猗猗。

每引管城兔，还京飞节芝。

东坡怜雅致，西指忘归期。

世久愈钟美，岁寒共鉴兹。

洛阳须记取，子美有余悲。

可是沙门感，何须武后推。

冥冥延万丈，望望等三峗。

瀫水留踪迹，方翁沐惠慈。

孤山愁陁陊，蜀士赠歌词。

腻滑从流液，纹明洽透肌。

山涛从怵惕，猗顿抱吁嚱。

桂郡其文肚，荆州厥贡惟。

栽培材有用，剽削质无亏。

休吊寇莱种，徒令郑赣噫。

汝南邻桧坐，庐墓杂松槲。

京辅光常照，乾陵价不赀。

依稀形似郝，仿佛色成帷。

不藉三槐著，应夸一姓私。

峥嵘连槮柭，磊砢附檐榱。

荫茂封山赭，龄长比泽龟。

垣墉怅与倚，轮奂宛相随。

太后彰灵兆，樊衡系梦思。

阴阳参造化，梗概类高丽。

落落扬龙体，亭亭被灶壝。

长安欣窈窕，窦武虑枯萎。

匡直超梅岭，纵横伴竹篱。

既从名掬汁，还可疗屙饥。

翠茂多坚致，青葱斗陆离。

藏精呈劲节，挺正植良规。

文帝车才去，羁陵鹤正怡。

色苍望峻崶，条软度委蛇。

易止鸿儒步，难容蘮蕍莝萑。

春深敷□鞈，夏烈布葳蕤。

昔卧甄琛墓，今珍泰岱脂。

黄肠凝白雨，绿艳蔽丹曦。

五品原非贵，九朝犹可追。

庙堂常葆守，宫殿实优为。

櫼蠹超荣阀，蒙茸映绣榸。

飞翚争就食，结实足含饴。

彩耀于山色，麻征归厚禧。

神明凭眷顾，故老力扶持。

细琐开仁寿，根深树福基。

既严乔梓体，还施茑萝丝。

岁岁逢正朔，振振颂介眉。

椒花从并献，叶泛旅酬卮。

**编者注**：以上源自《王氏宗谱》。

王金元（健庵）：

## 三柏垂阴

三柏何年种，庭前列两行。

荫垂同武庙，鼎峙仿槐堂。

势自凌霄起，柯仍拔地长。

神灵常呵护，万载共芬芳。

## 双樟列翠

家声何处问，乔木羡双樟。

列翠临江渚，含英夹道旁。

望中常郁郁，行处自苍苍。

未茂根深后，涵濡帝泽长。

## 东坞春云

烟柳藏东坞，春云四望深。

轮囷非有意，叆叇本无心。

蠢起笼朝旭，高撑达古今。

一犁耕不尽，顷刻沛甘霖。

## 西郊秋色

秋日西郊外，闲情一望时。

落霞常上下，孤鹜乍差池。
天净闪光透，潭清月色移。
眼前心境阔，余韵动凄其。

## 五峰蜿蜒

绕户岚光近，五峰拥翠时。
原言艮而至，谁觉体之奇。
常有龙蛇势，宁无云雾随。
蜿蜒含至意，作案本相宜。

## 两水潆洄

四山呈秀丽，两水复幽间。
朗照秦扄启，潆洄玉带环。
方圆依地矩，旋绕作天关。
自有伊人在，溯洄数往还。

## 古坑石桥

人烟村落里，古道隔前溪。
澄水如明镜，高桥胜紫霓。
青年堪奋志，耄士乐扶藜。
鼋鼍何年驾，皓皓尽堪跻。

## 福林晚钟

入耳钟声彻，余音始福林。

唤回名利客，觉破是非心。

补衲云光在，谈经月色侵。

村烟俱漠漠，犹自动栖禽。

---

王秉智（觉亭）：

## 三柏垂阴

树人树木等关心，手植都瞻遗爱深。

岁旦衣冠罗拜处，三珠翠柏一庭阴。

## 双樟列翠

欣欣密叶与交柯，静荫石桥倒映波。

早晚笼烟障一面，人家占住绿阴多。

## 东坞春云

村东春态间，亭亭云一坞。

坞邃笼云低，山巅立樵夫。

## 西郊秋色

何处看秋色，西郊飞早霜。

千珠乌桕树，红光澹夕阳。

## 两水潆洄

十里源探北，左溪又出东。

虽云异星宿，却喜看会同。

气盛交流处，和回合抱中。

村墟涵半极，直欲接鸿蒙。

## 古坑石桥

桥傍贤良祠首横，阑干小坐缅家声。

巷中秉不谢家伍，过客休误朱雀名。

## 福林晚钟

一声钟韵到乡村，鸟倦云归欲返浑。

檀越不缘人省未，敲残百八月黄昏。

## 天池山

### 其一

半亩何年凿，天池此日临。

乐群连步上，一览豁胸襟。

## 其二

不觉高山绝顶，生成数亩天池。

龙门片石双峙，缭绕群峰益奇。

王秉节（圣湖）：

# 三柏垂阴

参天古柏仰前谟，得识个中深意无。

要与槐堂孚品望，沿阶手种也三株。

# 双樟列翠

郁翳樟含翠，双撑傍古津。

枝分南北向，气得地天钧。

名命汉时郡，休征此日春。

若非深岁月，错认豫为邻。

# 东坞春云

暧靆闲云意，逢晴上觉难。

因风轻漾白，捧日浅含丹。

野阔成峰少，天空出岫宽。

方今调玉烛，莫作望霖看。

## 西郊秋色

云罗仰面看，红练俯首顾。

俯仰尽秋色，秋兴动谁处。

幽赏不在远，村原秋已深。

禾熟田皆旷，叶秃树减阴。

四郊多视此，近西更惬心。

长坂下斜阳，清光一带临。

## 五峰蜿蜒

闻道五岳真名山，秀削屈盘本天早。

久称宇内之大观，此外卑卑尽压倒。

下里僻处山陬居，开轩面山山容老。

陋兹崔嵬安足论，中有五峰特美好。

一峰屹立镇当中，左右四峰互回抱。

连嶂幽峻又蜿蜒，隐隐横隔清空昊。

重阳时节试登临，何必别去寻海岛。

## 两水潆洄

别有临门曲涧幽，长溪绕郭两分流。

问谁诗句堪题赠，为诵唐人白鹭洲。

## 古坑石桥

界断横溪跨石梁，盘空磴下水洋洋。

夹流浪涌添春涨，双盖枝高纳夏凉。

冬夜寒封三尺雪，秋晨冷印两行霜。

小桥可许夸名胜，曾邀词人赋短章。

## 福林晚钟

向晚适村口，沿溪过钓矶。

栖鸟引雏还，牧人趋犊归。

暮炊寺烟孤，澹锁下山晖。

和风送清响，遥从天际飞。

钟鸣谷声应，噌吰彻四围。

吹去浮云端，悠扬渐觉稀。

讲坛罢夕课，饭斋静掩扉。

返寂悬簨虡，虚空即禅机。

王道行（达泉）：

## 三柏垂阴

庭柏种何代，鼎峙耸千寻。

岂伊地气暖，自有岁寒心。

饮和多年所，培养功亦深。

本固枝叶茂，未许栖凡禽。
取义周三槐，援古可证今。

## 双樟列翠

金风萧瑟露为霜，秋尽四郊草木黄。
剧羡后凋惟古柏，欣看列翠有青樟。
□□阴阴护村口，涧水周流宅前后。
野鸟常从水底眠，游鱼宛向枝头走。
闻道楚地此树多，汉时命郡意若何。
今日既少豫为友，不必深辨定无讹。
错节盘根岁月古，屡沐造化风和雨。
两两对峙石梁边，堪作中流双砥柱。

## 东坞春云

春云处处同，最爱在村东。
有象临长坂，无心布太空。
翼张收细雨，鳞动逐微风。
从识天孙巧，卷舒一望中。

## 西郊秋色

晚来乘兴步西畴，夜色苍凉满目秋。
孤鹜飞随霞上下，长天碧共水清幽。
萧疏柏子凝烟树，淡白芦花荡蓼洲。

何必登高舒远眺，骚人深致自悠悠。

## 五峰蜿蜒

众山一览尽卑卑，矗立数峰独见奇。
体势蜿蜒谁可拟，思惟五岳最相宜。

## 两水濴洄

北流原指逝，东水复横穿。
欲识村深处，濴洄万丈烟。

## 古坑石桥

涧水奚容楫，由来聚石为。
不愁溪远隔，最是月初宜。
印屐非无自，题桥定属谁。
敢云深得意，差足动诗思。

## 福林晚钟

峰回路转入山深，古寺依稀隐茂林。
修竹疏影烟若锁，清钟声彻日将沉。
惟看野鸟从兹返，欲访禅关何处寻。
响逐晚风虽渐远，漏音欣复继余音。

王道行（春艘）：

## 三柏垂阴

珠树孰称三，系情千岁柏。
休云故国非，拜手怀先泽。

## 天池山

阶犹不可升，怎上天池上。
池水碧千寻，龙门归一望。

王立基（塾址）：

## 三柏垂阴

翠柏阴阴列砌前，参天鼎峙植何年。
均沾雨露思宗德，本固还欣奕叶绵。

## 天池山

崭岸天池水浅深，闲来展步快登临。
苍松片石留仙景，一鉴宏开碧万寻。

王进（丹墀）：

# 三柏垂阴

庭载古柏势参天，垂爱清阴漠漠连。
取义三槐殊郑重，绿教鼎峙万斯年。

# 上华山

高峰突起锁烟霞，上华山深树半遮。
几座禅关藏竹坞，晨钟暮鼓彻人家。

# 天池山

郡北高山独擅奇，冈头谁辟一深池。
半潭活水无乾溢，伫看潜龙变化时。

王鸿图（献墀）：

# 上华山

## 其一

同游上华访禅关，补衲高僧意自闲。
涧底泉源流活泼，岩边竹影列回环。

一帘落日归牛坞，半榻寒烟锁马山。
唱晚樵歌声四起，欣看皓月照松间。

## 其二

烟峦一带接云霞，上华名山景色奢。
竹影参差围法界，钟声嘹喨觉僧家。
杳无俗虑侵禅榻，时有南音驻客车。
妙悟其中清净处，为看罗汉笑拈花。

## 两溪合抱

溪分东北界双行，直下横穿抱故乡。
昼夜交流曾不息，凭临悟得道无方。

王开礼（学亭）：

## 三柏垂阴

阶前翠柏结成阴，末茂还知本亦深。
愿与三槐同宿望，栽培莫负古人心。

## 上华山

上华岚光面面开，马山牛坞共徘徊。

问谁月下闲敲句，为访禅关特地来。

## 两溪合抱

山溪旋绕各悠悠，北出东渐两不侔。
虽未同源和共派，潆洄合抱向南流。

## 天池山

绝涧任奔驰，浅深不自知。
苍松和片石，倒影入天池。
天池孰与齐，可作群山祖。
独立自岩岩，诸峰相傍辅。
我来此山中，气象益增雄。
豁达开明镜，柯城一览通。
日暮鸟催还，樵歌声载路。
龙门一带游，怎比其间趣。

王道谦（牧居）：

## 双樟列翠

自种双樟数百年，又来挺秀在长川。
同藏此地新晴雨，共锁空山旧烧烟。

少豫原知非匹耦，高楠始觉两为缘。
七春度尽千秋古，大木还留奕世传。

## 古坑石桥

鲸梁巧制几何年，世远时遥迹尚传。
两水夹来虹始现，半溪倒映月方圆。
临冬恍似寻梅地，举步常怀题柱贤。
幸有双樟桥外护，令人每欲赋新篇。

## 福林晚钟

日落西南忽几重，闲听古寺晚敲钟。
声宏直达长川地，响彻遥传天柱峰。
诵罢梵经山色暗，供余蒲馔野云封。
梦中方觉宜深省，到此应寻物外踪。

王道昌（熙亭）：

## 双樟列翠

一双古木抱村前，色近香楠品近梗。
公懋入朝知晚节，庭筠作记诵新篇。
今藏归厚邻三柏，昔别钓鸟待七年。

白日幽深鱼跋浪，悠悠影泛石桥边。

## 西郊秋色

野色秋来曙后明，天高气爽傍山行。

千岩有树皆衰老，万壑无波不净清。

怨起当年悲宋玉，愁深此日忆张衡。

乌衣巷口鸡鸣月，下里溪光白露横。

## 两水潆洄①

村前两水各潺湲，朱雀桥边共一源。

有日争流波浪溢，谢琨韵语定评论。

编者注：①此诗另一谱记载为郑大壮所作《两溪合抱》，王道昌
另有《两溪合抱》，见后。

## 福林晚钟

蒲牢哮吼化尘埃，吞吐水风震若雷。

有雉忽鸣当永夕，何僧乘兴著奇才。

院中三饭鲸鬐动，云外一声月色开。

听罢禅关终不见，五峰排闼送青来。

## 两溪合抱

也有天池活水来，中分两派各胚胎。

村前合抱知源远，但愿清流不染埃。

## 天池山

自古天设险，羊肠从东道。
我今仰止切，谁识此山好。
左盼群峰乱，右盼城堞皞。
穷乡布衣士，彳亍曾蹑堡。
步巅一鉴开，池非人力造。
卓哉两片石，倒影波浩浩。
水活龙变化，膏泽沾百草。
绝顶辟渊源，潴外砠磊抱。
云深复水深，崮圬常飞鸽。
昔川寓高贤，登览立功早。
名与山并峙，何必长寿考。
枳棘焉能塞，迁就呼大老。
有问宝藏者，惟善以为宝。

## 上华山

寂寂自禅关，幽深白日闲。
才看东石笋，又渡北流湾。
步觉钟声彻，归从佛地还。
一僧年已老，慎守福林山。

王秉仁（静轩）：

# 古坑石桥

一水西流汇碧潭，通行累石跨村南。

高掀鼍背云烟住，深锁蛟宫且宝含。

杜牧行来声也寂，相如过此笔难酣。

有人修禊摩桥柱，拟勒熙朝日月三。

# 福林晚钟

不尽悠然韵，来声自福林。

僧无烟火气，钟有梵禅心。

送日归长坂，随风透远岑。

倾听天欲晚，四望暮云深。

王大受（槐谷）：

# 东坞春云

晴烟漠漠雨蒙蒙，杳霭春云度碧空。

满坞由来耕不尽，任他舒卷在西东。

## 古坑石桥

石桥一渡向西流，经历不知凡几秋。

行旅无歌匏叶句，往来莫赋褰裳尤。

月明树下春怀胜，风静阑干夜兴幽。

何用别寻方外去，人间亦自有仙游。

王槚（树圃）：

## 东坞春云

霭霭春云独往还，排空锦色翠阁间。

江东暮宿千岩秀，野鹤松涛意自闲。

## 古坑石桥

古磴回村口，人烟隔小溪。

石阑凭笔点，圯柱把诗题。

掩映双流合，依稀半月低。

纳凉清暑候，顷刻日沉西。

## 福林晚钟

幽幽福林寺，杳杳钟声远。

欲访此禅关，夕阳逝不返。

王楫（巨川）：

## 两水潆洄

青山隐隐水悠悠，更爱村前屈曲流。

两派夹来明镜似，闲时作钓喜垂钩。

## 古坑石桥

石磴抱村渡，村前色色秋。

烟深方百口，月白映双流。

巷接乌衣曲，情添濠濮幽。

泥人成小坐，闲思入轻鸥。

杨焯（月峰）：

## 鲤鱼滩双松

### 其一

何必徂徕羡若松，无须安邑溯遐踪。

非缘远自青州产，好似遥从秦纪封。

云影双双流大地，涛声汹汹撼危峰。

千寻翠色冲霄汉，除却三槐称二龙。

## 其二

两松特立鲤鱼滩，可见苍髯耐岁寒。
并峙若标尊祖德，双栽均见老龙蟠。
蒙烟鼎足呑天地，淤水川流绕涧磻。
从此与槐征厚泽，堪偕古柏集仪鸾。

蓝科兴（适亭）：

# 次和前题原韵

## 其一

岁寒三友首为松，冢上何年寄远踪。
落落乾坤留古干，巍巍像貌待荣封。
云开彩翠流清涧，月出明珠挂碧峰。
永宅双撑殊废宅，从知顾祖有回龙。

## 其二

寿域宏开切近滩，鲤鱼风起入松寒。
南山掩应虬枝动，北海归来鹤翅蟠。
二老林中髯似戟，千年石上坐若磻。
据庐人卧休征梦，十八公公对舞鸾。

江学礼（莲池）：

## 次和前题原韵

### 其一

自昔先贤手植松，至今原上有双踪。
与梅并竹成为友，拔地参天不受封。
影动常临清涧水，枝摇适拂远山峰。
年年庇荫王君墓，漫道云中未有龙。

### 其二

蒙淤峰下鲤鱼滩，远映双松耐岁寒。
偃盖重遮看鹤舞，苍髯夭矫拟龙蟠。
风吹浪动金鳞跃，水漱涛翻翠石磻。
傍有嗣孙居室在，应知此上久栖鸾。

王绍维（德恭）：

## 吊古柏十韵

忆昔参天高百尺，周回数四崔嵬立。
虬枝屈曲影阑腰，蓊郁萋蘙寒威逼。
垂阴三柏拟三槐，贤良祠内著忠直。
子孙瞻拜肃衣冠，万丈云鳞纹理密。

奈何戊午遭兵燹，一付祝融何嗟及。

桠杈枝干俱为灰，根梢身材烦收拾。

嗣将古木庀成材，鸠工百计兴工急。

柱栋楣梁咸取资，奠安宗祖先寝室。

寝室成兮及大堂，挽回造化赖人力。

规模遵就旧范围，大小高低如程式。

## 贺新柏

### 其一

道贯古今继往来，超凡入圣赞参才。

前贤裕后非无德，拔地参天自昔胎。

### 其二

相将稚柏及时栽，护惜多方拟棘槐。

屈指而今才十载，发荣滋秀逾檐垓。

### 其三

浓阴一片印苍苔，青翠数珠薄草莱。

雨露恩深衍德泽，岁寒耐久任风摧。

### 其四

天遣神灵眷顾来，嫩枝耸翠色如孩。

继高增长凌云势，预储他年廊庙材。

## 贺新桂

### 其一

一轮明月挂堂阶，阵阵奇香扑鼻来。
疑是嫦娥脂粉蕴，谁知金粟已胚胎。

### 其二

曾向蟾宫攀折来，谁将移植在檐垓。
及时玩赏成三饮，明月相邀羯鼓摧。

### 其三

详观物理占三槐，世德庆衍桂蕊开。
伫看宗祊英杰出，蝉联甲第不须猜。

### 其四

浓阴叶绿似婴孩，雨露滋荣特达材。
郭璞当年曾揲扐，贤良世世定抡魁。

王济舟（行似轩）：

## 吊古柏

### 其一

古柏参天佛性真，龙姿现出伏龙鳞。

祖先培植后凋质，遭有祝融具祸因。

## 其二

追异先贤肇肯堂，庭栽三柏壮庭光。
却遭四匪蹒吾境，竟擅神祠概毁伤。

## 贺新柏

### 其一

庭栽四柏著宗亲，黛色焕然一番新。
劲节挺生刚白卉，嫩枝毓秀冠群茵。
横柯蓊郁曾沾雨，侧叶森罗不染尘。
树土攸宜殷社立，功深种植继前人。

### 其二

归来坐久仰庭前，四柏挺生插两边。
冉冉清阴遮澹月，纤黔薄雾锁寒烟。
霜皮溜雨和松秀，黛色干霄斗草鲜。
自愧堂躬才袜线，聊歌俚句附华笺。

## 贺新桂

### 其一

丹桂花开香满庭，有人熏得醉初醒。
枝头玉粒连枝秀，叶底珠英带叶青。

## 其二

最爱庭前两桂芳，风吹花萼散天香。

玉樨满树千枝嫩，金粟成林万点黄。

## 两溪合抱

瞻彼村前两小溪，源分东北晓烟迷。

清沦绿水双洄抱，共往南流河汉低。

## 天池山

### 其一

数亩天池一鉴开，山光云影共徘徊。

问渠那得清如许，谓有生成活水来。

### 其二

仰彼高山景物奇，群峰倒影入天池。

水平浪动微风起，映带崇卑不舍时。

### 其三

为有天池在远峰，生成地脉伏潜龙。

泉声渺渺咽高石，水影差差映怪松。

王焕章（弼臣）：

## 贺新柏

庭前新柏最鲜妍，垂爱清黛月影穿。
昔与三槐同取义，曾知一姓世称贤。
根深自有凌霄势，叶密偏宜渥露鲜。
岁久寒威成劲节，参天拔地万斯年。

## 贺新桂

阶前丹桂映华堂，美质笼烟色自苍。
馥郁薰来心欲醉，芬芳扑处鼻先藏。
层层玉粒三秋贮，点点金珠万斛香。
直与广寒同皎洁，趁时玩赏饮琼浆。

王道心（梦庚）：

## 贺新桂

庭前桂树著三槐，叶密清阴不染埃。
粟瑟金英飘馥馥，芬芳玉粒斗颜开。
葱茏朴茂华堂□，拔地参天宇宙该。
翘首静观皆自得，游优玩赏任徘徊。

## 两溪合抱

村前两水歌源头，派别东西各自谋。
合抱潆洄分左右，汪洋不息向南流。

---

王作霖（用汝）：

## 吊古柏诗十韵

忆昔庭前柏，先贤手自栽。
欲将形比柳，惟取义同槐。
节劲千年秀，根深百世恢。
梗楠堪共选，樗栎早相陪。
砌畔松涛切，沿阶桂魄催。
几经霜并雪，常友竹与梅。
练历风霜久，犹逢刀火灾。
宗工勤朴斫，哲匠任徘徊。
作栋留殷社，雕梁拥汉台。
依稀欣有托，可望冠群材。

## 贺新柏诗十韵

雅爱庭前柏，根基托土深。
枝枝均挺秀，干干悉萧森。
恰似寒烟锁，犹如晓日阴。

荣沾甘露润，劲历肃霜侵。

仁望苍龙化，常来紫凤临。

鉴今还鉴古，宜古更宜今。

节阅春秋久，岁承雨雪钦。

未同松茂老，岂共棘林深。

作栋他年许，撑天不汝禁。

栽培须厚力，莫负古人心。

郑大壮（阁底）：

## 两溪合抱①

村前两水各潺湲，朱雀桥边共一源。

有日争流波浪溢，谢琨韵语定评论。

编者注：①此诗，前谱为王道昌《两水潆洄》，然王道昌另有《两溪合抱》。

程立源（晋余）：

## 两溪合抱

北流南直下，东涧向西缠。

一色秋光好，双溪上下连。

赵学诗（汪家淤）：

## 两溪合抱

溪分南北隔山头，村口桥边合抱幽。

两道殊源同一派，涓涓不舍往南流。

汪开珍：生卒年不详，浙江衢州常山芳村人。

## 天池山

山巅有大塘，阔十余亩许。塘外之景，左跨群峰，右望柯城，昭然寓目。塘内之水，水久旱不干，久雨不溢。对面有二片石，高十余丈。旧《县志》云："天池山，在王氏屋后，明初刘基到此。"

数顷池开绝顶冈，遥知有派自天潢。

儿孙罗列珠峰小，云水平铺一鉴光。

柯郡万家归指顾，轩山八面失低昂。

此种定有潜龙在，雷雨欣逢岂久藏。

詹大晋（浮川）：

## 天池山

陟彼高山上，天池一览平。

非关人力凿，自有水泉生。

远瞩柯城小，闲听鸟语清。

当前双片石，拱立亦峥嵘。

王道坦（问槎）：

## 天池山

### 其一

突兀高山远接天，群峰矗矗傍相连。

劈分巨岫归无极，特耸中尊压郡前。

### 其二

凉风肃肃水漫漫，水辟深池涌碧澜。

定有鲸鲲搏石窟，鹏飞伫上五云端。

### 其三

无限江城一望收，蜂峦雁路好追求。

虬松已老龙鳞活，更爱岩边怪石幽。

## 上华山

松篁积荫两交加，萧寺深藏一径斜。

健羡名山多屈曲，为怜宝刹最清华。

兰栽别墅僧常静，云宿禅林福自遐。

晨喜钟声鸣白入，听余日影上窗纱。

王开莹（虚堂）：

## 天池山

郡北高峰起雾烟，攀援直上景无边。

双眸望尽柯城堞，一水传无涸溢年。

郁郁古松蟠翠髻，岩岩奇石插青天。

归来坐久心神旷，搦管吟诗写彩笺。

王梦良（新定）：

## 上华山

禅关曲曲境成幽，骚客频临兴自遒。

最爱马山并坞口，尤忻鸡石竦河洲。

晨钟响彻丛林唤，暮鼓声通磴道流。

篆额不辞涂鸦笔，狂思还效续貂酬。

张济森（濛淤）：

## 两溪合抱

村落中区水两流，溪分左右不相谋。
濛洄合抱冲和气，料想伊人宛在不。

## 上华山

上华由来景物稠，宏开寺院豁双眸。
更有马山回谷口，分明紧锁一瀛洲。

郑梅（象湖）：

## 上华山

峰回路转入山林，上华清余一磬音。
修竹绕烟姿叠锁，古杉笼日色斜侵。
萤飞篆顶参经味，虎笑溪边悟道心。
曾否身超尘世外，禅关藏处白云深。

金玉式：生卒年不详，字苣圃，阳湖（今属江苏常州）人，活动于明末清初。长于文赋，著有《朝搴集》。

## 由衢州陆路至常山

岂为无舟怅水居，愁听滩恶坐肩舆。

山凹薄日烘微翠，树杪浓云抹太虚。

小立邮亭评橘柚，闲投村店饱葵蔬。

此行正刈瑯琊稻，记取衢州八月初。

## 过草坪驿用前韵

松筠篱落羡山居，何事担簦窜小舆。

峰肖列眉秋朗润，人同行脚老空虚。

重经熟路忙穿屐，更枉新炊细剪蔬。

稠叠烟林程一半，屏风关入信州初。

祁曜徵：生卒年不详，字既朗，山阴（今属浙江绍兴）人，祁彪佳从孙。有《卧士集》，已佚。清初《柳亭诗话》录其《自常山至玉山道中书景》诗十四首。

## 自常山至玉山道中书景

### 其一

篱落翠微间，溪山白云里。

春晓逐东风，踏花行数里。

## 其二

空山旷无人，花开复花堕。
白日溪流寒，照我桥上坐。

## 其三

独树看落花，空山听啼鸠。
何时向此中，夜弄松间月。

## 其四

萧萧丛竹深，沿溪几家住。
日暮起墟烟，苍茫影高树。

陈韶：生卒年不详，字九仪，号花南，一作华南，青浦（今属上海）人，主要活动于清嘉庆、道光年间，历任台州、嘉兴、绍兴同知。工诗画，后居西湖梅庄，与华秋槎、鲍廷博诸子结诗会，所写山水，亦有诗人清韵，著有《花南诗集》《梅庄小志》。

## 三衢夜雨

孤城细雨夜停车，山势峥嵘石径斜。
草色已荒殷浩宅，诗书犹识圣人家。
空岩人去柯偏烂，古洞龙归桔自花。
姑蔑从来形胜地，重关南去是仙霞。

张九钧：生卒年不详，字陶万，号甄斋，湖南湘潭人。清雍正癸丑（1733）进士，历官浙江温州、处州道。著有《甄斋诗集》。

## 抵定阳将舍舟登陆为赋长句

背床晓起拂征衫，作别钱江十幅帆。

何处看棋消永日，几时采药荷长镵。

川原已喜多新咏，风俗还能悉大凡。

独怪舆人太催促，未遑一至读书岩①。

编者注：①赵清献公读书岩在常山。

## 定阳旅舍即事

百载升平岁月舒，山城烽靖庆安居。

鸡声膈膊日方午，天气炎燠伏正初。

何用白衣频送酒，为耽青嶂暂停车。

文襄①功业昭今古，搔首临风思有余。

编者注：①谓邺园先生。

顾英：生卒年不详，字若宪，江南长洲（今属江苏苏州）人。少慧，吐辞惊长者，年十九嫁常山知县张之顼为室。平日喜读诗书，时称"女学士"，著有《挹翠阁诗钞》。

# 初夏送夫子北上

杜鹃唤春归，和风吹芳芷。

何堪对斯景，把酒送吾子。

分手即天涯，惜此须臾晷。

别绪如茧丝，柔情似潭水。

离怀寄孤鸿，相思托双鲤。

征途勉加餐，努力拾青紫。

上慰高堂亲，下酬贤伯氏。

君行既雅醇，君才复俊美。

但保金石心，豪门勿投趾。

桃李易凋残，松柏岂朝萎。

行矣勿悲嗟，风云自此始。

编者注：此诗出自《清诗别裁集》。

黄道悫：生卒年不详，字敬之，号藏山，湖南宁乡人。清乾隆九年（1744）举人，官福建永春同知。能诗善画，著有《南六堂诗草》。

## 由常山过玉山晷短行迟未六十里已入夕矣

今日方辞越，凌晨宿雾侵。

黄飞崖叶瘦，黑入磴盘深。

路远马无力，愁多云欲沉。

行行何处息，倦听暮猿吟。

周宣猷：生卒年不详，字辰远，号雪舫，湖南长沙人。清雍正十一年（1733）进士，选浙江桐庐知县，调海盐，迁盐运使分司，官至浙江盐运判官，终年六十三岁。著有《柯椽集》《雪舫诗钞》等。

## 从常山至玉山舆中即事五十韵

水势日东流，山形缅四蠢。

天险昔王开，行役余怀触。

大末古城阴，陂陀起平陆。

蜿蜒出修蛇，窈窕届荒服。

三浙局橐键，八闽蔽奥隩。

一径亘江广，千岩联楚蜀。

舳舻不到处，牵挽飞隼速。

百货竞麇至，万夫纷蚁属。

我来值初冬，诘旦戒厮仆。

笋舆计便安，无劳策筇竹。

老大筋力衰，凭兹胜炙毂。

垂帷避夕雾，卷幔迎晨旭。

墟舍散仍聚，炊烟断且续。

小憩得草坪，欹斜几橡屋。

瓦盆野蔬鲜，酒旆村酤熟。

鼹鼠快饮河，一饱时已足。

行行寒乌啼，树树哀猿逐。

橘看霜后颊，茶忆春前绿。

确田列纵横，疲农劳碌碡。

亦足给饔餐，差堪返淳朴。

重关倏屹立，百雉谁兴筑①？

危石扼咽喉，群峰锁腰腹。

王路久荡平，戍垒空悬箙。

闻昨沴蓼区，妖鸟滋狂衄。

潢池已解散，渠魁未即戮。

大吏识机宜，要隘严稽督。

谅彼狐兔群，畴能工窜伏？

抚时生慷慨，望古益惭恧。

惟昔烂柯人，仙枰阅几局。

啖枣得长年，采药思辟谷。

亦有龙丘苌，违荣甘抱璞。

至今行路者，犹解指芳躅。

我生蓬矢志，廿载辞圭窦。

傲骨摧奸顽，铄金遭夸谮。

频年牛马走，万里无停轴。

鸡肋讵足惜，鹅顶已成秃。

以兹浩然去，行笈兼程促。

寒风刮面来，凛凛肌生粟。

黄昏微雨霏，泥滑难彳亍。

遥望市肆门，如投乡井宿。

得穷一日力，哀然见怀玉。

炉峰与彭蠡，次第入遐瞩。

前途罔愆期，旦晚抵家塾。

虽无金在橐，尚有书盈簏。

白发盼游踪，荆钗冷银烛。

誓将谋二顷，陇上鞭乌犊。

优游可卒岁，知止庶免辱。

远游不如归，斯言当三复。

作者注：①中有会关，上设城垛。

---

王炳照（1743—1798）：字青甫，号南村，别号青萝山人，山西阳城人。多次应试不中，遂潜心于诗歌创作与禅学，虽家境贫寒，却不对权贵摧眉折腰。有《介雅堂诗钞》传世。

## 雨中宿福成驿

小雨常山道，秋槐古驿前。

湿云低贴水，平野远粘天。

禾黍生香细，茅茨入画妍。

谁家按歌舞，清切奏鸣弦。

徐昂发（？—1723）：榜姓管，字大临，号绚庵，江苏昆山人，原籍长洲（今属江苏苏州）。清康熙三十九年（1700）进士，授编修，官至江西学政。工诗，长于考据，著有《畏垒笔记》《畏垒山人诗集》。

## 常山入舟中作

登舻怅不乐，晨暮涉风湍。

天入孤帆阔，江连落日寒。

一身行万里，霜鬓换朱颜。

何日营茅屋，逍遥诵考槃。

## 寄寿常山张松南同年五十

奇士多晚达，似君犹盛年。

庙廊行自致，山县暂栖贤。

鸠唤闲村雨，禾香背郭田。

遥知觞咏罢，于蔿和新篇。

钱以垲（1664—1732）：字阆行，号蔗山，浙江嘉兴人。清康熙二十七年（1688）进士，官至礼部尚书，卒谥恭恪。著有《罗浮外史》《岭海见闻》。

## 挂帆将之常山次韵

舴艋乘波上，危滩各不同。

赋夸枚叔健，风借大王雄。

不断山岚翠，无多柏叶红。

饶江如可接，搔首一帆中。

---

何世煌：生卒年不详，字雪村，浙江衢州常山绣溪人

## 自题灌园别墅

一丘一壑一壶觞，一往情深老更狂。

千首恶诗开醒眼，几杯醇酒涤愁肠。

贪看篱菊风垂帽，静掩衡茅月转廊。

莫道灌园无甚趣，北窗高卧有羲皇。

---

王德宜：生卒年不详，字韫辉，号云芝，华亭（今属上海）人，清代女诗人，大学士王顼龄（字颛士）玄孙女，兵部员外郎汪农妻，嫁后常与婆婆方芳佩（字芷斋）相唱和。其与王丕曾妻顾文琴（字漱香）、王景高妻戴书芬合称"闺中三友"。著有《绿筠吟稿》《语凤巢吟稿》《黔中吟》等。

## 过草萍

### 其一

路出金鸡驿，苍茫失远村。

屏山枫作障，茅舍竹编门。

酒薄欺风力，衣斑积雨痕。

荒田喧鸟雀，信有稻生孙。

## 其二

莫谓秋寥落，枫林叶似花。

荒城围旅舍，古木带啼鸦。

雨屐双红湿，风帘一道斜。

仲冬三五月，临照好还家。

## 衢州道中

秋老江鲈思，寒生越舶中。

波回滩泻白，日射峡流红。

击汰歌相答，行厨酒不空。

晴虹桥影外，岚翠压征篷。

编者注：出自《语凤巢吟稿》卷二。

褚成彦：生卒年不详，字硕甫，余杭廪贡，候选训导。著有《渔隐居吟草》。

## 常山至玉山道中

晓起整行装，残月悬一线。

取道自常山，山行两目眩。

桂花初发香，寒飙洒我面。

枯树经霜风，叶落当秋战。

日午至草坪<sup>①</sup>，偶焉息微倦。

登程促舆夫，前去莫留恋。

白云屡误人，阴晴状小变。

须臾放夕阳，散影乱如箭。

人声起遥市，知近玉山县。

城郭半荒陋，风景异乡见。

旅人亦惮劳，向晚宿茅店。

编者注：①草坪驿为常玉两山分界处。

梁锡珩（1684—1719）：字楚白，号深山，山西介休人。诸生，候选郎中。著有《非水舟遗集》等。

## 葛西秩客寓定阳数过曲中同人多笑之赋此代为解嘲

潘郎清润世无过，掷果车还惹恨多。

蝴蝶梦中寻野卉，鸳鸯池畔戏新荷。

临风惯看小蛮舞，对月时征樊素歌。

旅况羁怀无以遣，章台烟柳系文魔。

袁翼（1789—1863）：字谷廉，宝山（今属上海）人。清道光二年（1822）举人，官江西玉山知县。著有《邃怀堂全集》。

## 避地定阳寓寮阒寂感邻家神女降乩之事偶赋仙女三绝非意有所指也

### 昙阳子

太原相国女昙阳，待嫁璇闺玉润亡。
尸解情缘终不解，髻鬟手剪衬徐郎。

### 翠微夫人

蘼芜荒径月明中，衾寝齐牢梦已空。
野史烧残红豆死，柳星仍傍翠微宫。

### 空云女冠

嵯峨王屋锁昙云，南岳夫人授篆文。
落尽梅花高岭上，骖鸾来吊相公坟。

李稻塍：生卒年不详，字耕麓，号蜕庵，秀水（今属浙江嘉兴）人。著有《梅会诗选》《寸碧山房集》。

## 雨阻西峰寺

招携才出郭，微雨忽沾衣。

有约看红叶，无因入翠微。

遥村连雾没，高鸟带云飞。

何处寻支遁，行吟和者稀。


### 三衢舟次同杨奉峨制府

姑蔑千峰外，萦纡一水穿。

时清忘战伐<sup>①</sup>，客老爱林泉。

橘柚连村暗，鱼虾入市鲜。

此邦堪卜筑，谁与买山钱。

作者注：①耿逆作乱时曾驻重兵。


陈苌：生卒年不详，字玉文，江苏吴江人。清康熙丁丑（1697）进士，官桐庐知县。著有《雪川诗稿》。


## 江行用东坡先生烟江叠嶂图诗韵赠天农二首时天农为常山令

### 其一

清江倒载千万山，山山插水浮苍烟。

江波东去落沧海，唯有山影常依然。

我来正溯逆流上，又值积雨山奔泉。

平时滩浅不没踝，今已漾灏成洪川。

东风差差起船尾，片帆欲挽轻舟前。

进无尺寸退寻丈，始信人力无如天。

舟行十日半千里，坐卧细看山姿妍。

忆与云山一分手，荷蓑久种湖中田。

回首初来两青鬓，弹指不觉过十年。

低徊自叹才碌碌，衰迟敢惜颜娟娟。

唯恨当年困尘鞅，不得快意松间眠。

常山山水亦清绝，幽旷不减桐山仙。

故人别久劳梦寐，苇间一棹来延缘。

相逢急欲索一笑，推篷自写烟江篇。

## 其二

老坡作诗如画山，兴酣满幅堆云烟。

今我看山如看画，屏风百叠山苍然。

诗画描写不到处，但怪霹雳飞清泉。

清泉本自落峰顶，颠倒岚影铺长川。

一自江边作逋客，胜游欲续无因前。

云山喜我今再到，一笑翻动水底天。

故人高才挽天手，万户不博千诗妍。

揭来低头困簿领，何异骐骥驱耕田。

定知天公作戏剧，故以山水娱流年。

烟江叠嶂纷眼底，特倩妙手摹婵娟。

我来访旧亦何事，篷窗十日看山眠。

画图故应突王诜，诗格那得追坡仙。

吾侪赋分远粱肉，清泉白石前生缘。

请君勉作烟霞主，且莫亟赋归来篇。

作者注：是日晤天农有思归之语，故借坡诗慰之。

陆蕙绸：生卒年、籍贯不详，字绮岩，著有《所亭遗稿》。

## 常山道中遇雨

天纵无情意，征人且自前。

笠冲千点雨，路出百重泉。

野店依山麓，溪桥挂树巅。

哀猿空叫晚，客思益凄然。

编者注：见汪学金《娄东诗派》卷二十六。

梁允植：生卒年不详，字承笃，号冶湄，河北正定人。清康熙年间以恩贡生授钱塘知县，后迁袁州府同知，擢延平府知府。著有《藤坞诗集》。

## 泊舟三衢即事

城阙晚苍苍，平冈背山郭。

散步寄幽探，藉草恣盘礴。

活活俯流渐，中怀殊不恶。

岸圻急溁湍，逶迤成溪壑。

隔水眺高陵，欃枪曜霜锷。

壁垒百战余，燐血存沙砾。

巍峨铜柱勋，白衣自黄阁。

归卧一扁舟，繁星照广漠。

夜半响风涛，梦中惊漂泊。

伏枕听雨声，辗转生离索。

风云何变幻，天工信难度。


## 三衢道中

滩急篙师镇日忙，子规啼煞乱烟荒。

东风不问谁为主，犹向颓垣放野棠。


## 由钱江之三衢舟中杂咏

### 其一

断岭藏桥野水回，海棠故惹杜鹃来。

谁家院中深深处，落尽残红户不开。

### 其二

岩岫鸠盘绿荫低，笙簧夹岸鸟音齐。

行来忽见篷窗暗，叠嶂森森日下西。

### 其三

无际烟云众壑平，迷漫何处拜先生。

羊裘想避邯郸道，垂钓空怀万古情。

### 其四

沙棠小泊夕阳中，披草攀厓一径通。

寂寂颓垣苔藓蚀，山茶独自媚春风。

## 其五

望里青黄树色分，移舟春晓入氤氲。

可惊回首□峦失，卧看空山长白云。

## 征妇词（选一）

久闻秋水度三衢，何事春来一雁无。

妾梦常随芳草路，君心曾否及西湖。

---

编者注：以下诸诗出自《定阳投赠集》，为群僚赠别常山县令陈
珪所作，故多用其《和陈珪县令定阳留别四首》韵，
诗无题目。

---

张巽：字惺哉，时任学博。

## 和陈珪县令定阳留别四首

### 其一

迎来福曜两年间，春满花封淑气环。

循绩宏多难悉数，官庭剖决少余闲。

君诚学富能华国，我却才疏愧出山。

早识双凫时振羽，定如人愿去仍还。

### 其二

即看修志与修祠，本事皆堪动去思。

众论互参宗哲匠，心裁独出本天资。

珠生渊里宁教混，金在沙中不倦披。

一一士民恩惠洽，口碑胜赋召棠诗。

## 其三

苻事从容但执中，藏身唯恕道弥隆。

书多端楷公权笔，句出清新开府风。

嗜古几曾离卷轴，怜才不忍弃麻蓬。

纵教易地栽花去，报最奚须积算功。

## 其四

肩随琴鹤意陶然，胜彼多藏三百廛。

下邑竞称新政美，同僚争让使君贤。

德培兰茂无穷福，禄奉萱荣不计年。

醉我醇醪惭子敬，河干折柳意流连。

沈方钱：字寄云，时任学博。

## 送陈珏县令

才喜邻封驻左骖，碧幢红旆又移南。

余不好景公犹记，仙荔浓香我旧谙①。

还向下风听报最，难忘广座接清谭。

他年五马重经过，棠荫从教取次探。

作者注：①余在闽前后共四年。

扬世英：字春圃，时任学博。

## 和陈珏县令定阳留别四首（集苏轼局句）

### 其一

寺后清池碧玉环，小溪深处是何山。

只知紫绶三公贵，都在灵仙一掌间。

悃愊无华真汉吏，簿书期会得馀闲。

青山漫漫七闽路，物我终当付八还。

### 其二

丈人清德畏人知，扫白聊烦鹤踏枝。

雾帐银床初破睡，挥毫落纸勿言疲。

闲看书册应多味，却卷波澜入小诗。

便与甘棠同不剪，海天风雨看纷披。

### 其三

倾盖相欢一笑中，重来雪巇已穿窿。

且同月下三人饮，散作人间万窍风。

漫遣鲤鱼传尺素，未教金菊出蒿蓬。

诗豪正值安仁在，谁识南讹长养功。

### 其四

野花啼鸟亦欣然，大胜取禾三百廛。

莫笑官居如传舍，不妨诗酒乐新年。

长条半落荔枝浦，好士今无六一贤。

火急著书千古事，逢山未免更流连。

朱桂：字岩客，时任学博。

## 和陈珏县令定阳留别四首

### 其一

风流儒雅笑谈间，示我新诗若转环。

觅句自忘吟榻苦，留芳人想讼庭闲①。

偶然见作三衢宰，共道生由九日山②。

试诵楞严参密谛，暂时分别是缘还。

### 其二

曾记亲瞻令尹祠，叔敖遗爱在期思③。

但为循吏齐民赖，况有阴功累世资。

白鹤每从云际睹，青天近向雾中披。

唱酬莫道囊羞涩，珠玉重添万首诗④。

### 其三

蚤岁频居莲幕种，晒书深愧郝家隆。

亦尝说士甘于肉，又听谭元妙胜风。

心契可能希珀芥，神交何用怅萍蓬。

即看邑乘垂千古，笔削真超班马功。

## 其四

自怜十载尚飘然，那得从君受一廛。

江水直觇方寸洁，邦人犹颂大夫贤。

停舟乍可题襟日，倾盖偏逢截灯年。

差幸赵公岩上立，浙云闽峤望仍连。

编者注：①明陈绍功为浔州守，种蔬莳卉，雅致不凡，有"解
得此时同乐意，留芳更与后人看"句。

②宋陈升之母梦九日山人来谒而生。

③今河南商城。

④明府前有清溪留别诗，和者已成集，故云。

童应赏：字懋源，号蔗田，浙江衢州龙游塔石人。清乾隆五十四年（1789）拔贡，任青田、平昌教谕及台州学官。

## 和陈珏县令定阳留别四首

### 其一

滥厕齐竽屋一间，清溪诗卷几回环。

春生剧县琴声静，谱合封轺赋草闲。

旧泽尚漾苔雪水，循声遍播信安山。

交情正契离情触，三径何人更往还。

### 其二

衔恩群欲建生祠，盈耳讴歌写去思。

灵雨四郊春有脚，清风两袖橐无资。

钟繇古隶临池㮣，凿齿新编旁午披。

终是太邱名德重，不因百轴子昂诗。

## 其三

料量琴鹤入闽中，岭隔仙霞万仞隆。

千里关河思皓月，三山草木戴仁风。

春莺振羽方辞谷，秋隼盘霄会决蓬。

谬附青云羞白发，醉乡只合老无功。

## 其四

唱罢骊歌倍泫然，伐檀我本乏困廛。

情殷投辖陈遵达，谊重分金鲍叔贤。

折柳赠行当此日，看花拈韵定何年。

试从牛女占星宿，喜得东南紫气连。

杜锡麟：字蔼堂，时任参军。

# 和陈珏县令定阳留别四首

## 其一

循声卓卓颂民间，玉贮冰壶玉水环。

案牍虽多无积累，鹤琴随意得清闲。

文章黼黻先修志，岁物丰成好看山。

谁料使君缘奉调，攀辕合浦望珠还。

## 其二

表章重建宋贤祠，碑记今看勒去思。
多士同声歌父母，同僚咸慨远师资。
已成治迹心如揭，送别吟笺手屡披。
愧我巴音初学步，捻须对酒和新诗。

## 其三

惠政频施满邑中，定阳棠荫望葱隆。
四门青冢存仁恤，一道虹桥载德风。
颂彻街衢同里巷，恩周械朴到蒿蓬。
文峰重整千寻塔，文运昌明第一功。

## 其四

板舆奉母辄欣然，到处壶浆并授廛。
衢郡有情留牧爱，闽中不意得侯贤。
但将清俸培寒士，共祝慈闱寿大年。
珍重吾侪多惜别，几时风雅再流连。

刘炯：字晴峰，时任明府。

## 送陈珏县令

### 其一

正值我酣蕉鹿梦，喜逢福曜下车来。
两年荫庇情深矣，还望情殷散木培。

### 其二

共向河桥折柳枝，齐民属吏总依依。
阳春有脚应仍返，樽酒重论暂别诗。

汪仕基：时任文学博士。

## 和陈珏县令定阳留别

家住苍松翠竹间，攀辕不觉路湾环。
人来桑野风俱古，政肃花疆月亦闲。
投赠集携宣德境，送迎人指福州山。
杏红杨绿春城暖，惟愿双凫去复还。

蔡为纲：字璋如，时任文学博士。

## 和陈珵县令定阳留别

河阳花发复依然，善政讴歌遍市廛。

小试经纶新大业，重修志乘继前贤。

衡文笔削无闲日，莅治精勤又两年。

士望君如农望岁，苕溪颂祝共流连。

汪而强：字健庵，时任文学博士。

## 和陈珵县令定阳留别四首

### 其一

天遣鸿才莅此间，溪山增色翠回环。

琴堂昼永官声好，冰署风清吏治闲。

惠政悬蒲方两载，仙踪飞舄又三山。

攀辕留得阳春未，日祷阳春去复还。

### 其二

汝阴懋绩著崇祠，德化当留去后思。

翰墨风流真尔雅，文章山斗仰师资。

青鞋布袜心常适，绿橘黄橙句屡披。

宦橐由来清似水，行装载得几篇诗。

## 其三

霓旌飞下五云中，百里雷封德望隆。

官阁垂帘推吏隐，虚堂悬镜羡家风。

九衢旧路怀棠荫，三月春田赋苗蓬。

惟有四贤祠畔石，留铭并泐表章功。

## 其四

赋罢骊歌意黯然，攀辕祖饯塞街廛。

八闽何幸来神父，百里安能屈大贤。

花满河阳征雅化，珠还合浦祝他年。

定阳江畔溶溶水，伫望恩波断复连。

冯其骧：字渥水，清代画家。浙江衢州人。县学生员。精绘事，长幅愈佳。

# 和陈珏县令定阳留别四首

## 其一

樾荫初移百里间，壶浆报德胜琼环。

群黎爱戴深如许，仙吏风流迈等闲。

见说官声齐白水，时凭师范景高山。

由来旧处迁偏好，俟我贤侯去复还。

## 其二

南关送别憩神祠，载咏南山系去思。

造士几经升有德，为仁曾不籍先资。

百年坠绪公齐举，千古文章手尽披。

桃李赠言风肆好，棠阴黍雨在新诗。

## 其三

名儒声誉遍寰中，身屈为郎道自隆。

奉母早酬潘岳志，勤民遥接太邱风。

轩临寒谷温生黍，塔建文峰力转蓬。

正是鸿才应大用，治蒲三善仅余功。

## 其四

留婴保赤念殷然，文诰传宣遍市廛。

好继清溪图旧政，重新古寺祀前贤。

碑题黄绢中郎笔，帖写银钩癸丑年。

此去循声符遐听，瞻依闽海五云连。

汪致珺：字晴澜，时任学博。

## 和陈珏县令定阳留别

### 其一

邑在通衢八省间，纷纷车从往回环。

我侯苣止抒经济，凡事酬之视等闲。

操守由来清似水，声名从此重于山。

奈缘例调留无计，士庶金祈去复还。

## 其二

忠孝祠同节烈祠，后先修葺费心思。

恐教湮没流芳迹，不惜捐输节俸资。

传以表扬须自补，志资纂辑不停披。

挥毫落纸烟云灿，台阁文章雅颂诗。

佚名：

## 定阳古县城遗址

汉代方兴邑，孤城偏定阳。

历年犹不久，堞圮一荒丘。

河山纠纷处，风云古定阳。

幽然倾百世，禾黍翳天荒。

编者注：载于何家乡琚家村《金氏宗谱》。

涂锡盛:生卒年、籍贯不详,著有《梦墨堂稿》《梦墨堂续稿》等。

## 常山形势

常山形势枕山沟,龙脉南来逆转头。

更喜前峰多绕抱,并西有水叠之流。

# 后 记

"梅子黄时日日晴，小溪泛尽却山行。绿阴不减来时路，添得黄鹂四五声。"宋代诗人曾几的一首《三衢道中》，将初夏时节的常山景色描绘得空明灵动、妙趣横生，堪称中国古代诗词的经典。

常山，地处钱塘江的源头，浙、赣、闽、皖四省交界处，素有"八省通衢，两浙首站"之称。建县于东汉建安二十三年（218），始称"定阳"，迄今已有一千八百多年历史。

这里自古人杰地灵、人文荟萃，尤以宋代文化为盛。常山历史上共出过一百三十二名进士，宋代的就占了九十一名。宋代常山的第一位进士、吏部尚书汪韶，一门书香极盛，创造了"一门十八进士"的惊人纪录。章舍贤良王氏，弟、子、侄皆登进士第，时有"一门九进士，历朝笏满床"之誉。其中王介与当时的社会名流欧阳修、王安石、苏轼、苏辙、曾巩等人交往甚密。北宋嘉祐六年（1061），在宋仁宗赵祯亲自监考的"贤良方正能直言极谏科"考试中，仅苏轼、王介、苏辙三人入选，王介的才气可见一斑。"宋四书家"之一的米芾曾为王介之子王涣之书《送王涣之彦舟》，其被归入"天下第八行书"《蜀素帖》。何家乡江氏的进士人数也非常可观，有"一门三御史，九子十登科"之誉。南宋宰相文天祥曾为《江氏宗谱》题书"御史之家"。

古代进士及第的文人，一般都擅长吟诗作赋，给常山留下了不少宝贵的诗篇。

常山江古称"金川"，曾是来往南方八省的必经水道，是水陆运转、舟车汇集之地。宋室南渡后，常山江更是成为"两浙"连接南方诸省的重要枢纽。古诗云："日望金川千张帆，夜见沿岸万盏灯。"可见当时之繁华。常山江沿岸风光秀丽、古渡众多，无数文人墨客或乘船破浪，或乘篮舆观光，或步行览胜，在这片土地上留下了诸多脍炙人口的名篇佳句。其中就包括唐代的刘长卿、韩愈、杜荀鹤，宋代的王安石、苏轼、米芾、李纲、赵鼎、汪应辰、杨万里、曾几、陆游、范成大、朱熹、辛弃疾，明代的刘基、王守仁、陆深、林俊、文徵明、孙承恩、徐渭、吴与弼、汤显祖，以及清代的李渔、查慎行、顾嗣立等名家的作品。尤其是宋代，常山江上闪耀的名人足迹和动人诗句灿若繁星，造就了一条文化史上罕见的"宋诗之河"。

2021年9月，浙江省委召开文化工作会议，提出深入推进新时代文化浙江工程，在打造以宋韵文化为代表的浙江历史文化"金名片"上不断取得新突破。"宋诗之河"常山江是一处研究宋韵文化的富矿。按照省委的部署要求，常山县积极融入"宋韵文化传世工程"，加快推进"宋诗之河"文化带建设，着手"宋诗之河"文化基因解码工作。

有关专家学者和社会各方人士共同努力，用时三个多月，共收集、整理目前可查证的涉及常山的诗词约四千首，形成了《常山唐宋诗词集》《常山元明诗词集》《常山清代诗词集》《常山家谱诗词集》等四部古代诗词集。限于条件，恐仍有部分诗词未能完全收录，编者团队将继续做好发掘、整理和研究工作。

习近平总书记指出："学诗可以情飞扬、志高昂、人灵秀。"
(《人民日报》2013 年 3 月 3 日,《习近平在中央党校建校 80
周年庆祝大会暨 2013 年春季学期开学典礼上的讲话》) 这明
确阐释了学诗与陶冶情操、激励斗志、塑造性格的关系。诗词
可以言志, 可以传情, 可以明史, 习近平总书记要求全社会活
学活用中华传统文化中的经典诗词, 以提升境界、驰骋才华,
助推事业的发展。

我们汇编《常山古代诗词集》, 旨在挖掘"宋韵文化"底蕴,
弘扬优秀传统文化, 打造常山江"宋诗之河"文化品牌, 彰显
文化自信, 加快文化赋能, 助推共同富裕, 展现常山"浙西第
一门户"的独特文化魅力。

三衢道上东风醉, 山色波光总是诗。让我们一起回溯折叠
的时间, 走近常山江"宋诗之河", 诵读绝美诗句, 品味经典
文化, 感受宋风雅韵。

编 者

2022 年 11 月